JN239687

宰相閣下の執愛は、平民の俺だけに向いている

登場人物紹介
レイ
王宮で文官として働いている青年。
貴族の両親のもとに
生まれたものの、
すぐに離婚し施設に預けられたので、
愛情に飢えている。
マイグレース・ダンカン
レイがマイナと呼ぶ文官。
しかしその正体は、この国の公爵位を持ち、
宰相の座につく獏(ばく)の獣人。
毎夜レイの夢に入り込んでいる。

ライティグス国王
明るい笑顔を見せる、
獅子の獣人の国王。
ガンテ・クラウン
レイが働く部署の室長。
文官とは思えないほどガタイが良い。
ライノーク・シュエット
ダンカン公爵家で働く、
丁寧で生真面目な従者。
ソルネス・バラハン
レイの施設時代の友人で、
今は子爵家にいる腹黒策士な青年。

目次

宰相閣下の執愛は、平民の俺だけに向いている

第一章

『ふぅ……ん…、ぁ……』

なんだ……気持ちいい……？

俺は目を閉じたまま、どことも知れない場所でゆるゆると身体を揺らされていた。

『はぁ……レイ……』

誰かが悩ましげな吐息と共に、俺の名前を囁く。男の声だけど、聞き覚えのない声だ。

——だ……れ？

確かに誰かが側にいるのに、俺は自分で瞼を開けることができなくて、その『誰か』の姿を見ることができない。

俺ができないのは見ることだけじゃなかった。

思うように声も出なければ、指一本すらも自分の意思で動かせない。

その不思議な状況に本来なら困惑するべきなんだろうけれど、今の俺は一方的に与えられる快楽に翻弄されていて、それどころではなかった。

そうしている間にも敏感になっている俺の身体を、その誰かの指が撫でるように這っていく。

『今はまだ私が誰かなんて知らなくていい……。でも、怖がらないで……』

気持ちいい波が背筋を揺蕩いながら這い上って、俺の感覚のすべてを支配していく。

『……ん、んぅ……』

なんだ、これ。気持ちいいし、温かい。

波が全身を包むと、一際甘く腰が痺れ、腹の奥に熱い飛沫を感じて息が詰まる。

ぎゅっと快楽が小さく圧縮されたあと一気にそれが弾けて、髪の先から足の爪まで快楽で満たされていく感覚だ。

ハクハクと、もう意味を成さない自分の呼吸の動き一つですら、感じてしまって仕方ない。

『あ……んっ、っ……』

ああ、そうだ。これは夢だ。

『ん、……ぅ』

俺は指一本動かせない状況で、ただ気持ちよくなって、ただただ喘ぐだけ。

そんな夢を、俺はここ数日見続けていた。


「……ん……」

いつもの時間に目覚めた俺は、大きく伸びをしてから上半身を起こした。

昨夜は早めに寝たというのに、疲れが取れていないようで、身体が重怠い。ここ最近、どれだけ寝ようとそんな状況だ。

「病気かな……。それに、なんか夢を見ていた気もするけど、覚えてないんだよなぁ」

ふわっと欠伸（あくび）を洩らして、少し伸びてしまった前髪を掻き上げる。

今日もいい天気らしく、小さな窓から差し込む光は薄いカーテン越しにも眩しい。

簡素なベッドと小さなキッチン、そしてシャワーとトイレがあるだけの木造の部屋が俺のテリトリー。

入口の扉の前に立てば、視線を巡らせなくても部屋全体が見えてしまうくらい狭いけれど、俺一人が暮らしていくにはこの広さで十分だ。

この部屋は職場が提供している寮の一室。俺がここで暮らし始めて一ヶ月が経つ。

施設育ちで、自分のものなんて何一つ持ってなかったから、この小さすぎる職場の寮でも愛しくて堪らない。

「さて、シャワーでも浴びるか」

大事な部屋を感慨深く眺めた俺は、仕事に行くために身支度をするべくベッドから降り立った。

さっとシャワーを浴びて、浴室に備え付けてある鏡の前で自分の顔を見る。

今日は少し血色が悪いが、正直、俺の顔はかなりよい。それこそ、街を歩けば、すれちがう人たちが振り返るくらい。

ふわりとした淡い金髪に、少し緑が入った青い瞳。いわゆるセルリアンブルーと表現される瞳はこの国では特徴的で、整った容姿と相まって随分人目を引いた。

――まぁ両親が腐っても貴族だったから、顔がよいのは当然かもな。

でも平民がこんな貴族的な顔を持つと厄介事しか招かない。今までに何度、性的悪戯(いたずら)目的で路地裏に引っ張り込まれそうになったことか……

——貞操の危機を招く顔なんて、マジでいらないんだけど。

俺は大きなため息をつく。

俺の両親は貴族だった。お互いに婚約者がいる身でありながら、「運命の恋人なんだ」と言い張りデキ婚。

俺を産んだ女の元婚約者が高位貴族で彼の面子(メンツ)を潰してしまったことから、両親は責任を取らされ貴族籍から抹消された。

生まれた俺は当然平民。

貴族もなんだかんだいろんな責務がありそうだし、俺は自分が貴族じゃなくてよかったと思っている。

ただ、生まれついての貴族だった両親は平民生活に馴染(なじ)めなかったそうだ。俺が生まれてすぐ「あの運命の恋は勘違いだった」とあっさり離婚してしまった。

互いの実家に泣きつくも相手にされず、二人はどっかの教会だか修道院だかに身を寄せたらしい。

今生きているかどうかは知らない。

——随分軽い運命だよな。

はん、と鼻で嗤(わら)う。

俺はあの二人が離婚したあとに施設に入った。

母の実家の人たちは、行き場がなくなった俺を引き取ろうとしてくれたらしい。

でも俺が貴族籍を持たないことと、迷惑をかけた元婚約者の手前どうにもならず、妥協案として貴族の婚外子やら豪商の妾(めかけ)の子やらを集めた施設に入ることになった。

望まれてない子供のための施設だから処遇は最悪だったけど、それでも併設された学校に通えて学べる環境があったことはありがたかった。

――やっぱり学がないと、仕事にありつけないしさ。

そんなことを考えながら髪を軽く整え、歯を磨く。そして施設の友人がくれた、俺の瞳と同じ色の石が付いたペンダントを首にかけた。

「ソルネス。俺、今日も頑張るよ」

幼馴染(おさななじ)みであり親友でもあった友人――ソルネスの顔を思い出しながら、そっと挨拶の言葉を口にする。

ソルネスは、冬の初め頃に貴族である親に引き取られていった。施設を出てしまえば、もう友人と会うことは叶わない。

施設にいた皆は、大抵訳ありの庶子だ。その繋がりをいつ誰に悪用されるか分からない、不安定な立場であることを、俺たちはちゃんと理解していた。

だからその交友関係を悪用されないように、施設を出たあとは互いに一切関わりを持たないように決めていた。支え合い、最悪な境遇を共に乗り越えた仲間と袂(たもと)を分かつのは辛いけど、自分の存在が皆の幸せの妨げになるなんて耐えられなかった。

俺は小さくため息をつくと、鎖骨下で揺れるペンダントトップを握りしめた。

ちょっと疲れた自分の顔を見なかったことにして、鏡の前から移動する。

「行ってきます」

愛しい部屋に挨拶をして、俺は扉を開けた。


ここライティグス王国は、獅子の獣人を国王に据える獣族の国だ。

獣族の国とは言うけれど、普通に人族もいる。国の中枢にいる貴族も、三割くらいが人族だ。

この世界では男も女も子供を孕(はら)むことができるけど、ライティグス王国では同性婚が多い。

現国王陛下が同性婚であるのも、理由の一つだろう。

獣人の愛は深く重いと言われている。彼らには神が定めた『運命の番(つがい)』が存在するけど、出会える確率はごくわずかと言われていた。

そのため、獣人たちは『運命の番』に憧れながらも、普通に恋愛をして『運命の番』以外と婚姻を結ぶのが一般的となっている。

一度神の前で永遠の愛を誓えば、その後に『運命の番』が現れることはないらしい。だから、自分で見つけた相手を伴侶として、ひたすら大事に愛しむのだそうだ。

そんな風に一途に想いを寄せられるのは、正直羨ましい。

――誰かの特別な相手になれるって、すごいよな。

大通りで繰り広げられる求愛行動を横目に見ながら、目的地である職場を目指して足を進めた。

寮から十分程度歩いた先に、堅固な石の城壁に守られた美しい白亜の王宮がそびえ立っている。

「おはようございます」

「おー、レイか。おはよ！」

顔見知りの門番の兵士に挨拶をして門をくぐった。

この門は王宮に勤める官吏用となっていて、南側にある正門とは反対の北側に位置している。

王宮の北側には様々な部署が入る建物が複数建ち並んでいるけれど、どれも正殿と同じく白い壁とライトグレーの屋根で統一されていてとても美しい。

街路樹で飾られた石畳の通路を進むと、建物と建物を繋ぐ屋根付きの外廊下に行き当たる。そこからその廊下を進んで建物の一つに入ると、飴色の扉が見えてきた。

取っ手を握ると、そこに刻まれた魔法陣が光り、登録されてある掌紋を感知して鍵が解除される。

頑丈で少し重い扉を開けて、俺は中へ足を踏み入れた。

王宮を取り巻く建物の一つにあるこの部署が俺の職場。俺はこの春から、この王宮で文官として働いていた。

施設は成人となる十八歳までしかいられない。次の春には施設を出なきゃならなくて仕事を探していた俺に、施設のスタッフがくれた求人情報がこの仕事だった。

平民が王宮勤めだなんて、と怪訝に思いながら求人情報が記された書類を見つめていると「平民とはいっても血筋は問題ないし、学校での成績も優秀だったから採用の可能性はあるよ」と言われ、試験を受けてみたら信じられないことに合格して、今に至るというわけだ。

とはいえ平民枠での採用だから、仕事内容は簡単なものだけれど。

「あら、レイちゃん、おはよー！　今日も可愛いわねぇ」

壁際の棚の前に立っていたルーデル先輩が、扉の音に振り返って書類の束を抱えたまま声をかけてくる。

オネエ言葉が似合うルーデル先輩は、真っ白なサラサラの髪と同色のしなやかな尻尾、煌めくサファイアの瞳の、ほっそりとした猫の獣人だ。線の細い儚げな美人で、すごく人目を引く。

「おはようございます。ルーデル先輩は今日も美人さんですね」

「あらぁ、ありがとう」

ふふっと微笑み合っていると、窓の近くの机から低く野太い声で叱責が飛んだ。

「ルーデル、遊んでないで働け」

声の主であるガンテ室長は、声から容易に想像できる筋骨隆々のマッチョだ。短く刈り込まれた淡い金髪に、翡翠の瞳。肩幅は広く、腕の筋肉は服越しにも分かるくらいに隆起している。

彼は俺と同じ濃いグレーの制服に、役職に就いている証である片マント——ペリースを身につけているけど、まったく文官には見えない。

——なんでこの人、文官なんだろう？

騎士と言われたほうがしっくりくる体格のガンテ室長のもとへ、今日担当する仕事を受け取りに向かう。この部署は、俺も含めたこの三人で業務を担っているのだ。

俺は歩きながら、部屋の中にちらりと視線を流す。

歴史ある王宮に合わせて上品な色調で統一された部屋は、部署の人数が少ない分、そう広くはない。窓こそ大きいものの、左右の壁一面に書類がぎっしり詰め込まれた棚が設置してあり、その圧迫感がこの部屋をさらに狭く見せている。

この部屋にある机は全部で五つ。

窓際にあるガンテ室長専用の大きい机の前に、机が二つずつ向かい合う形で置いてあり、その内二つを俺とルーデル先輩が並んで使い、向かい側の二つの机は空席となっている。

その机と棚の間の空間を通ってガンテ室長の側に行くと、彼は既に業務を開始していて淀みなくペンを走らせていた。

「おはようございます、クラウン室長。今日もよろしくお願いします」

「ガンテでいいって言ってんだろ。ほら、これが今日の分だ」

机に準備されたファイルを手にして顔を上げたガンテ室長が、俺を見上げるなり眉を顰(ひそ)めた。

「レイ、大丈夫か？」

「はい？」

ファイルを受け取りながら俺が首を傾げると、彼は心配そうに顔を曇らせた。

「顔色が悪い。せっかくの可愛い顔が台無しだぞ」

「はは……」

どちらかというと怒声が似合いそうな厳(いか)つい顔つきのガンテ室長が、真顔で「可愛い」と言ってくるのは未だに慣れない。

笑って誤魔化そうとしたけど、翡翠(ひすい)の瞳にじっと見つめられて俺は渋々白状した。

「……最近夢見が悪くて、疲れが取れないんです」

「ほう……」

瞬間、ガンテ室長の視線に鋭さが増した。ちょっと怖い。

俺の動揺を知ってか知らずか、少し考え込んだ彼は先ほど俺が受け取ったファイルを指差した。

「今日の分の仕事は急ぎじゃねぇから、ゆっくりやれ。無理するな」

「ありがとうございます」

俺は頷き、手にしたファイルを持って自分の机へ向かった。

この部署は、視写作業を担っている。

舞踏会の招待状や、機密レベルⅡの書類——例えば各貴族の領地の税収や納税に関する書類、他国との取り引きに関する詳細、それらに関わる会議用資料——を作成したり書き写したりする地味な部署だ。

一応機密情報を扱っているから、入口は掌紋認証式で出入りする人を制限している。こんな部署に、よく俺みたいな平民の新人を放り込んだよな……と思う。

でも黙々と机に向かって作業するのは嫌いじゃないし、そもそも施設出身の俺が仕事に就けただけでも本当にありがたいことだ。

そんなことを考えながら、いつものように仕事に取り掛かった。

就職祝いだ、となぜかガンテ室長にもらったペンを取り出す。ペン軸が俺の掌にちょうどいい太さですごく書きやすい。

ファイルの中を確認して所定の用紙を準備すると、俺はペンを滑らせ仕事を始めた。


「――お、もうそんな時間か……」

ガンテ室長の声に顔を上げると、彼は指先で耳元に触れながら壁時計に目を向けていた。ときどき耳を触っている姿を見るけれど、もしかしたら通信系の魔道具を付けているのかもしれない。

「…………はぁ、ったく、仕方ねぇ……レイ、昼休憩だ。ちゃんと食堂でメシ食えよ」

「はーい」

片手を上げて返事をすると、俺は広げていたファイルを机の端に寄せて、そそくさと立ち上がった。そんな俺を、ガンテ室長はじっと眉根を寄せて見つめている。

というのもこの間の休憩時間、あまりに疲れが抜けなくて昼食を取らずに中庭で昼寝をしていたら、ガンテ室長に血相変えて探されてしまったのだ。

険しい表情で名前を呼びながら探していて、俺の姿を見るとひどく安堵した様子を見せていた。

今日も疲れているから昼寝をしたかったけれど、それを思い出して、俺は大人しく食堂に向かうことにした。

この一ヶ月で通い慣れた廊下を進み、欠伸(あくび)を洩らしながら食堂の注文口の列に並んだ。

基本的に王宮で働く人間は貴族が多い。だからこの食堂もただ広いだけじゃなくて、ゆったりと余裕のあるテーブル配置だったり、座り心地のいい椅子だったり、真っ白で清潔なテーブルクロスが使用されていたり、中庭に面した大きな窓があったりと、官吏専用の食堂とはいえ配慮されている。

——まぁ、俺としちゃ落ち着いてメシが食えたらそれでいいんだけど。

もう一度欠伸をして、俺はメニューに目を向ける。

寝不足気味のせいか胃の調子もあんまりよくないし、軽めのものにしようとメニュー表に目を通す。するとメニューのうちの一つに目が留まった。

「あ、ワンプレートランチにキッシュが付いてる！」

カボチャのキッシュが大好物の俺は迷わずそれを注文して、ついでに野菜のスープも選択する。

受け渡しカウンターで料理を受け取ると、人でごった返す食堂を見渡した。

——どっかに空いてる席ないかな……

辺りを見渡していると、涼やかな声が俺の名前を呼んだ。

「レイ、こっち」

目を向けると、見目麗しい一人の男性が俺に向かって片手を上げていた。

手入れされた花々が咲き誇る中庭が目を楽しませる窓際。そんな特等席が並ぶ一角だというのに、今はその男性しか座っていないことを不思議に思いつつ、俺はその人に近づいて彼の隣の席に腰を下ろした。

「マイナさん、ありがとうございます」

「ふふ、いいんですよ。それに今日もちゃんと食事に来て偉いですね」

彼は甘やかに目を細めて褒めてくれる。食事に来ただけで褒められるって、どんだけ俺の生活レベルって低く評価されているんだろ。

ちぇ……とむくれながら、俺はキッシュをフォークで突いた。

マイナさんとはつい最近、たまたまこの食堂で出会ったのだ。あの時も食堂で席を探していて、相席を勧めてくれたのが知り合ったきっかけだった。

たぶん年の頃は三十歳くらい。赤みの強い栗色でクセがある髪に、ファイアオパールのような、赤色のベースに緑色が斑に混じる、変わった色彩の瞳が特徴的だ。

着ている制服が俺と一緒だから文官だとは分かるけど、その割には腕やら胸やらにしっかり厚みがあって、服の上からでもはっきりと筋肉があることが分かる。彼もガンテ室長と同じくペリースを身につけていた。これは官吏（かんり）でも役職に就くものが身につけるものであり、役職に就けるのは伯爵以上の爵位の者と決まっている。ということは、彼は高位貴族ということだ。

容姿端麗な見た目も相まってか、マイナさんがいる時の食堂は、決まって見物客らしき人たちでごった返していた。

マイナさんはそんなギャラリーに慣れているのか、華麗にスルーしている。

というか、むしろ俺しか視界に入っていない気が若干する……いやかなり、そんな気がするんだけど……さすがに自惚（うぬぼ）れかな？

そんなマイナさんに微笑まれると、本当に落ち着かないし、顔が熱くなるしで困ってしまう。

――なんでこの人、こんな下っ端の俺なんかに親切にしてくれるんだろ？

マイナさんに優しく見守られながら食べるメシは、気まずくて正直あんまり味がしない。

せっかくの好物なのに味がしないキッシュを食べ進めていると、ちらりと俺の皿を見たマイナさんがため息をついた。

「ああ……、今日も食べる量が少なすぎます。そのうち倒れてしまいますよ？」

「分かってるけど……、あんまり食欲ない」

少しもたれ気味な胃を擦りながら呟く。しかしすぐにハッとしてマイナさんの顔を見上げた。

「あ、俺……。すみません……」

俺より年上の人だし、身分の差があるから、ちゃんと敬語で話さなきゃと思うけど、マイナさんがあまりに気さくに接してくるから、つい気を抜くと普段の口調になってしまう。

「いいんですよ。そんなに畏(かしこ)まらないで自由に話してください」

「や、でも……」

「――そのほうが、私も嬉しい」

そっと耳元に顔を近づけてきて、マイナさんは秘密を話すように囁(ささや)いてくる。かかる息がくすぐったくて、俺は耳を押さえて仰(の)け反(ぞ)った。

そんな俺を見て、マイナさんは口元に人差し指を当てて微笑む。

その姿を見て、俺は無駄にドキドキしはじめた胸を押さえた。

――その無駄な色気を、こっちに向けないでくれ……！

俺の反応にくすっと笑ったマイナさんは、自分の皿に視線を落として綺麗に盛り付けてあった肉を切り分け、俺の口元に運んだ。

「はい、あーん」

「……え？」

「このお肉、すごく柔らかく煮込んであるから、食べやすいですよ」

マイナさんの突然の行動に固まってしまった俺を前に、彼は「胃への負担は少ないと思います」とにっこり笑ってみせた。

——ありがたいけど、違う。そうじゃない！　公衆の面前で、なんの羞恥プレイなんだ……!?

予想外のマイナさんの行動に顔が引き攣る。

それと同時に、少し離れた場所にいる人たちがざわめき始めた。どこからか「あの人が……!?」とか「信じられない」といった言葉が聞こえてきて、俺は驚きで肩を揺らしながら、その声がしたほうを振り向いた。

一番近くに座っている人と目が合ったけど、彼は青褪(あおざ)めて視線を逸らしてしまった。

「ねぇマイナさん、今の……」

不安になって隣を見る。するとマイナさんは口元にだけ笑みを浮かべてこちらを見ていた。目が笑っていないような気がするのは気のせいだろうか。

「ほら、ちゃんと食べないと。あーん」

そんな俺の気も知らず、マイナさんがもう一度促してきたから、俺は観念して渋々口を開けた。

そうしないとヤバいことになりそうな予感がしたのだ。

マイナさんは俺の食べるペースを見ながら、次から次に肉を口に放り込んでくる。やがて、マイナさんのお皿は綺麗に空になってしまっていた。

罪悪感が少し出てきて、俺は眉尻を下げて彼を見た。

「マイナさんの昼ご飯がなくなっちゃったけど、大丈夫？」

「私はいいんですよ。またあとで食べることができますから。それよりお腹いっぱいになりました？」

「あ、うん。美味しかった」

「それはよかったです」

嬉しそうに笑う彼の姿を見て、まぁマイナさんがいいのなら……と俺も納得した。

その後もゆっくり食後の紅茶を飲みながら、「仕事には慣れましたか」とか「困ってることはありませんか」なんて雑談をして、残りの休み時間を過ごす。

けれど、お腹いっぱいになったせいか、俺はつい眠気に襲われてしまった。マイナさんと話しながら、瞼が落ちてくるのに抗えない。

「眠そうですね」

少し声のトーンを落としてマイナさんが囁く。俺はぼんやりとそれを聞きながら、コクリと頷いた。

「疲れが溜まっているのでしょう。少しお休みなさい」

マイナさんが俺の頭を自身の肩に引き寄せる。眠くて力が抜けてしまった俺は、「マズいな……」と思いながらも抗うこともできずに、その肩にもたれ掛かってしまった。

「大丈夫、ちゃんと起こしてあげるから……。ゆっくりおやすみ」

サラリと髪を梳くように撫でられる。それが気持ちよくて目を閉じた俺は、そのまま眠りに落ちてしまった。

「そろそろ昼休憩ですか……」

私は壁に掛かっている時計を見て思わず呟いた。

――今日は彼に会える。

ちらりと側に控える補佐官へ視線を向けると、彼は「分かってます」とばかりに大きく頷いた。

「片付けるべきことに関しての采配はすべて済みましたし、大丈夫ですよ」

「そうですか」

ここ数日手を煩わせていた案件が一段落つき、ようやく肩の荷を下ろした私は補佐官の言葉に頷いた。引き出しから通信用の魔道具を取り出し耳に装着すると、起動スイッチに指で触れる。

「ガンテ、そろそろ私は移動します。レイを絶対、必ず、早急に食堂に向かわせてください」

そう言うと、返事も待たずに通信を切る。

通信具を外して引き出しに仕舞うと、私は立ち上がり急いで食堂へ向かった。

昼食の時間だから食堂はそれなりに混む。だが、ここは王宮の施設であり十分な広さがあるはずだ。よほどのことがない限り席が取れないほど混雑することはない。しかし私が食堂に着くと、広い食堂の席は早々に人で埋め尽くされていた。私は知らず舌打ちする。

今、食堂にいるのは騎士団の服を着た者だけなのだ。これは明らかに作為的な混雑だ。誰の差し金かというのは分かっている。

忌々しく思いながら辺りを見渡すと、皆一斉に青褪めて私から視線を逸らして俯いた。

――そう、それでいい。そのまま目を上げずに俯いていなさい。

少し溜飲を下げ、私はわざとらしく空いていた窓際の席へと歩を進める。

席に着くのを待っていたかのように、私の従者がランチを載せたトレイを運んできた。特に空腹でもなかった私は、トレイに載る食事を一瞥して従者に頷く。すると彼は一礼して立ち去っていった。

彼を見送ることなく、トレイの食事を口にすることもなく、私はひたすら食堂の入口を凝視した。

もうすぐ、彼が来る。そう思うと、じわりと気分が高揚してくる。

早く早くと、もどかしくも抑えきれない期待に身を焦がしていると、ふと芳しい香りが漂ってきた。吸い寄せられるようにその一点を見つめ続けていると、そこに待ち焦がれたレイがようやく姿を現した。

柔らかそうな金の髪をふわりと揺らし、眠いのか欠伸（あくび）を洩らしている。

彼ももう十八歳。歳だけを見れば成人を迎えており、立派に文官として働いている。だがそんな彼の中に、幼さが垣間見えるのが堪らなく可愛い。

ほんのわずかな動きでも見逃さないように見つめていると、やがて彼はトレイを受け取り、辺りを見渡し始めた。

「レイ、こっち」

キョロキョロと視線を動かしている彼に、片手を上げて呼びかける。

パッと顔をこちらに向けたレイは、一瞬不思議そうな顔をしてから、素直に近寄ってきた。

その可愛らしい行動に思わず笑みを浮かべ、彼のために椅子を引くと周囲がざわめいた。

レイに気付かれないように、威圧と魔力を纏（まと）わせながら視線を向けると、皆一斉に冷や汗を流しながら慌てて顔を伏せる。

——初めからそうしていればいいものを……

つい眉間に皺を寄せてしまったが、可愛い可愛いレイの「マイナさん、ありがとうございます」という言葉で、眉を顰（ひそ）める力が緩んだ。

「ふふ、いいんですよ。それに今日もちゃんと食事に来て偉いですね」

優しく微笑むと、彼は子供扱いされたと感じたのか頬を膨らませ少しむくれてしまった。

——その頬も、齧りつきたいほど可愛いですね。

そんな彼を見守ることができるというのは、なんという至福だろうか。だが、レイは恥ずかしいのか、少し居心地が悪そうだ。

それもそうだろう。私たちがこれだけ周りの視線を集めているのだから。

「冷然」「冷血」が代名詞であり、宰相という身分にある私が、一般官吏専用の食堂にいるばかりか、笑顔全開で好意をただ一人に向けているのだ。周りの人々がこちらを凝視するのも理解はできる。

――だが、私のレイが嫌がっているでしょう。

私は再び威圧を醸し出し、周囲を制圧する。

「……ぐふっ！　騎士の俺が威圧で圧されるとはっ」

「つ、強いから、その威圧……。メシが喉を通らねぇ」

「おかしい……休憩時間なのに、なぜ戦場にいる気分になるんだ……」

かすかに耳に入る愚民どもの嘆きを無視して、可愛らしくもぐもぐとキッシュを食べるレイに全神経を集中する。

しかし、レイの食べる量がいくらなんでも少なすぎて、心配になってしまった。

――貴方、まだ十八歳ですよね？　もちろん、細い貴方も食べてしまいたいくらい可愛いのですが、これ以上痩せて身体を損なってはいけません。

私は彼の皿を見て、思わず口を開いてしまった。

「ああ……、今日も食べる量が少なすぎます。そのうち倒れてしまいますよ？」

「分かってるけど……、あんまり食欲ない」

すりすりと腹を擦りながらレイが呟く。

しかしすぐにハッと我に返り、慌てて謝罪してきた。

「あ、俺……。すみません……」

「いいんですよ。そんなに畏まらないで自由に話してください」

「や、でも……」

礼儀以前に常識としてどうなのか……と戸惑う彼の耳元にそっと顔を近づける。

「――そのほうが、私も嬉しい」

息を吹きかけるように囁くと、かかる息がくすぐったいのか彼は耳を押さえて仰け反った。

「ふふ……」

真っ赤になってぷるぷると震える姿の愛らしさに、思わず私の口角が上がってしまう。

――いや、今はそんなことをしている場合ではありません。食事ですよ、食事。

私はカトラリーを持ち、皿に盛り付けてあった肉を小さめに切り分けた。

疲れから胃腸が弱っているのだと思うが、ほぼ野菜のみのワンプレートランチだけで彼の身体が一日持つはずがない。

心配のあまり、私はつい彼に給餌してしまった。

獣人の中では求愛行動の一つでもある給餌。まぁ、半分以上は意図しての行動だけれど。

私は見た目こそ人族だが、実のところ獣人だ。王宮で働く面々は、私の名前を知るのと等しく、私が「何」の獣人かを知っている。

私は夢を操る「獏(ばく)」の獣人なのだ。

私の力は他の獣人と比べて桁違いに強く、獏の獣人が操る力の特異性も相まって「神獣」と称されている。レイにはあえて私の正体を明かしていないから、この給餌(きゅうじ)行動の意味も深く考えてはいないだろう。

羞恥に固まる彼を愛でるように目を細めて見つめていると、あれだけ威圧したにもかかわらず、周りの愚民どもが再びざわめき始めた。

——お前たちに学習能力はないんですか？

「目が……っ、目が潰れるっ!!　冷然冷血と噂のあの方が給餌(きゅうじ)だとっ!?」

「つか、あの人、あんな風に笑えたんだ……。俺、嘲笑(あざわら)いか冷笑しか見たことないぞ」

周囲のざわめきに、レイがビクリと肩を揺らし、こわごわと辺りを窺(うかが)う。そんな彼の様子を見て「しまった！」と思った奴らが恐る恐る私に目を向けてきたので、私は殺意を籠めて冷たく微笑んだ。

瞬間、奴らは一斉に勢いよく下を向く。が、もう遅い。

——お前たち、あとで死ぬほど仕事を回してあげましょう。覚悟なさい。

「ねぇマイナさん、今の……」

不安そうに私を見上げるレイに、にっこりと微笑みかける。あんな愚民どもを貴方が気にする必要はないのだ。貴方は私だけ見てくれればいい。

私はフォークを持って、再びレイに給餌(きゅうじ)する。

「ほら、ちゃんと食べないと。あーん」

レイは逡巡していたが、私の笑みから何かを察したのか、大人しく口を開けてくれた。

俯いたまま石像のように固まった周囲には目もくれず、私はレイだけをじっと見つめながら、皿の上の料理をレイへ与える。

私は料理がなくなるまで束の間の幸せを堪能したのだった。


食事のあとも他愛のない雑談をして穏やかな時間を過ごしていたが、お腹いっぱいになって眠気に襲われたのか、レイは舟を漕ぎ始めた。

そっと手を伸ばし、ゆらゆらと揺れる頭を自分の肩へ乗せる。よっぽど眠かったのか、何の抵抗もなく私に寄りかかったレイは、やがてスヤスヤと寝息を立て始めた。

ふわふわと揺れる彼の髪が私の顎をくすぐる。指で前髪を持ち上げると、彼の秀麗な顔が見えた。

指でその顔を辿る。

今は閉じているけれど長い睫毛が縁取る意志の強そうな目。キメが細かい滑らかな頬。そして誘うように淡く色付く唇へと指を滑らせた。

指の背で一際ゆっくりとそこを辿る。唇はわずかに開いていて、吐き出される息が私の指に柔く絡みつく。

かすかに湿り気を帯びた息が与える刺激は、私にゾクゾクする快感を呼び起こすのだ。

もっと触れたい……と、強く湧き上がった欲求は、不意に洩れ出たレイの「ん……」という寝言で霧散する。

――今は私の欲望より、レイの休息が大事ですね。

眠りについたレイを起こさないように細心の注意を払いながら抱き上げると、私はさっさと食堂をあとにすることにした。

ぐっすりと眠る彼の身体は力が抜けて、くったりとしている。

本来、意識のない身体は重いはずなのに、レイの身体は羽根のように軽く感じた。だというのに、掌に伝わる彼の体温は、確かな存在感を主張して私を惑わせてくる。

「可愛い可愛い、私のレイ。早く私の手の中に来てください」

思わず足を止めて、眠るレイの額にそっと口づけた。

「……私の我慢も限界です」

洩れ出た呟きは、我ながら切実な色を含んだものだった。

カリカリと淀みなくペンを走らせる。
区切りのいいところまで書き終えた俺は、顔を上げて「ふぅ」っと息をついた。その瞬間、この間の失態を思い出し、俺は思わず机に両肘を突いて頭を抱えた。
――いくら寝不足っていっても、なんてことをっ！

この間の昼休憩でいつの間にか寝落ちしていた俺は、目が覚めるとなぜか医務室のベッドで横になっていたのだ。医務官が教えてくれたところによると、マイナさんが俺をこの場所に運んでくれたらしい。

高位貴族の人と話している最中に居眠りをしてしまい、そしてその相手に運んでもらったという事実。さらには、ぐっすり眠ってしまい午後の仕事を放棄したこと。そのすべてが醜態でしかない。

後日、マイナさんとまた食堂で会った時にひたすら謝罪しまくった。

マイナさんは、「起こしてあげると言ったのに、起こさなかった私が悪いんですよ」と優しく笑って許してくれた。

――そもそもマイナさんは、一体何が楽しくて、こんな平民を構うんだろう。

マイナさんと食堂で会うたびに、そんなことを考える。

彼はいつも俺に優しいいし、目が合うたびに甘く微笑んでくれる。不意に手を伸ばして頭を撫でては、俺の髪に指を絡めるのだけれど、その仕草に特別な感情が潜んでいるように思える。

もしかしたら、誰かの特別になりたい、という俺の願望が、マイナさんの何気ない仕草をそんな風に見せているのかもしれない。

たぶんマイナさんにとって、その一つひとつの行動に大した意味はないのだろう。ただ優しい人だから、慣れない王宮で働く平民を気遣ってくれているだけなんだ。

そう思ってはみるけれど、どうしてもマイナさんの行動に振り回されて、一喜一憂してしまう自分がいる。

——いや、こんな気持ちはダメだ。

ちゃんと自分の気持ちに鍵をかけていないと、好かれているのかもしれないと勘違いして傷つくのは自分なんだから。

大丈夫、俺は絶対あの人を好きにならない。あの人は貴族だ。平民の俺があの人の『特別』になんてなれるわけない。そもそも親にすら不要と切り捨てられた俺が、誰かに愛されるはずがないんだ。そう自分に言い聞かせて、過度に期待しないように戒める。

じゃないと、もしかしたら俺も『誰かの、たった一人の特別な人』になれるかもしれないと夢を見てしまう。

叶わない夢なんて見るだけ無駄だ。そんな夢を見ても結局傷つくのは自分なんだと分かっている。だから俺はマイナさんを好きになりたくなかった。俺は傷つきたくなかったんだ。

抱えていた頭から手を離し、顔を上げて両手で口元を覆う。

——俺も随分わがままになったな。

手で隠した口からため息が洩れる。

施設にいる時の俺だったら、自分が夢見るには分不相応だって、きちんと理解して諦めることができていたはず。

俺は自分の気持ちを鎮めるために、ペンダントにそっと触れた。

冷たいはずのペンダントトップの石は俺の身体で温かくなっている。その温もりでソルネスの優しさを思い出し、ほんの少しだけ慰められた。

「レイちゃん、具合が悪いの？」

考えに耽っていた俺に気付いたのか、隣に座るルーデル先輩が声をかけてきた。

我に返ってぱっと視線を向けると、心配そうな顔をしたルーデル先輩と、窓際の席からじっとこちらを見つめるガンテ室長の顔が見えた。

そうだ、俺のことを心配してくれる人がいる。誰かの『特別』にはなれなくても、施設育ちでこれまで心配してくれる人がいなかった俺にはそれだけで十分だ。

「いえ、大丈夫です」

ルーデル先輩ににこっと笑ってみせると、なぜかガンテ室長が安堵したように息を吐き出していた。

「あらそう？　じゃあ仕事でどこか分からなかったりする？　レイちゃん、呑み込みが早いからついたくさんお願いしちゃってたし」

俺の手元のファイルを覗き込み、ルーデル先輩は笑みを浮かべながらぺらりと指示書をめくった。

ガンテ室長は厳つい顔の割に心配性なところがあるけど、ルーデル先輩は適度に放任してくれるタイプだ。その距離感が、今はすごくありがたい。

「あ、じゃあ聞いてもいいですか？　今この部署の会議用の資料を作ってるんですけど、データが足りなくて。探しに行ったほうが早いですか？」

「どれ？　……あら、ホントだ。ちょっと足りないわ。これはあっちの準備不足ねぇ」

「不備があるなら突き返せ」

うーん……と首を捻るルーデル先輩の後ろで、室長がバッサリと切り捨てる。

確かに不備があれば、一度書類を返すこともある。でもガンテ室長の言うようにちょっとした不備をいちいち返していたら、この仕事はいつまでも終わらない。

大抵の資料は、少し離れた別棟にある保管室に全部署分をまとめて保存しているから、探しに行けばいいだけだ。

「このくらいだったら、再提出を待つより自分で探したほうが早いかもねぇ」

「あ、じゃあ俺、ちょっと資料探してきます」

幸いなことに俺の今日分の仕事はこれで最後だ。

それにちょうど気分転換をしたかったので、俺は保管室まで資料を探しに行くことにした。

「ん、よろしくね。でも保管している資料は多いから、探せなかったら諦めて担当部署に差し戻しましょ」

「はーい」

「レイ、無理するなよ」

「了解です、ガンテ室長」

心配そうな二人に見送られて、俺は部屋を後にした。

今回の目的地である保管室は、俺の部署が入る棟の三つ向こうにある王宮の大図書館の地下にある。

大図書館は建物こそ周りと同じ形だけど、中の構造はまったく違う。天井は高く、その天井に届かんばかりに高い木製の頑丈な本棚が整然と立ち並んでいる。その本棚の側面には書籍の分類番号が刻まれた銀のプレートと、そのプレートを照らすようにウォールランプが設置されていた。

大図書館には貴重な書籍がたくさんあって、それらが陽の光で劣化しないように、窓は少なく設計されている。そのため日中でも薄暗く、ウォールランプの仄(ほの)かな灯りだけが辺りを照らす光源なのだ。

そのランプも大図書館が火事にならないように配慮されていて、この国では貴重とされる魔道具が使われていた。

魔道具は、魔法が使える魔法師たちが作り出す不思議な道具だ。動力がなんなのか分からないけれど、数年に一度メンテナンスをするだけで、半永久的に使える物らしい。貴重な分もちろん価格は高く、平民にはまったく縁のない道具だ。

王宮内に設置されている魔道具を眺めるのが、最近の俺の密かな楽しみとなっていた。

大図書館に辿り着いた俺は、保管室に向かう前に足を止めてランプを見る。隣国トランファームがこの魔道具作りでは有名らしく、このランプも異国の雰囲気漂う装飾が施されていた。

「……あれ？」

その時、台座部分の装飾に、普通はないはずの文様があることに気付いて、俺はランプに手を伸ばした。

「これ、なんか変じゃない……？」

ランプの硝子（ガラス）部分以外は大図書館の雰囲気を損なわないように黒一色で塗られているが、刻まれている文様も黒色に染まっており、意識しない限り気付く人は少ないだろう。

あとから施されたものなのか、その文様は荒く刻まれ、まるで隠すように塗装が重ねられている。

他にも文様がないか、撫でるように台座に指を這（は）わせていると、背後からヒソヒソと話す声が聞こえてきた。

「見てご覧よ、アレがそうだってさ」

「へぇ……。閣下の趣味もあんまりよくないね。王宮に上がっているのだから、少しは平民臭さを隠せばいいのに」

「そう言うなよ。育ちばかりは隠しても滲（にじ）み出るものだ」

声を潜めてはいるものの、明らかに侮蔑を含んでいる。「平民」って言ってるし、当然俺のことか。

聞こえないふりをしてランプから手を離し、その場から移動する。そのタイミングでさりげなく相手を確認すると、どこかの貴族の令息らしき二人がじっとこちらを見ていた。

どちらも嫌悪感丸だしで、眉を顰（ひそ）めている。そんなに嫌ならわざわざ見なきゃいいのに、と思いながら肩を竦（すく）め、俺は何事もなかったかのようにその場を後にした。背後で忌々しげな舌打ちが盛大に聞こえてきたけど聞き流す。

最近、この手の陰口を多く聞くようになった。

たぶん、俺がマイナさんに抱えられて医務室に運ばれたところを、誰かが見ていたんだろう。

貴族の中には特権階級を鼻にかけている者も多く、彼らは平民を価値のないものとして蔑んでいる。

ちゃんと確認したことないけど、おそらくマイナさんは高位貴族。その彼が、侮蔑する対象の平民と仲良くしてるんだ。選民意識が強い彼らにしてみたら面白くないだろう。

「まぁ、陰口くらいなら可愛いもんだ」

とはいえそんなことをずっと考えていても仕方ない。

俺は早々に意識を切り替えて、本来の用事を済ませるべく保管室へ向かった。

ランプのあった場所からさらに進み、本棚に挟まれた狭い通路の先の奥まったところに、地下へ続く階段がある。俺は司書から借りた保管室の鍵を持って、その階段を下りる。

階段下はどん詰まりになっていて、そこから右へと廊下が延びている。その廊下の壁にもランプが設置してあったけれど、地下のせいかここは大図書館よりさらに暗い。

注意しながら進み、辿り着いた保管室の扉を開錠し、中へ一歩入った俺は、視線を上げて思わず声を洩らしてしまった。

「うわ……」

大図書館と同じように天井まで届く棚に、所狭しと詰められた書類の束。書類は部署別に棚に収められていて、年代別に仕分けてある。しかし、こういう書類は十年の保管義務があるから、その量も膨大なもので、探しているものを見つけるのは大変そうだった。

「やっぱガンテ室長の言う通り、突き返せばよかった」

ボヤきながらも意を決して、該当する部署の書類が収められている棚を探し始めた。

保管室は、大図書館と比べると掃除が行き届いていないのか埃っぽい。ときどき咳き込みながら、棚からあふれて床に積んである書類にうっかり躓かないように注意して室内を歩く。

そして結構奥まった場所にようやく目的の棚を見つけた。

「突き返すより、探すほうが早い……はず。うん、頑張れ、俺」

自分に言い聞かせるように呟くと、俺は手近な場所に押し込められた書類の束を引っ張り出し、中の確認作業を開始した。

ペラペラと書類を捲り続けて、どのくらいの時間が経っただろう。

ようやく必要なデータが記された書類を見つけた。指で文字を辿ると、ちょうど必要な年数分のデータが集計してあって、これ一つで足りそうだ。

「よかったぁ」

これで仕事が片付く、とホッと息をつく。安心したせいだろうか、力を抜いた途端に地下室特有の冷気を感じて、身体を震わせた。

「さすがに長くいると冷えるな」

俺は資料を脇に挟み、地上に戻ろうと出入り口の扉の所へ戻った。そしてドアノブに手をかけて回す。

「………あれ？」

ガチャンと硬い音が響き、ドアノブは途中で回転を止めてしまう。もう一度回してみたけど、やっぱりガチャガチャと音を立てるだけで、扉が開く様子はない。

「……閉じ込められたかぁ」

俺はつい、ため息をついてしまった。

こういった資料を管理する場所は、基本的に中から鍵の開閉ができない仕組みになっている。中に籠もって資料を改ざんするのを防止するための措置だけど、今回はその仕組みが仇となった。

俺をここに閉じ込めたのは、十中八九さっきの令息たちだろう。

鍵は俺が持ってるけれど、司書を脅してスペアキーを借りでもしたのかもしれない。

「ま、俺がここに来てるのはガンテ室長もルーデル先輩も知ってるし、戻りが遅かったら探しに来てくれるだろ。ちょっと寒いけど、我慢するしかないか」

助けが来るのが分かってる以上、怖がる必要はない。とはいえ彼らが来るまで時間がある。待ち時間の有効活用をするべく、俺は扉近くに積んである処分予定の書類が入っている木箱から紙を取り出した。そして床に座り、持っていたペンで紙の裏に必要なデータを書き写し始めたのだった。

無心でペンを走らせる。どうせならここでこの作業を終わらせたい。そうしたら、この資料を返却しに来る手間も省ける。

そう思ってせっせと手を動かしていたけど、地下の冷気が這い上がってきて身体をさらに冷やしていく。初めは「少し寒い」くらいだったけれど、時間が経ち身体の芯まで冷えたようだ。

「まずいかも……」

自分の身体を抱きしめるようにして両腕を擦るが、冷え切った身体は少しも温かくならない。

さらにまずいことに、身体が冷えたことで眠気が襲ってきた。

この眠気はダメだ。起きていないと、身体の冷えは一層ひどくなる。

分かっていても最近の寝不足も相まって、俺の瞼（まぶた）は次第に重くなっていき、やがて眠気に抗うことができずに目を閉じてしまっていた。


『――イ、レイ……』

誰かが名前を呼びながら、俺を抱き上げようとしている。その人を見ようとしたけれど、なぜか閉じた瞼（まぶた）は自分の意思で開くことができないし、指先一つ動かすことができなかった。

もしかして声は出るのかもしれないと、少しだけ力を籠めてみたけど呻き声みたいな音しか出ない。

俺はこの状態をもどかしく感じながら、心の内で呟いた。

――だ、れ……？

すると、俺の名前を呼んでいた誰かにはその心の声が伝わったのか、ホッと安堵の息が聞こえた。

『大丈夫ですか？　すぐそこから出してあげますからね』

誰かの手が労る（いたわ）ように俺の頬を撫でる。身体は動かせないものの感覚はあるらしく、俺は頑張って自分の置かれている状況を知ろうと辺りを探ってみた。どうやら俺はこの男に肩を抱かれ、膝らしき場所に座って胸にもたれ掛かっているようだ。

トクトクと彼の心臓の鼓動が聞こえて、その規則的なリズムに癒やされる。

知らないはずの人間に抱かれているのに、なぜだかとても安心している自分が不思議でならない。

何だろう、この感覚に覚えがある。はっきりしない思考を叱咤して考え、『ああ、そうだ』と思いつく。これは、最近いつも見ている夢と同じだ。

——じゃあ、これは夢?

『夢といえば夢ですが、夢ではないといえば夢ではないかもしれませんね』

再び俺の内心が聞こえたのか、その男が答えた。

——何それ。哲学じゃあるまいし。

訳の分からない返事につい不貞腐(ふてくさ)れると、彼はおかしそうに笑った。

『ふふ……そうですね。哲学ではありませんよ』

俺の頬に当てられていた手が、ゆっくりとその位置を変える。撫でるように肌を滑り、辿り着いた唇に指を一本押し当てた。愛撫するかのように何度も俺の唇を撫でさすったあと、力なくわずかに開いていた口にその指を潜り込ませてくる。

そして動かない舌に指を絡ませ、くすぐるように動かし始めた。

『——っ、ん……』

くちゅん……と濡れた音が静かな空間に響く。

『貴方が愛おしくて、触れたくて堪らなくて。だから私がこうして夢を訪れているだけという話です』

『……ん、ふ……ぁ……』

彼の指が俺の口の中でゆったりと動くたびに、背筋がぞくぞくする。

『ぅ……あ……、ん』

口の中を余すことなく指先で刺激され、分泌された唾液が口の端からあふれる。すると温かく湿ったモノが、その唾液の跡をぬるりと拭った。

『貴方の肌も、唾液も、本当に甘いですね……』

艶を含んだ男の声に、あらぬところが反応し始める。自分のモノが半勃ちしているのに気付いて、俺は慌ててしまった。

――こんな状況で一方的に嬲られて気持ちよくなるなんて、なんかいろいろダメじゃない？

そうは思うけど、動かない身体ではその恥ずかしい反応を隠す術もない。案の定、その男にバレてしまった。

『ふふ……可愛い。反応、してくれたんですね。気持ちよかったですか？』

口を嬲っていた手が離れ、男は俺のモノを服越しに撫でる。その感触は骨張っていて硬く、どうやら手の甲を擦り付けているようだった。

――や、ちょ……っちょっと待って！　それ、マズいから……っ！

ゴツゴツとした感触は、敏感になっているソコには刺激が強い。俺の心の声が聞こえてるだろうに、男は俺の焦りに返事もしなければ、その手を止めることもしなかった。

『っ、ぅ……ふ、ぅ』

容赦なく追い込まれていき、男が与える刺激で俺のモノはもうすっかり勃ち上がっていた。

さっきまで冷え切っていたのが嘘だったかのように、俺の身体は淫靡な熱を籠もらせ、うっすらと汗ばんでさえいる。

はぁはぁと忙しく息を繰り返していると、男は何を思ったのかその手をぴたりと止めてしまった。

――え……なんで？

あと少しでイきそうだった俺は、思わず戸惑いの呟きを内心で洩らした。

『ああ……本当に愛らしい。感じている貴方も、イけなくて戸惑っている貴方も、食べてしまいたいくらい可愛いです』

男の嬉しそうな呟きが聞こえる。でも俺はそれどころじゃなかった。発散できなかった欲が身体の中を蝕み、籠もった熱で頭がおかしくなりそうだ。

――や……、イき……たいっ。

思わず懇願するような言葉が脳裏に浮かぶ。その言葉が聞こえたのか、男はうっとりと甘い睦言(むつごと)を囁(ささや)くように言った。

『じゃあ、私にお願いしてみてください』

何を言われたのか、意味が分からない。イきたくて、苦しくて、生理的な涙が目尻に浮かび、俺はすっかり困惑した。

『……イかせてって、私にねだってください。貴方に甘えられたら、私は拒めませんから』

楽しげなその声を聞いて、俺は内心で何度も言った。

――おね……がい。イかせて。気持ち、よくして……っ。

男が望む通り、恥も外聞もかなぐり捨て懇願する。

だというのに、男は一瞬言葉を詰まらせて、すべての動きを止めた。

しばらくしてやけに長い息を吐き出した男は、俺の肩を抱く手に力を籠めて、ちゅっと目尻に唇を落としてきた。何度も額や目尻に口づけしながら、男の手は器用に俺のスラックスに潜り込む。

そしてその長い指を俺のモノに絡めると、容赦なく動かし始めた。

『あ、あ、あ……っ、ぅあ……っ』

先走りで濡れるソコが、ぐちぐちと淫靡な音を響かせる。ようやく与えられた刺激に、俺はもう恥ずかしさも何もかなぐり捨て、ひたすら身体に生まれる快感を追った。

カリッと先端を爪で引っ掻くように刺激され、俺は呆気なく白濁を放ってしまった。目も眩むような快楽に酔いしれ、俺は放心してしまう。人から与えられる刺激が、こんなに気持ちいいとは思わなかった。

はふはふと息を繰り返していると、俺を抱き上げていた男も荒く息を吐き出した。

『早く現実でも貴方に触れたい』

男は切実な声と共に、俺を両腕で抱きしめてくる。

『でも今は夢の中で我慢するしかありませんね』

俺の唇のすぐ近くで吐息と共に囁（ささや）くと、そっと柔らかなものを唇に押し当ててきた。

ガツン！　と何かを壁にぶつけたような音が聞こえてきて、俺は目を開けた。

――あれ……俺、寝てた……？

起き上がって、キョロキョロと辺りを見渡す。底冷えする冷気が、俺の寝惚けた頭にこの場所を知らしめてくる。

「あ、保管室か、ここ……」

自分がいる場所を思い出して、ぼんやりと入口の扉を眺めていると、前触れもなく扉が音を立てて思い切り開き、誰かが慌てたように飛び込んできた。

「レイ！」

「だ……誰？」

強く抱きしめられ、広い胸にぎゅうぎゅうと顔を押し付けられて身動きができない。辛うじて視線を動かすと、少し赤みの強い栗色の髪が俺の視界を掠めた。

「マ……マイナさん？」

「レイ、大丈夫ですか？　閉じ込められて怖かったでしょう。ああこんなに冷えてしまって！　寒かったでしょう？　気分は？　悪くないですか？」

抱きしめられたまま矢継ぎ早に問われて、言葉を返す隙もない。唖然として、なされるがままになっていると、マイナさんの向こうから低く野太い声が聞こえてきた。

「おい、落ち着け」

「ガンテ室長？」

きょとんと何度か瞬き、ようやく現状を理解する。

「ちょ……え、なんでマイナさんがここに？」

――ガンテ室長が探しに来るなら分かるけど、マイナさんが一緒なのはなんでさ。

俺はジタバタと手を動かし、マイナさんの腕の中からの脱出を試みるけど、背中に回された彼の腕はびくともしない。

「いい加減にしろっ！」

ガンテ室長の怒りを含んだ声と共に太い腕が腹に回され、ひょいっと持ち上げられ、「は？」と思う間もなくマイナさんから引き離される。

立ち尽くす俺を心配そうに見ながら、ガンテ室長は服に付いた埃を払ってくれた。心なしか、マイナさんの腕が回されていた背中がやけに丁寧に払われている気がする。

「ったく。大丈夫か、レイ」

「あ、はい。ありがとうございます」

さすがに上司に埃を払わせ続けるわけにはいかない。

俺は慌てて二人から距離を取ると、寒さを堪えて頭を下げた。

「出られなくなっていたから、助かりました」

頭を上げると、二人は俺を見て微笑んでくれた。

……けど、顔を上げる一瞬に見えた二人は、睨み合っていたような気がする。でもそれはあんまり深く考えては駄目な気がして、俺はそっと口を噤んだ。

「ちょっとアンタたち、邪魔！　も～こんな埃っぽくて寒い所に、いつまでレイちゃんをいさせるつもり!?」

大柄な二人に入口を塞がれて入れなかったのか、ルーデル先輩の声が開きっぱなしの扉の向こうから聞こえる。

「ルーデル先輩も来てくれたんですか？　ありがとうございま……ックシュ！」

身体の冷えのせいか、抑えきれずにくしゃみがでた。洟（はな）を啜（すす）りながら自分の腕を擦り身体を震わせていると、マイナさんとガンテ室長がハッとなり慌て始めた。

「そうでした！　すみません、レイ。寒かったですよね！」

濃紺のペリースを肩から外したマイナさんは、それで俺を包み込み、ふんわりと抱きしめてきた。

「てめっ！　俺の目の前でっ！」

いきり立つガンテ室長には目もくれず、マイナさんはゆっくりと俺の頭を撫で、頬を寄せた。

「貴方をこんな目に遭わせた者たちは、きちんと断罪しましょうね。死んだほうがましだと思うくらいひどい目に遭わせてあげましょう」

マイナさんは甘やかすような口調で、しれっと物騒なことを言っている。俺は取り繕うことも忘れて慌てて言葉を返した。

「だ、断罪って……。別にいいよ。こんなの子供の悪戯（いたずら）みたいなもんだし」

「ダメですよ。悪いことをしたのなら、それなりの罰が必要です。何より私が許せないので、処罰は必至です」

「それには同意だ。なあなあにすると他に示しがつかねぇ。自分がやらかしたツケは自分で払わせねえとな。じゃねぇと、俺の気も済まねぇ」

なぜかガンテ室長がマイナさんの肩を持つ。

――この人たち、仲良いの？　悪いの？

思わず俺が二人の顔を見ると、マイナさんはにこにこと、ガンテ室長は人の悪そうな笑みを浮かべていた。なんか怖い。

収拾がつかないその場を収めたのは、二人の隙間からなんとか身体を保管室に滑り込ませたルーデル先輩だった。

「ちょっとぉ！　人の話、聞いてる!?　いつまでレイちゃんをこんなとこに立たせてんのよ。あぁん、もう！　こんなに冷え切って！　顔も真っ青じゃないの！」

ツカツカとヒールの音を立てて俺に近寄ったルーデル先輩は、引っ付いているマイナさんをベリッと引き剥がし、俺の頬や手に触れた。

そしてぷりぷりと立腹したまま、マイナさんが掛けたペリースで俺をしっかりと包み込み、肩を抱いて「アンタたち邪魔！」と二人を押しのけて保管室から連れ出してくれた。

「ルーデル先輩、ありがとうございます」

「うふふ、いいのよ」

先輩に支えられながら薄暗い廊下を歩いていると、地上に上がる階段の手前で誰かが転がっているのが見えた。ぎょっと目を見開いていると、俺が見ているものに気が付いたルーデル先輩が肩を竦（すく）めた。

「ああ、アレ？　おいたが過ぎたみたいだから、ちょっと躾けたの。放っておいていいわ」

にこっと笑ってルーデル先輩が答える。

「はぁ……」

ルーデル先輩もなかなか容赦がない人みたいだ。ちょっと怖い。

脇を通る時に顔をチラリと見てみると、確かに大図書館で俺に陰口を叩いていた二人だった。

——うん、まぁ仕方ないな。

あえて言及する必要性を感じず、俺はルーデル先輩に促されるままその場を通りすぎた。

レイをルーデルに奪われてしまった私は、苛立つ気持ちのまま髪をグシャッと掻き上げた。

レイが保管室から戻ってこないとガンテから知らせを受けて、急いでこの場所に向かってみればこの状況だ。苛立つな、と言うほうが無理である。

ガンテは信頼できる人物ではあるし、レイを守るという意味では大変心強い存在だ。しかし、何かと私とレイの邪魔をしてくる厄介な人間でもある。

この男、レイにはまだ秘密にしているようだが、彼の血縁者にあたる。そのレイが王宮に勤めることが決まると、元々就いていた騎士団副団長の座を辞してまで現部署を立ち上げた。

有象無象の輩からレイを守る、ただそれだけのために。

まぁ、もっとも、その実力を惜しんだ陛下の指示で、騎士団副団長との兼任となっているけれど。

立ち去るレイを追っていた視線をチラリと隣の男へ移す。

そもそも、かなり前からレイが私の番じゃないかと勘づいていたのもこの男だけだ。もしかしたら、その『有象無象の輩（やから）』の中に私も含めているのかもしれない。

――ただの筋肉の塊のような人間ですが、なかなか勘はいいようですね。性格は難ありですが、さすが副団長まで昇っただけはあります。

「お前、今、涼しい顔して俺の悪口思い浮かべていただろう」

「……何を根拠に？」

こういうのを野生の勘とでもいうのだろうか。人族のクセに獣人より動物じみた男だ。

「その腹黒さが滲（にじ）む目を見りゃ分かるわ！」

「随分失礼ですね」

「お前もな！」

彼は周りに粗野な印象を与える言動を取っているが、決して頭は悪くない。あえてその話し方なのは、対峙する相手を油断させるためだ。その罠を見破れずに自滅していった人間は両手の数では足りない。そんなガンテを探るように見ていると、彼は思い出したように告げてきた。

「そうそう、レイのことだがな。やっとあの子の出生届を手に入れたから、俺との養子縁組の手続きを開始したぞ」

だからその言葉を聞いた時、レイを自分の手元に囲い込み、私に渡さないつもりかと一瞬疑った。

もちろん、その場合は受けて立つし、なんなら彼の家であるクラウン伯爵家を潰すことも辞さないつもりだ。

横に並び立つガンテを無言で睨むと、呆れたような声が返ってきた。

「お前さ、平民と貴族が結婚するには、平民が貴族籍を得る必要があるってこと、忘れてんじゃねぇか？」

嫌そうに眉間に皺を寄せたガンテの言葉で、私はそれを思い出した。

「そんな大事なこと、忘れるわけないじゃないですか」

――嘘です。愛しいレイが見られるようになって浮かれていて、すっかり忘れていました。

平民が貴族籍を得るには、養子縁組が一般的だ。しかし平民の見目のよい子供が、無理やり貴族の養子にされることを防ぐために、養子縁組には貴族院の精査と承認が必要とされている。

そして、その手続きには恐ろしく時間がかかるということも思い出し、重いため息をついた。

私の反応を見ていたガンテは、胡乱（うろん）げな眼差しを向けてきた。

「お前ね……。確かにレイは成人したし婚姻もできる年にはなったけど、環境に馴染（なじ）むまでは手ぇ出すなって言ったのも忘れてんだろ」

「そこはさすがに覚えていますよ」

ただでさえレイは食が細いし、さらに慣れない仕事で身体に負担がかかっているのを知っている。

――そんな彼に、この私が無体なことをするわけがありません。

「はっ、どうだか。最近じゃアレコレ手ぇ出してるそうじゃねぇか。噂になってんぞ」

「ギリギリ許容範囲です」

「完全アウトだよ！」

ギリッと目尻を吊り上げてガンテが睨んでくる。

「堂々と抱き上げて医務室に運ぶわ、途中でキスするわ、これで手ぇ出してねぇなんざ、片腹痛いわ」

フンっ、と鼻を鳴らす男を、私は無表情に眺める。

「いいか、もう一度言うがレイに手ぇ出すんじゃねぇ。養子縁組の承認が下りて、婚姻が確実になるまで我慢しろ」

「貴方は我慢我慢と言いますが、その我慢に対して私には何一つ利点がないではありませんか。そもそも彼は成人しているのですから、本人の同意があれば何の問題もないはずです」

「なんでお前に利点を与えなきゃならんのだ。……俺は知ってるぞ」

ガンテは一旦そこで意味深に言葉を区切ると、声を潜める。

「お前、もう夢の中でレイを喰ってんだろ」

やたらと確信めいて言うガンテに、私の片眉がぴくりと上がる。

「…………随分な言い掛かりですね」

「はっ！　言い掛かり、か？」

ジロリと睥睨（へいげい）する彼に、これはなんらかの確信を得ているのかと思い付く。確かに勘だけはいい男だから、彼に気付かれてしまうのは想定内ではある。

「人族とはいえ、俺もこの王宮勤めは長いんだから知ってるぞ。この時期の、身体が成熟した番から漂う香りが、お前たち獣人にとって最高の媚香だってことくらいな！」

びしっとガンテに突き付けられた指を、無感情に眺める。

レイからは理性を焼き切るような芳しい香りが常に漂ってきているのは事実だ。それに必死に耐えているのは、レイの身体に配慮してのことだった。

レイはこの春から働き始めて環境が激変している。環境の変化は体調を損ないやすいし、愛や恋に現を抜かす精神的な余裕もないだろう。

だからこそ彼との逢瀬は、人が多く集う食堂で我慢している。人目があれば、番の香に当てられてもある程度自制が利くだろう、と考えてのことだ。

でも意外に適応能力が高かったレイは、一ヶ月もしない内にすっかり今の環境に馴染んでいた。

——本当に素晴らしい。私の番は最高ですね。

そうなれば私が我慢を強いられる謂れはない。ただ現実世界でレイに手を出すにはガンテの鉄壁の守りが邪魔だし、私の番だと周りに知られることで彼の身が危険に晒される恐れもある。

だから私は、レイとの逢瀬の場を夢に限定したのだ。

ただちゃんと貴族籍を得て私の屋敷に囲い込めるようになるまで、彼は何も知らないほうがいい。純粋な彼が世間を誤魔化すように振る舞うのは難しいだろう。だから、彼が夢の中の出来事を忘れるようにと力を調整していたのだ。

だけど「忘れる」ということがこれほど精神を摩耗させ、レイの体力を奪うとは思っていなかった。この点は完全に私の落ち度だ。

——どうにか彼の体力を消耗させずに手を出す方法はないでしょうか……

「だから、お前は……。手ぇ出す気満々じゃねぇか」

「人の思考を、動物的直感で読むのは止めていただきたいものですね」

バチバチと睨み合う。しかし、ガンテは眉根を寄せたまま諭すように口を開いた。

「冗談言ってる場合じゃねぇ。お前、自分が貴族の子息らにとって最高の婚姻相手だってこと分かってんだろ。そのお前が手ぇ出せば、平民のレイが奴らに目を付けられんのも当たり前だ。だからあの子はこんな目に遭ったんだぞ」

「それは……」

痛いところを突かれて、私は言葉に詰まる。

「『宰相閣下の番』であるレイは、お前の最大の弱点だ。レイが俺たちの知らない間にどう利用されるかも分からん。だから食堂でのみ会うようにと忠告したし、その食堂でも周りを俺の身内である騎士たちで固めて、レイの姿を有象無象の奴らに晒さないようにしたっていうのに」

はぁ……とため息をついたガンテは、去っていったレイの姿を追うように開いたままの扉に目を向けた。

「もうあの子の噂は広まりつつある。それはどうしようもねぇ。ただな……」

ジロリと翡翠（ひすい）の瞳が私を睨む。

「そろそろトランファームから大使が来ようっていう微妙な時期だ。間が悪すぎる。お前も俺もさすがに忙しくなるし、そうなったら誰があの子を守るんだ」

「……すみません」

正論を言われてしまうと、さすがに何も言い返せない。

トランファームは隣の国であり、魔道具の発明、製造で発展を遂げた国である。

魔道具に必要な魔石の生産国である我が国とは、何かにつけ一触即発の状態が続いており、辛(かろ)うじて国交を保っている相手だ。

「トランファームは魔法師の国だ。どういう手段を使ってくるか読めねぇ。奴らにレイの存在がバレたら、交渉材料として人質にもされかねん。今はかなり危うい状態なんだ。そこは分かってくれ」

ぽんと私の肩に手を乗せて宥めるように言うと、ガンテは身を翻(ひるがえ)し保管室を出ていった。

それをため息と共に見送る。

「私としたことが、ガンテに諭されるとは……。どうやら想像以上に浮かれていたみたいですね」

頭を一振りして雑念を追い払い、私もガンテのあとに続いて保管室から出た。

「あはははっ！　聞いたぞ、大変だったみたいだな！」

その後、ルーデルによって医務室に連れていかれたレイを見舞っていると、国王陛下からの呼び出しがかかった。

レイの側から離れたくなかったけれど、「大至急来い」という伝言を受けて渋々謁見の間へ向かう。

しかも陛下は私の顔を見た瞬間、玉座に座ったまま大笑いし始めたものだから、怒りが抑えきれずに額に青筋が立つ。どうやら保管室での出来事は、とっくに陛下の耳に入っているようだ。

「……何の御用でしょうか、陛下」

無表情のまま冷ややかな目を向けると、陛下は目尻に浮かんだ涙を拭いながら、しなやかな尻尾をひらりと揺らした。

ライティグス国王陛下は、濃い金の髪と、金の瞳が特徴的な獅子の獣人だ。

私やガンテと比べると幾分細めの身体だが、あふれんばかりの覇気があり周りを圧倒する存在感を放っている。正しく「国王」の地位に相応しい人物だった。

「お前がガンテに論破されたと聞いて、顔を見てみたくなったのだ！」

陛下はニヤニヤと底意地の悪い笑みを浮かべる。

「お前、番の子が抱けなくて、欲求不満なんだろ」

下品な物言いではあるが、まあ、確かに私は欲求不満ではある。認めるのは癪だが当たっているため、陛下を睨むだけに留めた。

「お前と番の子の関係が微妙な時に悪いが、トランファームの大使が来る日程が決まったぞ」

陛下は片方の口角を吊り上げて、ニヒルな笑みを浮かべた。陽気でふざけた態度から一転、国政を担う覇者の雰囲気を醸し出す。金の瞳には獲物を狙うかのような獰猛な光が宿っていた。

「さて、今回の奴らの目的は何だろうな」

「それはもう魔石一択でしょう。なんとしても手に入れようと、向こうも頑張っていますからね」

何がなんでも魔石が欲しい国と、世界で唯一魔石を産出する我が国。考えなくても答えは明らかだろう。

「ふん、なら一番手っ取り早い方法は、魔石の鉱山を保有している貴族との婚姻か」

「それはどうかと……」

顎に指を掛け私は首を傾げる。

我が国の貴族が他国の貴族と婚姻するには、我が国の国王陛下、つまり目の前にいる男の裁可が必要だ。この陛下の性格なら、散々引っ掻き回した挙げ句に許可を出さないくらい平気でやる。そして、そのくらいはトランファーム側も容易に想像がつくはずだ。

それにあの隣国の陰湿な魔法師たちが、そんな真っ当な手段を選ぶとも思えない。

その時、チリっと胸の奥に嫌な感覚が湧き上がってきた。それと共に先ほどのガンテの言葉が蘇る。

『奴らにレイの存在がバレたら、交渉材料として人質にもされかねん』

「……まさか」

情けなくも洩れ出る声が掠れた。大使の派遣に今この時期をあえて選んだ理由を考えると、レイの存在が無関係とは思えなくなる。

――これはレイの守りを強化したほうがいいかもしれませんね。

考えに沈む私を引き戻したのは、陛下の一言だった。

「今回のトランファームの件はお前に任せる」

「は？」

私は思わず眉間に皺を寄せて顔を上げた。

「なぜ私が？　それは外務府の担当でしょう」

「明らかに何かを企んでる魔法師が相手だ。ただの人間には荷が重い。こういう時こそ、お前の能力を発揮すべきだろ？」

「私をこき使うつもりなら、それなりの褒美が必要だということはご存知で？」

「ふふ……」

陛下はゆったりと脚を組み替えて、からかうような雰囲気と共に私を見た。

「もちろんだとも。褒美だろ？　そりゃあ、ちゃんと考えてるさ」

姿勢を崩して行儀悪く頬杖をつくと、陛下はニッと笑った。

「貴族院に働きかけて、番の子の養子縁組の許可を速やかに出してやろう。そうすれば、ことが片付き次第、即婚姻だな」

「勅令(ちょくれい)、謹んでお受けいたします」

気付くと、私はあっさり陛下に向かって頭(こうべ)を垂れていた。

——褒美がレイとの甘い蜜月というのは悪くないですね。どうせなら、長期休暇も欲しいところです。

そう内心でほくそ笑んでしまう。

「これでお前の欲求不満も多少は緩和できるな！」

顔を上げずとも陛下がニヤニヤ笑っていることくらい分かる。ことが片付いた暁(あかつき)には、絶対に長期休暇をもぎ取ってやろうと私は固く決心した。

——なに、私が不在で仕事が回らなくても、きっと有能な陛下がなんとかしてくれますよ。

頭(こうべ)を垂れたまま、私は「ふん！」と大きく鼻を鳴らした。

「あー……今日は散々だった……」
あれから寮の部屋に帰宅した俺は熱いシャワーを浴びたあと、濡れた髪をタオルでガシガシと乱

暴に拭きながらベッドに腰を下ろした。

本当なら、たっぷりと贅沢に湯が張られた浴槽に浸かりたいところだけど、さすがに寮の部屋にはシャワーしかない。しっかり温まったとは言い難いけど、ホットミルクでも飲んでさっさとベッドに潜り込めば、少しは身体の芯に残る冷えもなくなるだろう。

仰のいて、息をつく。そしてそのまま、チラリと椅子の背に掛けられたものに視線を流した。

保管室でマイナさんが俺に掛けてくれたペリースだ。

髪を拭いていたタオルを放り投げ、腕を伸ばしてそのペリースを手に取った。極上の生地が使用されているのだろう。手触りがよくてとても温かい。

そろりと端を持ち上げて頬にそれを押し当ててみると、ふわりとマイナさんの優しい匂いがした。

あのあと、陛下との謁見を終えて戻ってきたマイナさんに返そうとしたけど、彼は柔らかく笑いながら首を横に振って受け取ってくれなかった。

「こんなもの、替えはいくらでもあります。まだ貴方の身体は冷えているのですから、そのまま肩に掛けてお帰りなさい」

そう言って、もう一度そのペリースで俺の身体を包み込んでくれた。やっぱりマイナさんは優しい。

ペリースを手にしたまま俺はベッドに転がる。

「皺になっちゃうな……」

そう思っているのに、マイナさんの匂いがするペリースを手放すことができない。

「俺、自分が思ってるより弱いのかも」

俺がいた施設には何も思い入れはないけど、仲間と会えず話せずの状態は、想像を遥かに上回るほど淋しい。その淋しさが、俺の心を弱らせるのだ。

「そうさ、俺は淋しいだけ……」

――マイナさんが好きってわけじゃない。

口に出して呟けば何かが崩れてしまう気がして、俺はギュッと瞼を閉じて言葉を呑み込んだ。


『……んぅ』

軽く詰めていた声が耐えかねたように洩れる。

すりっと硬い掌が頬を撫でている感触が、俺の意識を呼び覚ました。これはいつもの夢だ、と気付く。

どこかで寝転がっている俺の上に、誰かが圧し掛かっている。その誰かの掌はそのまま首を辿り、肩の線を撫で腰へ流れていった。

『――っ、っ……』

やわやわと肌に与えられる刺激に、俺の身体は甘美な熱を孕んでいく。見なくても、俺のモノが刺激に反応して硬く勃っているのが手に取るように分かった。

恥ずかしくて身を捩って熱を散らそうとしても、指一つ動かせない。

閉じた瞼も開けることができず、一体自分が「誰」に抱かれているのかすら分からない。

——なのに夢とはいえ、嫌悪感が欠片も湧かないのはなんでさ……っ。俺、もしかして淫乱だった？

頭は混乱しまくっているけど、俺の身体は与えられる快楽に素直に反応していく。俺のモノが男の掌に包まれたと思った瞬間、その手は容赦なく動き出し、さらなる快楽を身体に刻み始めた。

『——身体、随分温かくなりましたね』

密やかに囁かれる男の声が耳元で聞こえる。くちゅっと濡れた音と共に、俺の耳孔を舐め、耳朶を柔く食んできた。

『ふふ……ペリースを抱きしめて寝ていたんですか？』

耳と雄芯を同時に攻めたてられて、俺の身体が甘く震える。

ふふっと男の笑い声が俺の鼓膜を揺らした。

『本当に貴方は可愛らしい……』

『こんな可愛い貴方を誰にも見せたくありませんね。本当に……今すぐ閉じ込めてしまいたい』

そう囁いたかと思うと、目の前の人物は耳朶を食み頬を辿って、俺の喉元に優しく噛み付いてきた。それに合わせて雄芯に絡みつく指が一層強く淫らな刺激を与えてくる。

その刺激に俺は我慢できず精を吐き出した。全身に広がる甘い痺れに、思わず詰めていた息を吐き出し、新たな空気を求めて、はくっと唇を開く。

その唇に、そっと唇が重なった。

心から愛しているような口づけを、俺にしてくる意味が分からない。

その甘い口づけは、あり得ないと分かっていても、俺自身がこの男に愛されているような錯覚を起こしてくる。でもそれが今日はとても悲しく感じた。

『レイ？　どうしたんですか？』

俺の様子を不審に感じたのか、男が俺の頬を撫でて問うてくる。

俺はその時点でたぶんいろいろ限界が来ていたんだと思う。半ば自棄(やけ)になって内心で呟いた。

――そんな緩い刺激じゃ全然足りない。もっとシて……

悲しさも淋しさも、今だけは快楽に溺れて忘れてしまいたかったのだ。

その言葉が聞こえたのか、男は黙り込む。男が醸し出し始めた冷ややかな気配を感じて、自分の夢にしては変な反応だなと思った。そして夢の中でも、俺のささやかな望みは叶わないのかとがっかりしてしまった。

――どうせ夢なのに、俺はなに期待してたんだろ……

さっきまで身体に燻(くすぶ)っていた甘美な熱も、一気に冷めてしまう。いつになったらこの夢から目覚められるんだろう……なんてことを考え始めていると、男が急にぎゅっと俺を抱きしめてきた。

男の突然の行動に困惑したが、そんな俺にはお構いなしに、男は俺を抱きしめたまま呪詛(じゅそ)を吐くように低い声を捻り出し始めた。

『そんな緩い刺激？　では誰かからキツい刺激を受けたことがある？』

何を言われたのか、俺の理解が追いつかない。

『その誰かは、貴方が満足するくらいたくさんシてくれた？』

――いや、え、ちょっと待っ……

俺の制止の言葉なんて聞こえていないみたいで、男の声はどんどん怒りを募らせていった。

『それは誰？　貴方に何をしたの？　まさかと思うけれど……』

ふと男の腕の力が緩む。男の勢いに気圧（けお）されて詰めていた息をほっと吐き出した時、男が俺の顎をぐっと掴んだ。

『無理やり……なんてこと、ありませんよね？』

――ないから！　無理やりされたことなんてない！　っていうか、誰ともシたことねぇよ！

慌てて叫ぶように言う。もちろん声は出ないから、心の中で。

でも男にはちゃんと伝わったみたいで、懐疑的な声が聞こえてきた。

『……本当ですか？』

――本当だってば！

なんだ、これ。まるで嫉妬しているような男の反応に、俺はさらに混乱してしまった。

――なんだよ、これ夢じゃないの？　俺、夢でも甘えちゃダメなのかよ……

ままならないのは現実だけで十分だと、半ば不貞腐（ふてくさ）れていると、俺の身体にずしっと重さが掛かった。

男がもう一度身体を重ねてきたのか、触れ合う部分が温かい。

『私に甘えたかったの？』

険のある声から一転、甘い男の声が上から降ってくる。

――もういい……

突っぱねるように言うと、男は俺を宥めるように髪を梳いて額に口づけた。

『すみません。貴方から甘えてもらえるなんて思いもしなくて』

何度も何度も顔中に口づける男の声は、なんだかとても嬉しそうに聞こえる。

『ねぇ、レイ。私に挽回のチャンスをいただけませんか？』

――挽回？

男の言葉を繰り返すと、彼はちゅっと唇に口づけた。

『貴方を最高に気持ちよくしてあげたい……』

囁く声は淫靡さを湛えて、俺の心の隙間にするりと入り込んでくる。俺がまだ返事をしていないというのに、男の手はゆるりと身体を辿って下へと伸び、放った精に濡れる俺のモノに緩く指を絡めた。

くちゅ……と淫猥な音が響く。

――ちょっ、待っ――あ……

反射的に制止の声を上げようとしたが、構わず男は口づけで塞いでくる。

緩急をつけた刺激で、あっという間に俺のモノが再び硬くなり始めた。きゅっと握り込まれ、ぞくりと背中が粟立つ。

知らず息を詰めていると、男は手の位置を変えて指を奥へと伸ばしてきた。後孔をその指先で掠めるように撫でる。いくら経験がなくても、男の行動の意味くらい、さすがの俺でも分かった。

『ここ……いい？』

期待を含んだ男の言葉に、俺は少し躊躇してしまう。

――そりゃ、これ夢だけど……知らない奴とするの、やっぱりダメなんじゃ……

『夢なんですから、流されてください。私も貴方と一緒に気持ちよくなりたいです』

男は俺に重ねていた身体をずらすと、俺の左太腿に既に硬くなって存在を主張している自分のモノを擦り付けてきた。

『これから私は現実世界で忙しくなる。大事な貴方とこうして会う時間も限られるでしょう。だからお願いします……』

男の声に切実な色が滲む。

『貴方を抱かせて……』

俺を心から望んでいるようなその声に、俺はなぜかとても惹かれてしまった。その気持ちのまま、『うん』と内心で返事をすると、男が纏う雰囲気が一気に甘くなった。

ゆっくりと男の唇が重なる。その唇は角度を変え、次第に深く深く、まるで貪るかのような口づけへ変わっていき――

上掛けを撥ね退けんばかりの勢いで飛び起きた。

「はっ……はぁ……はぁ……っ」

肩で大きく息をしながら辺りを見渡すと、すっかり夜も明けていて窓から差し込む朝日が部屋を柔らかく照らしていた。

「ゆ……夢？」

確かに夢を見たはずなのに、何も覚えていない。

「あー……クソっ！」

大事な内容だった気がするのに、何一つ思い出せない状況がもどかしくて、つい悪態が口をついた。

俺はグシャッと髪を掻き上げる。昨日はガンテ室長に終業前に帰されて、夕食も食べずに寝たのに、やっぱり身体はだるく、疲労が強く残っていた。

「なんなんだよ……っ」

自分の身に何が起きているのかさっぱり分からない。腹立たしくなった俺は、髪を掻き上げた手を感情のまま振り下ろして、ベッドに叩きつけようとした。

でも視界に濃紺の色が飛び込んできて、慌てて片方の手で振り下ろした腕を掴んだ。

マイナさんに借りた、濃紺のペリース。それをそっと手に取ると、顔に押し付けて大きなため息をついた。

「マイナさん……」

そのペリースについていた匂いはもう薄れていて、俺は堪らなく淋しい気持ちになってしまった。

保管室の出来事から数日が経った。

あれから俺はマイナさんに会えなくて、借りたペリースも未だに返せていなかった。

「忙しいのかな？」

呟いてから、そりゃ当たり前か、と苦笑いを洩らす。役職に就いている人間が暇なわけない。俺が割と頻繁にマイナさんと食堂で会えていたのも、もしかしたらマイナさんがわざわざ時間を合わせてくれていただけかもしれないのだ。

「合わせる？　マイナさんが？　いや、それはないか」

浮かんだ考えを即座に否定する。役職に就くほど高い地位にいる人が、平民に会うために時間を調整するなんておかしな話だ。

ふるりと首を横に振って、俺は割り振られた今日の仕事に取り掛かった。

忙しいといえば……、と俺はちらりと窓際の席に目を向ける。最近、ガンテ室長も忙しそうなのだ。朝イチで仕事を割り振ると、彼は慌ただしく部屋を出ていく。それから仕事が終わって帰るまで、ガンテ室長の姿を見ることはない。

ペンを走らせながら、二人の忙しい理由の一端に思いを馳せた。

忙しさの理由の一つに、トランファームの大使がこの国ライティグスに来訪するのが挙げられる。現に今俺が書き写しているのは、大使を迎え入れるにあたっての会議資料と宴の招待状だ。下っ端の俺ですら知っている、トランファームとこの国の関係性を考えると、上層部が忙しくなるのも分かる。

視写部署のガンテ室長まで忙しくなるのはよく分からないけど、彼も役職に就いている以上なんらかの仕事が割り振られたんだろう。

室長が不在がちになったせいか、この部署に二人の人員が補充された。名前はモーリスさんとクレインさんだ。

ガンテ室長には及ばないにしても、二人とも体格がいい。俺と同じサイズの机を使ってるけれど、随分窮屈そうな二人に目を向けていると、彼らと目が合った。

気まずくて視線を逸らそうとしていたら、彼らはにこっと好意的な笑みを向けてくれた。

まだちゃんと話をしたことないけど、いい人そうだ。そう感じた俺が、失礼にならないようにとぺこりと会釈で返していると、ぽんと肩を叩かれた。

「レイちゃーん？　なになに、彼らが気になる？」

顔を上げると、ファイルの束を抱えたルーデル先輩がにこにこと笑って立っていた。

うふふ……と口元は笑っているルーデル先輩の、笑ってない目が二人を捉える。その瞬間、彼らの顔色が一気に悪くなるのを、俺は確かに見た。

「えっと……？」

「この子の保護者、相当過保護だから。粉をかけたのがバレたら大変よぉ」

「保護者？」

俺は思わずきょとんとしてしまう。それは一体誰のことだろう。

「うふ。レイちゃんは気にしなくていいの」

笑顔のルーデル先輩にキッパリ言い切られる。視界の端に、向かい側の机に座る二人が冷や汗を流しながら引き攣った笑いを浮かべるのが見えたけど、これ以上追及してもいいことはなさそうだ。

俺は何も見なかったことにして仕事に専念することにした。

その後しばらく視写作業に集中していた俺だったけど、ふとペンを止めた。

「……あれ？」

「どうしたの？」

俺の声を聞いて、素早くルーデル先輩が反応して顔を上げた。俺は手元のファイルのページを捲りルーデル先輩にそれを見せながら、首を傾げる。

「このファイル、ページが何枚か抜けてるみたいです」

「え、ホント？」

俺の指摘に、ルーデル先輩が怪訝な顔になった。

「変ねぇ。視写する書類は、その部署の室長が中身を確認してるはずなんだけど……」

そう言われて、もう一度前後のページを確認してみるけど文章が繋がらない。これって明後日の会議の添付資料のはずだ。至急マークが付いていたから、今から差し戻して再提出してもらうのにも時間が足りない。

「俺、この部署に行って書類の原本を確認してきますね」

これから使う書類だから、原本は保管してるはずだ。

俺が椅子から立ち上がると、ルーデル先輩が心なしか少し慌てたような顔をした。

「あ、ちょ……ちょっと待って。レイちゃん一人で行くのは危ないから、あっちの一人を連れていってくれる？」

ルーデル先輩が視線を向けると、新しく来た二人の内の一人、モーリスさんが立ち上がろうとする。それを見て俺は首を横に振った。

「危ないって、この部署、すぐそこですよ？　一人で大丈夫です」

「でもぉ……」

「それにまだまだ仕事、山積みじゃないですか」

ちらりと俺が目を向けた先には、ガンテ室長の机に積まれた未処理のファイルの山があった。トランファームの大使が来ることになって、何かと視写するものが増えてしまっている状況で、俺の付き添いなんかで貴重な働き手の時間を潰すのは申し訳ないし、正直時間がもったいないと思う。

俺は物言いたげなルーデル先輩に笑ってみせると、ファイルを手に取ってさっさと部屋を後にした。


一旦外廊下に出て、俺は周りの建物を見渡す。各部署の位置は大体把握しているけど、似たような建物が立ち並んでいるから、ちゃんと確認しないと違う建物に入ってしまうのだ。

「こっちの建物だったな」

進む道を確認して歩き始めたけれど、一つ奥の外廊下を歩く人の姿を見て俺は思わず足を止めた。

「え……？　待って、あれは……」

緩いウェーブを描く艶(つや)やかな黒髪、華奢な体躯。明るい髪色が多い貴族の中では特に目立つその姿は、見間違いようもなく、よく知った人物だった。

「まさかソルネス？」

彼の姿を目で追っていたけど、ソルネスはこっちに気付くことなくそのまま建物に姿を消した。

「なんで、王宮に……」

俺は廊下の真ん中に立ち尽くし、視線を地面に下ろして口元に指を当てて考え込んだ。

ソルネスは、俺が施設を出る少し前に子爵である父親に引き取られていった。彼も貴族の一員となったから、王宮に来ることはできる。でも彼が入っていった建物は、国の重鎮が執務室を構える特別な棟だ。

貴族になったとはいえ、子爵程度の家格の者が容易に入れる場所じゃない。

すっかり考え込んでいた俺は、不意にドン！　と肩に衝撃を受けてよろめいてしまった。

「邪魔」

「平民、廊下の歩き方くらい学んでから王宮に来たら？」

その声にぱっと顔を上げると、俺のすぐ真横に貴族の令息が二人並んで立っていて俺を睨んでいた。

可愛らしい顔をしたほうが、わざとらしく自分の肩を払う。

「平民臭さが移る」

「ぶつかったところ、大丈夫？」

もう一人が俺とぶつかった奴を心配そうに見て、俺を睨んだ。

「インサート様がお怪我をしたらどうするつもりだ、平民！」

よそ見していた俺も悪いけど、立っていた俺にぶつかったほうも大概前方不注意だと思う。そうは思うけど、立場上言えるはずもない。

「申し訳ありませんでした」

たぶん謝罪しないとこの場は収まらない感じがして、俺は二人に頭を下げた。

「こんな平民のどこを閣下は気に入っているんだか」

「インサート様のほうが、比べるまでもなく素敵なのに」

忌々しげに言葉を吐き捨てながら、彼らは俺の横を通り過ぎていった。許しの言葉がなかったから頭を下げたままだった俺は、彼らが立ち去ったのを見計らってようやく頭を上げる。

「またマイナさん関連かなぁ」

くしゃっと髪を掻き上げて呟く。ちょっとだけ胸の奥がモヤつくけど、気付かなかった振りをすることにした。

「でもまあ、ぶつかるくらいで終わらせるあたり、貴族令息って上品だよな」

俺に敵愾心を抱いているけど、追撃しないあたりに育ちのよさを感じる。

俺が育った施設がある下町なら、二度と歯向かってこないように徹底的に躾ける。そうやって向かってきた相手に序列を叩き込むのだ。

俺は肩を竦めると、目的地に向けて再び足を進めた。

目的の部署に辿り着き、扉をくぐった先にいた男性に事情を説明して、原本を見せてほしいと願うと、そこでも早速絡まれた。

「私どもの仕事に不備があるとでも？」

その言葉に、俺は内心で盛大なため息をつく。

――今日は厄日かもしれない……

その男性は綺麗な顔を歪ませて、俺を睨んでいる。

「大変申し訳ありません。ですがページが抜けているようで……」

「こちらはきちんと書類を整えてお渡ししています。そちらのファイルの管理が悪いのでは？」

「申し訳ありません」

「貴方はたかがファイル一つとお思いでしょうが、こちらはそのファイルの原本を探し、不足のページを特定し、写しを作成して、室長に許可をいただかねばなりません。それがどれほど手間かご存知で？」

「申し訳ありません」

「心の籠もらない謝罪など、私に失礼だと思いませんか？　今、大変忙しい時なのに、そちらのファイルの管理ができていないせいで、時間を取られ迷惑を被るのは私ですよ」

ネチネチと陰湿にいびってくる男性に、俺はひたすら頭を下げ続けた。

ちらっと彼の背後に視線を流すと、他の人たちはヒソヒソと話しながらこっちを見ているだけで、彼を諫（いさ）める様子はない。

この部署でこの男性が高い地位に就いているか、もしくは爵位が高いか。あるいはその両方かもしれない。

助け舟は期待できないなと察した俺は、ひたすら謝罪を繰り返し、ウンザリする頃になってようやく書類の写しを受け取ることができたのだった。

やっと自分の部署に戻ってきた時には、もう昼の休憩時間を幾分過ぎた頃となっていた。

「だ……大丈夫ですか？」

疲れ果てて自部署に戻った俺に、恐る恐る声をかけてきたのはクレインさんだ。

「やっぱり俺が一緒に行けばよかったですね」

申し訳なさそうな顔をしているのはモーリスさん。確か彼が俺に付き添おうとして立ち上がりかけてた人だから、そんな表情になるのは仕方ない。

「あはは……ありがとうございます。でも大丈夫ですよ」

とはいえ戻ってきた途端、俺が自分の席にぐったり座り込んだのだから心配にもなるのだろう。

二人の優しさに癒やされた俺がにっこりと微笑むと、二人はちょっとだけ顔を赤くしていた。

――ガタイはいいけど、案外反応が可愛いや。

可愛い顔や綺麗な顔をしていながら醜悪な性格の貴族の相手をしたあとなだけに、やけにクレインさんとモーリスさんが可愛く見える。

ほっこりしつつ、「そういえば……」と辺りを見渡した。

「ルーデル先輩はどこに行ったんですか？」

その質問に、二人の肩がビクリと揺れる。二人の反応を見て俺は首を傾げる。

「ルーデル様はちょっと報告に……」

「ちょっ、お前、それ言っちゃダメなヤツ！」

モーリスさんに小突かれたクレインさんは、はっと何かに気付き慌てて両手を振って否定する。

「あ、じゃなくて！　出来上がった書類を提出しに行っています！」

「レイさんは戻ってきたら昼休憩を取るように、との伝言を承っております！」

「あ、はい……」

二人の慌てっぷりに気圧された俺は、とりあえず頷いた。

二人ともルーデル先輩が苦手なのかもしれない。そんなことを思いながら、先ほどの件で疲れ切っていた俺は、言葉に甘えて昼休憩を取ることにした。

「あ、そうだ。ルーデル様から『休憩は食堂で取ってね』ともお言葉をお預かりしてます！」

「……はぁい」

いつもはガンテ室長が刺す釘をルーデル先輩にまで刺された俺は、仕方なくモーリスさんに返事をして、昼休憩に行くために机の上を片付けたのだった。


「とは言っても」

バタンと部屋の扉が背後で閉まるのを確認して、俺は独り言ちる。

「俺がどこで過ごしたって、今は皆忙しそうだしバレないんじゃない？」

腕を組んで考える。前の時は心配性なガンテ室長に食堂に行けと言われていたのに、行かずに昼寝をしてしまって心配をかけた。

でも、ルーデル先輩はどうだろう？　適度に放任してくれる彼なら、食堂に行かなくても「レイちゃんがそれでいいなら」って許してくれそうだ。

「腹も減ってないし、今日はどっかで昼寝しよう」

うんと一人頷いて、静かな場所を求めて廊下を歩き始めた。昼寝をしようと決めた途端に眠気がジワリと湧いてくる。俺は欠伸を洩らしながら、以前に昼寝した場所に向かうことにした。

向かったのは、俺が所属する部署が入っている棟のほど近くにある小さな中庭。

庭の三方向に建物が建ち日差しを遮っているせいで日中でも日陰になっている。植えてある植物も日陰でも育つ観葉植物がメインで、美しくはあるけど華はなかった。

それでも王宮内の庭だけあって、小さいながらも白い大理石で造られた噴水や、休息のためのベンチが備わっていたけれど、華やかさに欠ける分、わざわざ訪れる人もいない場所だった。

今の季節は外で昼寝をするには少し肌寒いけど、今日は制服の下にしっかりと着こんできている。

それに……、と俺は手にした袋を見下ろした。そこにはマイナさんに借りた、まだ返せていないペリースが入っていた。

初めは食堂に行くつもりだったから、マイナさんに会えたら返そうと持ってきていたのだ。申し訳ないけど、あまりにも寒かったらこれを防寒に使わせてもらおう。

すたすたと歩みを進めて、ベンチに腰を下ろす。青空を見上げ、俺は息を吐いて緊張を解いた。

「まだ午前が終わっただけなのに、疲れたぁ」

最近、貴族の令息に絡まれることが増えた分、精神的な疲労も増えてきている。そのうえ、夜寝ても寝ても疲れが取れない状態も続いているし、正直心身ともに疲労困憊となっていた。

辺りを見渡して誰もいないことを確認すると、行儀悪くゴロンとベンチに転がった。

「さぁ寝るか」と思った時、鎖骨辺りを何かが滑っていく感触がして、服の上からそっとその場所を押さえた。硬い感触が手に伝わる。

「……ソルネス」

ゴソゴソと胸元を探って、服の下に身に着けていたペンダントを引っ張り出した。

――そういえば、あいつなんであんなところを歩いていたんだろう。

午前中に目にした友の姿を思い出して気になった俺は、肘を突いて上半身を起こした。

「まだ王宮の中にいるのかな？」

実際にソルネスに会うつもりはないけど、それでも大事な友達がすぐ近くにいるかと思うと、心がそわつく感じがした。

ソルネスが入っていった建物はこの中庭からは見えない。でもなんとなくそっちの方向に目を向けた俺は、こちらをじっと見つめる二人の人影を見つけてしまった。

向こうも俺が見ていることに気付いたのか、わざとらしいくらいにゆっくりと近づいてくる。

本日三度目の厄災かと思ったが今さら立ち去ることもできず、俺はベンチから立ち上がって彼らを迎えた。

「へぇ、彼が例の？」

「そうらしいよ。インサートがブツブツ言ってた通りの姿だもの」

「確かに綺麗な顔をしていますね」

「そう？　普通じゃない？　この程度の顔だったら、貴族にはゴロゴロいるでしょ」

二人の内の片方が思いっきり顔を顰めている。

インサートってどっかで聞いた名前だな……と記憶を探る。二人の会話を聞くともなしに聞いていた俺は、「ああ……」と思い出した。午前中にぶつかってきた奴が、そんな名前だった。

「ははは、なにライト公子、君、妬いているんですか？」

「……うるさいよ、サライト・テルベルン」

顔を顰めていた男が煩わしそうに手を振った。それを面白そうに見ていたもう片方の男、サライト・テルベルンがちらりと俺に視線を向けた。

「ねぇ君。閣下にどうやって取り入ったんですか？」

「え？」

——取り入ったって、誰に？

俺が怪訝な顔で見返していると、不機嫌そうなもう一人が俺を睨んだ。

「さすがは平民。なりふり構わず閣下に纏わりついてるんだろう」

「閣下を惑わすつもりですか。仕事以外にそんなことを頑張るから疲れてしまうんですよ。慣れ親しんだ下町とは環境も違いますし、大変でしょう？　疲弊して身体を損なっては大変です。職を辞して下町に帰ったらどうですか？」

優しく微笑みながら、でも平民だと貶めている言葉と視線に、嫌悪感が湧き上がってきた。

本日三度目の言いがかりに、さすがの俺も頭にきた。そもそも言われっぱなしっていうのも性に合わない。いつもだったらもう少し感情も制御できるのに、今日はもう本当に我慢の限界だった。

俺はわざとらしく微笑んでみせると、慇懃無礼に言い放った。

「お気遣い、ありがとうございます。私のごとき平民にまで構ってくださるなど、尊きご身分でいらっしゃるのに随分とお優しいですね。しかし貴方様の貴重なお時間をいただくのも大変申し訳ないことです。どうぞ私のことはお捨ておきください」

促すように掌を横に滑らせてみせる。要は「さっさとあっちへ行け」ってことだ。

それに気付いたのか、二人の眉が不愉快そうにピクリと動いた。

「なるほど。私たちは君の邪魔をしてしまったみたいですね」

ふっと、サライト・テルベルンが俯きながら嗤った。

それを見て嫌な感じが湧き上がってくる。

風がないのにザワっと中庭の木々が揺れた。背後からも音がして振り返った瞬間、疾風が起きて俺の足元を掬う。突然のことにバランスを崩した俺は、ぐらりと後方によろめいて地面に尻をついてしまった。

「痛っつ！」

受けた衝撃に顔を顰めていると、ヒヤリとした感覚が背筋を駆け上る。反射的に左腕を顔の前に翳すと、焼け付くような痛みと共にピッと飛沫が飛び、鉄錆のような臭いが漂い始めた。

一体なにが……と自分の腕を見ると、左腕がすっぱりと裂けて血が流れていた。とっさに庇ったからよかったけれど、遅かったら顔を怪我してたと気付いてゾっとする。

彼らは本気で、俺を排除しようとしているのだ。

地面に座り込んだまま唇を噛みしめていると、目の前に立つ男たちは口元に手を当てて薄っすらと嗤った。

「風が強い日は、ときどき鎌鼬が発生するみたいですよ、ここ。ああ、君も怪我してしまいましたね」

サライト・テルベルンはジャリっと音を立てて一歩踏み出すと、少し身を屈めて小首を傾げながら囁いた。

「宰相閣下には近づかないでください。次はこの程度では済みませんよ」

「私たちを訴えたければ好きにすればいい。だが、ライト公爵家の公子である私とただの平民であるお前、どちらに分があるかくらい考えてみるんだな」

言いたいことを言って気が済んだのか、二人は俺を冷たく一瞥すると、そのまま立ち去っていった。

「……宰相閣下って誰だよ？」

俺は二人が完全に立ち去ったのを確認して、そう呟く。そんな偉そうな人、俺は知らない。なんで難癖を付けられたのか分からないまま、俺はその場にしばらく座り込んでしまっていた。

彼らの姿が完全に見えなくなってから、俺ははぁっと重いため息をつく。そして改めて腕を見てみると、ザックリと二十センチほど裂けていてダラダラと血を流していた。思い出したようにズキズキと痛みがぶり返してくる。

「これは縫ったほうが治りは早そうだけど……」

医務室に行って怪我の原因を追及されたら、アイツらのことを話さざるを得ない。あそこのスタッフには、前回保管室に閉じ込められた時にお世話になったけれど、あの時のガンテ室長とマイナさんの心配っぷりをしっかり見られている。

「絶対、あの二人に報告されそうだ」

あの二人は俺に対して過保護が過ぎるから、絶対に怪我をさせた二人を探し出して報復しそうだ。

「ライト公爵って言ったっけ」

公爵家に喧嘩を吹っ掛けるのは、どう考えても得策じゃない。それにただでさえ忙しい二人に迷惑をかけたくなかった俺は、医務室に行くことを諦めた。

「休憩時間も残り少ないし、さっさと手当てしよう」

立ち上がってズボンの尻を叩いた俺は、近くの水場に移動して血を洗い流し、懐からハンカチを取り出してクルクルと手早く腕に巻き付けた。施設にいた時は、怪我をしたらこうやって自分たちでなんとかすることが多かったのだ。

ハンカチの結び目に中庭で拾っておいた小枝を差し込むと、ゆっくりと捻じる。少し圧を感じるくらいまで締めると、小枝の端を巻き付けていたハンカチの隙間に押し込んだ。

右手で左の手首に触れ脈を確認する。締めすぎると血の流れが途絶して、左手が使えなくなってしまうから注意が必要だ。

「あの頃のことが役に立つって変な感じだよな」

呟きながら服に付いた土を払い身なりを整える頃には、昼休憩の終了を告げる鐘が鳴る時間となっていた。

俺は自分の部署に戻るために外廊下へ向かう。

「怪我したのが利き手じゃなくてよかった」

痛むけれど、昼からの仕事には支障はない。裂けている袖については誤魔化すしかないとしても、怪我はバレずに済むだろう。

そうして視写部の前まで戻り、扉の前で襟を正したあと、取っ手の掌紋認証を受けて部屋へ入った。

「ただいま戻りました」

「お帰りなさい」

「ゆっくりできました？」

戻りの挨拶をすると、作業していた手を止めてクレインさんとモーリスさんが笑顔で迎えてくれた。でも俺を見た途端に何かに気付いたのか、クレインさんがピクリと目元を引き攣らせる。

「レイさん、それ……」

「お前は黙ってろ」

またしてもモーリスさんに小突かれたクレインさんはピタリと口を噤む。チラリと意味深にクレインさんを見たモーリスさんは、トントンと自分の机を指で叩いた。

「レイさんの休憩中にルーデル様からもう一つ伝言を預かりました。本日は午後からお休みだそうです」

「え、どうして？」

「トランファーム大使を迎える前に、各部署に査察が入ることになったんです。なので午後からこの場所が使えないので、レイさんはお帰りになっていいとのことでした」

「急に決まったんですか？」

「いえ。少し前には決まっていたそうですが、通達が上手くできていなかったみたいですね」

俺にとっては都合がよすぎる展開だけど、傷が痛むし疲れてるしで、帰っていいなら帰りたい。

「分かりました」

二人に向かって頷いた俺は荷物を持つと立ち上がり、帰路に就くことにした。


「ただいまー……」

寮の部屋に帰った俺は、のろのろとバッグを椅子に置くと、片手で中を探り、帰り道で購入した痛み止めの水薬を取り出した。小さい瓶に入った、ほんのり緑色したそれを呷(あお)る。ミント水みたいな味のあとに、かすかな苦みが口の中に広がった。

まだズキズキと傷は痛むけど、薬が効いてきたら少しはマシになるだろう。

俺はベッドに腰を下ろすと、左腕に視線を落してため息をついた。どっと疲労感に襲われ、一気に身体が重くなった感じがして、俺はベッドに倒れ込んで目を閉じた。

「あー、ホンっと、疲れたー……」

脈打つような痛みはまだ腕に残っているけど、疲れ切っていた俺はそのまま眠りに落ちていった。


『……ふっ、ぁ……っ』

ねっとりと生温かな何かが腕に這う感触がする。それと同時に、ぞわりと甘く痺れる感覚が背筋を走った。

——な、に？

動かない身体を叱咤して、なんとかそちらを見ようとするけど叶わない。

俺、仕事から戻って眠ったんだと思ったのに、なぜこんな場所にいるんだろう。自分の置かれている状況が分からなくて、段々不安になってきた。

『怖い？』

男の囁き声が耳に近い位置で聞こえる。見えない、動けない、そんな状況では、自分の感覚だけが頼りだ。

頑張って探ってみると、誰かの腕が背中に回されて俺の肩を支えているのが分かる。尻にクッションみたいな柔らかなものの感覚があるし、誰かに肩を抱かれて上半身だけ起こしている体勢になっているみたいだ。

——っていうか、あんた、誰？

いろいろ聞きたかったけれど、そもそもの疑問を直球で男にぶつけてみた。

『ふふ……さぁ誰でしょうね？』

でも、予想通りというか、男は答える気がまったくない様子だった。

男が俺の左の手を持ち上げる。柔らかくて温かなものが掌に押し当てられ、そこにくすくすと密やかに笑う気配を感じた。

『少なくとも、この腕の傷をつけたような愚か者とは違って、貴方を傷つけるつもりは毛頭ありませんよ』

ちゅっという音と共に、ぬるりとしたものが掌に当てられる。なんだろうと首を傾げていると、湿った生温かなものが指の間を這（は）った。

――な……舐められてるっ？

見えない分、その指に神経が集中して、舌の動きを生々しく想像してしまう。しかしそれに嫌悪感を覚えることはなかった。

どうして知らない奴に舐められてるのに、こんなにゾワゾワした変な感じがするんだろうと困惑する。困惑するのに、身体は正直に反応し始めていた。

『ふふ……気持ちがいい、と思ってる？　なぜ指を舐められて感じるんだろう……って』

男は楽しそうに、俺の心の内を暴いていく。

温かで湿ったナカに指が囚われ、ゆるりと舌で嬲られる。ねっとりと、指と指の間を舌が愛撫するたびに、身体がびくんと跳ねてしまった。

『そう、不思議に思ってる？』

――あ……ぁああ……っ。

その甘い刺激に、身体は意志に反してぴくつく。いろんな疑問も不安も、少しずつ身体を犯していく快感にゆるゆると溶けていった。

――こんなのおかしい……。誰とも分からない奴に、こんな……

『羞恥に歪む顔もなんて素敵なんでしょう。ふふ。指だけでは物足りない？』

男は含み笑いと共に、つっと脇腹に触れて耳元で囁（ささや）いてきた。

『快楽に素直な貴方が本当に愛おしい……』

うっとりと呟き、男はカリっと鎖骨に歯を立てる。そしてちくんと鎖骨の辺りに小さな痛みが続いた。

『貴方は色が白いから、私が付けた赤い痕がより一層引き立ちますね。ああ、煽情的で堪らないな……』

――あんた、誰なんだ……？

『知りたい？　本当に？』

重ねて問われて、俺は言葉に詰まる。俺は本当にこの相手のことが知りたいんだろうか？　ただ単なる夢の中だけの相手なのに、男の正体を知って、それで俺はどうしたいんだろう……

黙り込んだ俺の頬を、その人は優しく撫でた。

その掌は硬い皮膚に覆われていて、指輪か何かしているのか、ちょっとだけ冷たく硬質な感触が頬に触れる。その感触がなぜか俺の中に強く印象に残った。

『では、取り引きをしましょう。貴方の、この腕の怪我の原因が誰なのか教えて？　そうしたら、私も正体のヒントを差し上げます』

それまでひどく甘い雰囲気だったのに、怪我に話が及ぶなり男からヒヤリと冷たい気配が漂い始めた。

その気配に気圧されて俺は息を呑む。その気配が、なぜかとても怖くて堪らなかった。

『ああ、私の大事な貴方。怖がらせるつもりはなかったのに、つい……』

ふっと男の醸し出す、恐ろしげな気配が緩む。

『貴方にわずかでも会えないことが、こんなにも私を苦しめる。それほどに大事な貴方を傷つけるなんて、許すべきではありませんよね？』

『ね？』と念を押されて、俺は思わず脳裏に昼間の奴らの顔を思い浮かべた。

「私たちを訴えたければ好きにすればいい。だが、ライト公爵家の公子である私とただの平民であるお前、どちらに分があるかくらい考えてみるいい」って言った彼。今、俺を腕に抱いているこの男と知り合いなんだろうか？

その時、くすり……と暗く嗤う声が聞こえた。

『――視えた』

労うような口づけが俺の額に落される。

『彼ら、ですね』

彼のその言葉を聞いて、不安と恐怖が湧き上がった。

――あいつらに何かするつもり？

『気になります？　貴方を襲った愚か者の末路がどうなるのか』

暗に「聞くな」と言われた気がした。ぐっと言葉を呑み込んだ俺の髪を、その男はこれ以上ないくらい優しく梳く。

『……ふふ、いい子』

囁き（ささや）は俺の唇に触れるか触れないかの距離で落とされる。そして俺の不安を吸い取るように、そっと男の唇が重なった。

――キス？

『口づけは初めて？』

――……当たり前だろっ！　一体誰とするっていうんだよ！

あの、狭苦しくて息が詰まりそうな施設暮らしの中では、生きていくので精一杯だった。

『そうですね、例えば……。貴方が大事にしているペンダントの送り主、とか？』

――ソルネス？　なんでアイツを知っているんだ？

『貴方が親しくしている人間は把握しておきたくて調べてしまいました。随分仲がいいようで、ちょっと妬（や）けてしまいますね』

ふふっと笑っているのに、男の纏（まと）う雰囲気は妙に殺伐としている気がする。冗談めいて言っていたけど、もしかしたら本心なのかもしれない。

『それに貴方は覚えていないでしょうが、貴方の口づけも今が初めてではないんですよ』

男の声は、俺の唇に吐息がかかりそうなくらい近く、わずかな身じろぎでも唇が触れ合いそうな距離だ。知らないはずの相手なのに、なんで俺は嫌悪感も拒否感も湧かないいんだろう。

――あんた、誰？

もう一度俺が尋ねてみると、今度は少しの沈黙のあとに揶揄うような声が聞こえた。

『さて、誰でしょう？　いえ、取り引きをしましたね。ではヒントを差し上げましょう』

男の指の背が頬を滑って耳元に辿り着く。やわやわと俺の耳朶を嬲ったあと、大きな掌が頬を包み込んだ。

『私たちは現実世界でも出会っています、愛しい貴方。夢の世界では毎回初対面の状態ですが、現実世界では貴方は私を知っていて、名前を呼んでくれるのです』

――もしかして、俺たち知り合い？

『ええ。この会話も目が覚めれば貴方は綺麗に忘れてしまうでしょう。でも……』

角度を変えて彼の唇が重なる。彼の吐き出す息に熱が籠もり、深く深く貪るように口腔を蹂躙し始めた。

ひとしきり口づけを楽しんで落ち着いたのか、ちゅっというリップ音と共に男の唇が離れていった。

『現実世界では貴方との付き合いがリセットされることなく続いていくのだと思うと、毎回夢のことを忘れ去られる淋しさも我慢できるんです』

切ない声での告白を、濃厚な口づけでぼんやりとした頭で聞く。

顔を、身体を、ゆるゆると辿る指先に、確かに情欲を感じるけれど、それ以上にあふれんばかりの愛情を注がれているのが分かる。じんわりと、俺の中に温かな気持ちが湧き上がってきた。

——俺、アンタのことを覚えておきたい……

俺は誰にも必要とされない存在だったから、ただひたすらに与えられる愛情がくすぐったくて、嬉しくて、満たされて——

泣きたくなる。

——忘れたく、ない。

心の中でそう言うと、くすくすとくすぐったそうな笑いと共に身体のあちらこちらに口づけが降ってきた。

『貴方は本当に……。私を喜ばせることが上手ですね』

彼の優しい声は腰に響くような艶を含んだものに変化して、弄る指も明らかに性的な目的を持って身体を這い回る。

『大丈夫。そのうちに絶対忘れなくなるから、今はまだ忘れてもいいんです。その代わり、しっかりとその身体に私の愛を刻み込ませてください』

手を伸ばせば手に入れることができる愛情が、確かに俺のすぐ側にある。

俺が内心で『うん』と呟くと、歓喜に満ちあふれた気配が漂ってきた。

頭の後ろに、そっと宝物を包み込むように男の掌が回される。そしてもう一度、唇が重なった。

彼のその仕草に、包み込む腕の温かさに、聞こえてくる鼓動の速さに、俺自身を心の底から求めているることが伝わってくる。

——ああ、俺、この人が欲しい……


眩しい朝日を受けて薄っすらと目を開く。のろりと起き上がって、俺はふと横に目を向けた。

当たり前だけど、そこには誰もいない。誰もいるはずがない、小さな俺だけのベッドだ。なのに、なんで誰かがいると思ったんだろう。

俺はクシャリとシーツを握り込む。襲いくる喪失感と淋しさを、唇を噛みしめて耐えた。

なんの夢を見たんだろう。俺は一体なにを手に入れ損ねた?

ふと気が付いて握りしめていたシーツを離し、俺はまじまじと左腕を眺めた。

「痛くない……」

慌てて左腕に巻いていたハンカチを外すと、そこには傷痕もなく綺麗に治癒した腕があった。

思わず両手で顔を覆う。

必死に声を呑み込むことはできたけれど、抑えても抑えても湧き上がる涙を止めることが、俺にはどうしてもできなかった。

時は少し遡る。

夜も更けたこの時間、王宮の回廊には人の姿はなくひっそりと静まり返っている。カツン、カツン……と真夜中の王宮に靴音だけが響く。

一人暗い廊下を歩いていた男は、やがて目的の場所に辿り着くと、断りもなく目の前の扉を開けた。

「……来るなら前触れくらいしろよ」

ムッツリと不機嫌そうに王座に座り行儀悪く頬杖をつく国王に、不法侵入の男は冷ややかな目を向けた。

前触れなく訪問したのに、この月明かりに照らされるだけの薄暗い謁見の間になぜ国王がいるのか、などとは聞かない。

「陛下に許可をいただきに参りました」

「へぇ。何の許可？」

国王の問いに、男の口角はゆるりと上がり笑みの形となる。

「公爵家と、いくつかの家門を潰すための許可を」

そこには、特定の人物に向ける甘く溶ける笑みは欠片も見当たらない。『冷酷』と恐れられる普段の彼とも違う、ただならぬ気配を纏っていた。

ゾクリと肌が粟立ち、国王の背中に冷たい汗が流れる。

「潰す、か。何のために？」

「理由はなんとでも」

「許されると思うのか？　政界のパワーバランスが崩れ……」

「陛下、許可をいただけますか？」

畳み掛けるように告げてくる男の言葉に、国王は察する。きっと馬鹿者どもが身の程を弁えず、彼の逆鱗をぶち抜いたんだろう、と。

「いくらお前でも、公爵家を潰すのは容易じゃないだろ」

「陛下」

男が静かに呼ぶ。その唇は笑みの形のまま、絶対零度の冷たい視線が自国の王を射貫く。

「私が聞きたいのは、公爵家を潰してよい、という許可だけです」

その言葉に含まれる圧に、国王はギリッと奥歯を噛みしめて耐えた。そうでもしないと這い上がってくる恐怖に負けそうになる。百獣の王たる者が、一国を統べる王者たる者が、目の前の存在への恐れを抑えることができないとは……

忸怩たる思いに駆られるが、それほどに目の前の男は桁外れの存在で、何者にも従わせることのできない絶対的な強者なのだ。

「公爵家は許可する。他は程々に。これは命令だ」

だがどれほど恐れようとも、この国の統治者は自分なのだと明言する。

男はふっと嗤うと、恭しく頭を垂れた。

「御意のままに。ご許可、ありがとうございます」

ゆったりと、いっそ穏やかな仕草で姿勢を正すと、もう用は済んだとばかりに彼は踵を返す。

「マイグレース……。いや、マイナ、と呼ばせているのか」

背後からかかる国王の声に、足を止めてその男――マイグレースは振り返った。

「お前がどれほど番の子を大事にしているのか、それを俺は知っている。だからやりすぎたライト公爵家を潰すのは止めない」

一旦言葉を区切ると、国王は金色の瞳に力を籠めて、じっとマイグレースを見つめた。

「だが、お前もこの国で政に携わる身だ。負うべき責任があることを忘れるな」

殺戮は許さない、と言外の命令を下す。それに対してマイグレースはわずかに目を細めただけだった。

彼がそのまま歩き始め、その姿が完全に見えなくなると、国王――ファシアス・ライティグスは大きく息をつき玉座の背もたれに身体を預けた。

「……あれが獏の怒りか。本当に心臓に悪い……」

基本的にマイグレースは怒りを露わにしない。普段不機嫌で怒っているように見えても、それは制御したうえで、あえて表現している感情に過ぎない。

神獣である獏の怒りは、すなわち神の怒りだ。それほど彼が持つ力は強大だった。その強者が溺愛する番に手を出すとは、並外れた馬鹿どもがいたものだとファシアスは思う。

彼はだらしない姿勢のまま、夜空にぽっかりと浮かぶ月を見上げた。

「まぁ、最近のライト公爵はマイグレースに取って代わろうと何かと画策してたしな」

黒い噂が流れていた公爵家が潰されこの国から消滅したとて、国王自身はまったく痛痒を感じない。むしろ何かと仕事の足を引っ張る存在がいなくなるのは万々歳だ。

「まぁ多少は一部の貴族が騒ぐだろうが、それはことを起こした本人に収束させればいいか」

これから起きる騒ぎの収拾はマイグレースに丸投げしようと考え、ファシアスは愛しい王妃のもとに戻るべく立ち上がる。「頼まれてもアイツの怒りには触れたくねぇな……」と小さく呟きながら。

高位貴族の権威を振り翳すかのように豪奢なライト公爵邸の一室で、二人の青年が少し早めのイレブンジズティーを優雅に楽しんでいた。

部屋はバーミリオンの地に金糸のダマスク柄が入った壁紙で設えてあり、二人が座るロココ調のカウチソファのセットもまた、金のフレームに赤のベルベットが張られた座面でできている。大振りのシャンデリアも調度品もそれに合わせて設置されており、総じて大変派手な部屋となっていた。

二人はカップを傾けながら話を弾ませていたが、くすくすと笑う声には嘲りが含まれていて、聞いていて気持ちのいいものではない。なまじ二人とも生粋の貴族ならではの大変整った容貌をしているだけに、その笑い声を洩らす姿はいっそ醜悪でもあった。

「あの時の平民の顔！」

「所詮平民だから、魔法なんて見たこともないでしょうしねぇ」

「ふふ、確かに」

二人の話題は昨日制裁を加えた、卑しい身である平民のことだ。

その平民は、彼らが憧れてやまないマイグレースに纏わりつく目障りな存在だ。しかも明らかに身分違いなのに、マイグレースが優しくすると付けあがり、厚かましくも隣の席で食事を摂るなんて暴挙に出た。しかも、一度や二度ではなく何度も何度も。

ライト公子はその平民の顔を思い浮かべて忌々しげに顔を歪めた。

「お昼の時間は、お忙しいマイグレース様に接触できる唯一の時間だったのに。しかもあの方の貴重な時間をくだらない話題で浪費するなんて！」

通常、王宮勤めの官吏の休憩時間はたっぷりと設定されているが、忙しいマイグレースがそのすべての時間を休息に充てることはほとんどない。その短い休息の間になんとか接触しようと二人は足しげく王宮に通っていたし、会えたらなんとか会話をしようと必死だった。

なのに、あの平民はマイグレースから声をかけてもらい、共に食事をして、あまつさえ食後のティータイムまで一緒に過ごしているという。

しかも、その場に居合わせた人間に金を積んでなんとか聞き出した話によると、随分くだらない話題で時間を潰しているらしいのだ。そんなこと許せるわけがないと、公子はカップを持つ手に力を籠めた。

「あの厚かましい平民にはきっとマイグレース様も辟易していたでしょうね」

そのライト公子の様子を見て、サライト・テルベルンは追従するように頷いた。

「きっとそうだろうね。お知り合いのガンテ副団長の部下とあっては無下にもできなかったろうし、気を遣っておられたと思う」

ライト公子は忌々しげに舌打ちしていたが、その後には嬉しそうな笑顔へ表情を変えた。

「でも父上にはちゃんと話は通したから、ガンテ副団長から苦情が出てもどうにでもなる」

「ガンテ様も立派な方ではありますが、所詮は伯爵。ライト公爵には歯向かえませんね」

「そう。それに父上は、私ならあの方と伴侶になれるだろうと、いろいろ手を貸してくださったんだ」

頬を赤らめ嬉しそうに告げる公子の姿は、自分が手に入れるはずの幸せな未来を微塵も疑ってはいないようだった。

「ふふ、これでライト公爵家は安泰ですね。こうも上手く話が進むなら、あの目障りな平民をもっと……」

そうサライト・テルベルンが嫌らしい笑みを浮かべていると、その声に被せてライト公子とは別の声が響いた。

「――もっと……何?」

不意に割り込んできた、その場にいないはずの第三者の声に、二人はぎょっと目を見開く。慌てて辺りを見渡すが、そこには二人以外誰の姿もない。

そっと互いに目を合わせ、もう一度視線を巡らせた。

その時、帳が切って落とされたかのように、見慣れたはずの部屋が一瞬にして暗闇に包まれた。突然何も見えない暗黒の世界に放り込まれ、二人は訳が分からず思わず身を震わせた。

『な……何が……？』

『こ、ここはどこ？』

灯りのない地下室なのかどこもかしこも真っ暗闇で、先ほどまで日差しが眩しいくらいの明るい部屋にいた分、順応ができない。自分の手を顔の前に翳しても、それすらもまったく見えない真の闇に、二人の心にジワジワと不安と恐怖が増していった。

二人が身を震わせていると、不意に、ぽぅ……と遠くに火が灯った。

等間隔に灯りながら近づいてくるそれは、蝋燭の火だろうか。ゆらゆらと火を揺らし、今にも消えそうに儚くひどく心もとない。

やがて彼らの側にも一つの蝋燭が浮かび、火が灯った。仄かな明かりではあったが、それでもお互いの居場所を知ることはできる。互いの姿を見て、二人は思わず安堵の息をついた。

『どこだ、ここ』

『さ……さぁ？　さっきまで公爵家の屋敷だったはずですよね？　一体どうやってここに……』

明かりが灯ったことで幾分か余裕が戻り、現状を把握しようとしたその時、耳に心地いい、柔らかな声が響いた。

『ようこそ、私の世界へ』

ふわりと蝋燭の火が揺蕩い、一部の闇が深くなる。わずかに空気が動く気配と共に人影が現れて、二人はビクリと肩を揺らした。しかしその恐怖も、人影が憧れてやまない人物だと気付いて安堵に緩む。

『マイグレース様！　どうしてここに？』

『突然知らない場所に移されたみたいで、すごく不安だったんです！　お会いできて本当に嬉しいです』

出会えたことを喜びそのまま近づこうとした二人は、マイグレースの顔に浮かぶ表情に気付きその足を止めた。

『マ……、マイグレース様？』

ライト公子の声に困惑が滲む。マイグレースの顔に浮かんでいる表情は笑顔だ。なのに冷え冷えとした不穏な気配を感じる。

『貴方たちに私の大事なものが世話になったと知りまして。お礼に伺ったんですよ』

『だ……大事なもの、ですか？』

ライト公子の尋ねる声が震える。マイグレースの言う「大事なもの」に心当たりがない。

『ええ。私の命よりも大切で、美しく愛おしいもの』

ふふ……っとマイグレースが笑う。整いすぎて眺めるのも畏れ多いと感じるマイグレースの美貌に、怯えていたことも忘れて、ライト公子はつい見惚れた。

『私が全身全霊をかけて愛しみ護りたいと願う存在を、貴方たちは傷つけたのですね』

しかし、その言葉を聞いた二人は石像のように動きを止めた。先ほどまで嘲笑っていた平民の顔が脳裏に浮かぶ。でも、なぜそれでマイグレースが出てくるのかが分からない。

命より大事なもの、と考え、一つの結論に辿り着いて、ライト公子は唇を震わせた。

『――まさか、うんめいの、つがい……』

『そう、正解』

よくできました、とばかりに優しくマイグレースは笑んでくる。その柔らかな表情が、現状と一致せず、さらに二人の恐怖心を煽ってきた。

『も……申し訳ございませ……ん』

『知らな、くて……、私たちは、あの……』

二人の身体が熱病のようにカタカタと震え出す。許しを請わなければ……とライト公子は震える唇を必死に動かそうとするけど、声帯は凍りついたように固まったまま動かない。

『ふふ、謝罪の言葉などよいのですよ。許す気など毛頭ありませんので。貴方たちには自分がしたことの責任を取っていただきます』

『な……にを……?』

『貴方たちは私が何の獣人かご存知でしょう？　私は自分のテリトリーに相手を引き摺り込むことができるんです。ここは夢の世界、すべては私の思うがままです』

マイグレースは二人に優しく優しく語り掛けてくる。

『人間は、真の暗闇の中でどのくらい持つか知ってます？』

マイグレースがそう言うと、二人のすぐ側の火が消えた。たった一つの蝋燭(ろうそく)の火が消えただけで、じわりと這い寄るように闇が近づいてくる。

『早ければ六時間ほどで恒常性が保てなくなって、精神が崩壊するそうですよ』

さらにもう一つ、明かりが消える。

『自死の手段はありません。餓死が先か、正気を保てなくなって死ぬのが先か……』

一つ、また一つ、容赦なく明かりが消えていく。

まさか、先ほどまでの闇の中に置いていかれるというのか。そう気付き、二人の青年の心は恐怖に染まった。

『貴方たちはどちらでしょうか？　ふふ……楽しみですね』

最後の一つが消える間際に二人が見たのは、マイグレースの冷たい美貌に浮かぶ、蔑んだ嗤いだった。

『マイグレース様！　お許しください！　お許しくださいっ!!』

『こんな……っ！　暗闇など嫌です！　助けてください！』

『マイグレース様ぁっ!!』

『あ、ぁぁあああ……っっ!!　嫌だ！　嫌だ!!』

響く絶叫は誰の耳にも届くことはなく、やがて漆黒の闇に呑まれて消えた。

キイキイと、執務室の立派な革張りの椅子を揺らしながら、マイグレースは行儀悪く座っていた。さも自分の屋敷のように寛いでいるが、ここはライト公爵家。マイグレースが潰すと決めた相手の屋敷だった。

マイグレースのいるこの執務室は、最近内装を変えたのか真新しい調度品の香りが漂っている。

歴代の当主が使用したのだろう黒檀の机には重々しさがあるものの、室内の内装は華やかさばかりが目立ち趣に欠ける様相となっていた。

「金をかけた割には品のない内装ですね。主に似たのでしょうか？」

室内を見渡して、マイグレースは呟く。部屋の主に断りもなく、座り心地のいい椅子をゆったりと堪能しながら彼が内装を扱き下ろしていた時、カチャリと取っ手が動き扉が開いた。

片手に持つ書類に目を落としながら入ってきた人物は、人の気配を感じたのかふと顔を上げる。そして自分の席に傍若無人に座るマイグレースに目を留め、眉を顰めた。

「これはこれは、閣下。どうしてここに？　私に何か用かね？」

すぐに笑顔を作り、ライト公爵は慇懃な態度で言葉をかける。

いくら不法侵入であるとはいえ相手は特別な獣人であり、国王陛下の覚えもめでたい人物だ。礼儀に欠く行動をしていても、迂闊に攻撃するのは憚られる相手だった。

ましてや今はいろいろと大事な時期であり、慎重に対応するに越したことはない。

「ライト公爵お久しぶりですね」

マイグレースは背もたれに身体を預けにこりと微笑むと、長い脚を組み替え首を少し傾げた。人差し指で自身のこめかみをトントンと軽く叩き、続けて言葉を発した。

「そして永遠のお別れを申し上げます」

「――っは！　何を言うかと思えば……」

マイグレースから謎の圧を感じて、ライト公爵はジワリと恐怖が足元から這（は）い上がってくるのを感じた。

しかし、獏を相手に隙を見せるわけにはいかず、ライト公爵は額に汗を浮かべながらも努めて余裕の表情を作り平然としてみせた。これでも高位貴族として政（まつりごと）に携わってきたのだ。余裕の表情を作ることなど造作もない。

気持ちを整えるために大きく息をついていると、その様子を見ていたマイグレースは肩を竦（すく）めた。

「貴方のご子息が『うっかり』私の番に手を出しましてね。おかげ様で、私も正攻法で行動に出ることができました」

マイグレースのその言葉に、ライト公爵の眉がピクリと動く。

「貴方ですね？　私の番を排除して、自分の息子を充てがおうとしていたのは」

「何の言い掛かりかな？」

「言い掛かりでしょうか？」

マイグレースはクスクスと嗤（わら）うと、身を乗り出し机に肘を突き、載せてあった書類をバサッとライト公爵に向けて放った。

「それにいろいろと企んでいらっしゃるようで。一番の大きな予定はトランファーム絡みですか？

詳細は不明ですけどライト公爵という一角を崩せば、自ずと謀も明らかになっていくのでしょうね」

「……なんのことだか」

「ふふ。いくら調べても、詳細が分からなくて困っていたんですよ、これでも。でも貴方のご子息が足掛かりを作ってくれました」

ギクリと動揺で自分の肩が揺れるのを、ライト公爵は止めることができなかった。

「番の保護法……ご存知ですよね？」

番を盾に不本意な要求がなされた場合や番を害された場合、軽微な内容であっても私刑が許される。

何より番を一番とする獣族の国特有の法律だ。それをたとえ人族であったとしても、この国の貴族であるライト公爵が知らないわけがない。

「随分、自分の息子をけしかけていたみたいですね。貴方の息子と婚姻を結ばせ、我が家を乗っ取るおつもりでしたか？」

ライト公爵は、国王陛下の右腕のマイグレースを排することができれば、謀も上手くいくとでも考えていたようだ。その杜撰で稚拙な計画を思い出したのか、マイグレースの顔に冷笑が浮かぶ。

「貴方が失脚すれば、公然と屋敷の捜査ができます。トランファームに関連する証拠、隠す暇ありました？」

ぐっと唇を噛みしめるライト公爵をマイグレースは冷然としたまま眺めた。

「わ、私はライト公爵家当主だ。いくら番の保護法といえど、簡単に手を出すことなど……」

「もちろんちゃんと陛下の許可もいただきましたよ。『公爵家を潰してよい』とね。さすがに陛下も悪質だと判断したみたいですね」

「——くっ‼」

「私の番に手を出さなければ、まだ穏やかに死ねたものを……。貴方は私の怒りを煽るのがお上手ですね」

マイグレースは嘲るようにクスクスと嗤った。その顔を見て、ライト公爵の顔には恐怖でどっと汗が流れ出す。その時になってようやく、ライト公爵は自分が敵に回したのが誰なのかを思い出したのだ。

「そうそう、楽に死ねるとは思わないでくださいね？」

目の前に迫る掌から逃れる術は——もう、ない。

その日以降、ライト公爵の姿を見た者はおらず、やがて後継者不在の理由によって貴族籍からその名は消えることとなる。

第三章

「おはようございます……あれ、ガンテ室長？」

職場の飴色の扉を潜って真っ先に視界に飛び込んできたのは、いつもの机に座るガンテ室長だった。

――昨日まであまりここにいなかったけど、今日はこっちで仕事なのかな？

扉の前に立ったまま首を傾げていると、視線を上げたガンテ室長がこっちを見て手招きしてきた。言われるがままに、俺は彼のもとへ向かった。

「昨日は急に午後を休みにしちまって悪かったな。昨日の分の仕事、残りは片付けておいたからな」

そう言われて、昨日割り振られた仕事に至急マークが付いていたことを思い出す。

「す、すみません！　途中だったのに……っ！」

「いや、謝る必要はねぇ。査察の予定だったのに、終わらねぇ分量の仕事を差配した俺が悪いからな」

俺を安心させるかのように厳(いか)つい顔にニッと笑みを浮かべると、「それより……」と話の矛先を変えた。

「昨日帰る時、顔色が悪かったってモーリスから報告を受けてるが、大丈夫か？」

その言葉に俺がちらっと視線を流すと、モーリスさんとクレインさんが心配そうにこっちを見ていた。

――あの時なんでもないように振る舞ったけど、バレてたのかな……

「レイ？」

「あ、はい、大丈夫です！」

慌てて返事をしたけど、ガンテ室長は心配そうに眉根を寄せて俺の顔を覗き込んだ。

「大丈夫って言うが、顔色がよくない。目元も赤いぞ？　無理してんじゃねぇだろうな？」

目元が赤いのは、朝から泣いてしまったせいだ。腫れた目元を濡れたタオルで冷やしたけど、ガンテ室長の鋭い観察眼は誤魔化せないようだ。

「本当に大丈夫です。心配をおかけしてすみません」

「ならいいが。無理はすんなよ」

それ以上の追及はされず、今日の仕事を受け取り自分の席に着くと、俺はホッと息を吐き出した。

とたんに、ズキン、とこめかみが疼き出す。

――朝から泣きすぎたせいかな、頭痛い……

身体の怠さも感じるけど、これは最近の寝不足が祟っているせいだろう。

――今日も早く寝よう。

大きく息を吐き出すと、俺は気持ちを切り替えてペンを握りしめた。

今日割り振られた仕事は会議資料の視写だった。考える必要はなくただ書き写すだけだから、体調がいまいち優れない今日はとても助かる。

ビッシリと書き込まれた文字を目で追いながらペンを走らせている内に午前中の業務時間が過ぎ、あっという間に昼休憩の時間になっていた。

「よし、休憩時間だ。レイ、お前は医務室で休むか？」

時計に目を向けたガンテ室長が、いつもみたいに休憩時間を宣言する。だけど今日は俺の顔を見て、いつもみたいに「食堂に行け」とは言わなかった。

「ちゃんと食堂に行きますよ、俺」

心配性なガンテ室長に苦笑いが洩れる。いつかルーデル先輩が言っていた「過保護な保護者」って、絶対ガンテ室長のことだ。

――あれ、そういえばルーデル先輩は？

今さらながらにルーデル先輩の不在に気付いた。

「今日、ルーデル先輩はお休みですか？」

俺が辺りを見渡しながら尋ねると、ガンテ室長は渋い顔になった。

「ルーデルは、ああ見えて魔法師の資格も持ってるからな。今回はトランファームへの対策で駆り出されてる」

「魔法師！　すごいんですね」

ライティグス王国に魔法師の数は少ない。大抵の魔法師は、様々な魔法を研究し発展しているトランファームに流れてしまうのだ。せっかく魔法師となったのにライティグスで働いているルーデル先輩は、少し変わった人だと言える。

「とりあえず、レイ、お前は休憩に行け。ちゃんと休むんだぞ！」

ガンテ室長の言葉に送り出され、俺は机の下に置いていた荷物を持って食堂に向かった。

本当はガンテ室長の言葉通り、医務室で寝ていたかった。でもまだマイナさんにペリースを返せていないから、一応食堂に行ってみようと考えていた。

いつものように混雑している食堂に足を踏み入れる。昨日の夜も今朝も何も食べてはいなかったけど、お腹はまったく空いてない。どうしようかなと悩んで、無難にポトフとパンを注文した。

俺がトレイを受け取ってキョロキョロと辺りを見渡していると、いつもの席でいつものようにマイナさんが片手を上げて呼びかけてきた。

「レイ、こっちです」

優しい笑みを浮かべるマイナさんを見て、なぜかすごくホッとした。

こうして会うのは保管室以来だから、随分久しぶりだ。

俺がマイナさんのもとに歩き始めると、彼の笑みはより一層深くなった。そのちょっとした変化に、彼の愛情が俺に向いている気がして、すごくそわそわしてしまう。

浮ついている気持ちをなんとか抑えて、俺は彼に近づいた。

「ありがとうございます、マイナさん。お久しぶりですね！」

椅子に座りにこっと笑いながらお礼を告げると、マイナさんは俺を見つめる目元を緩ませた。そして手を伸ばしてきて、俺の頬にそっと指を滑らせてきた。

――肌に触れるなんて珍しい……。いつもは頭や髪だったのに。

そう、いつものマイナさんだったら髪を梳くように撫でるくらいだ。常にない行動に、俺は目を瞬かせる。なんとなく気になって、その優しい指の感触に集中して……気が付いた。

――あれ……この手の感じって……？

既視感を覚えて、思わずマイナさんの手の動きを目で追った。大きな掌、長い指、そして中指に付けた指輪。シグネットリングだろうか、随分存在感のある指輪だ。

「どうしました？」

マイナさんの小首を傾げる仕草に、俺の胸がドキンと一度高鳴る。ふるふると首を横に振って、俺は慌てて前を向いた。

「いえ、なんでもありません……」

もごもごと口籠もりながら言い訳にもならない言葉を紡ぐと、ふふっと彼が笑う気配がした。

――マイナさんの笑い声って、包み込むように優しくて割と好きだな……

ポトフにスプーンを突っ込みながら何気なく俺はそう思い……ハッと我に返り一気に顔が熱くなった。

――いや、好きっていうか、好感が持てるって感じで！

必死に自分自身に言い訳をしながら、ちらりとマイナさんに視線を向ける。すると彼は、大事で愛おしいものを見るような目をして俺を見守っていた。

——そんな甘い顔してると、また周りが騒ぎ出すぞ……

マイナさんの言動で、毎回食堂では戦慄が走って周りの人たちがざわめくんだ。

しかし予想に反して、今日の周りの反応は薄い。いつもの賑やかしいざわめきとは違い、なんとなく不穏な様子で、皆声を潜めて何やら噂をしている。

なんとなく気になって俺が聞き耳を立てていると、切れ切れに周りの声が聞こえてきた。

「……ライト公爵家の……」

「反逆罪とか……」

「——公爵は所在不明」

「関わりのある貴族の拘束——」

ひそひそと不穏な言葉が飛び交う。

——ライト公爵って、どっかで聞いたような……

首を傾げようとして俺は「あ」と思い出した。ちらりと自分の左腕を一瞥したちょうどその時、その一言が鼓膜を震わせた。

「……やはり獏は恐ろしい」

——ばく？

俺は思わず声がしたほうを振り返る。でも俺が振り返った途端、皆が一斉に口を噤み視線を逸らしてしまう。その異様な感じに、俺は困惑してしまった。

「レイ？　どうしました？」

挙動不審な俺に気付いたのか、マイナさんが呼びかけてきた。マイナさんにも聞こえていただろうに、気にならないのかなと、不思議に思う。

「や、なんか食堂の様子が変だなって」

そう言いながら何気なく見上げたマイナさんの顔を見て、俺は思わず口を噤んだ。

笑みを浮かべたまま、甘い雰囲気も変わらないまま。でも、そのファイアオパールのような複雑な色彩の瞳に浮かんでいた甘い光は消え、凍てつくような冷たいものになっていた。

その酷薄な印象を与える光に、俺は心の底からゾッとした。

「いや、なんでもないです……」

浮かんだ恐怖心を宥めながら俺は俯く。

——たぶん、俺が気にしていい話題じゃないし、聞いてはダメな話だ。

「レイ」

不意に名前を呼ばれてのろりと顔を上げると、マイナさんが俺の頭に手を伸ばして自分の胸に引き寄せてきた。マイナさんは俺の髪に口づけたのか、ちゅっとリップ音が聞こえる。

「大丈夫。別に大したことがあったわけじゃないので」

「……そう、ですか」

「貴族は噂好きですからね。今の噂も二、三日で別の噂に塗り替えられて忘れてしまいます。所詮その程度のことですよ」

もう一度、マイナさんが俺の頬を撫でてくる。ゆったりとしたその動きに促されて見上げると、マイナさんの顔は気遣うような表情へ変わっていた。

その、ほんの少しだけ申し訳なさが混じる顔を見て、俺はゆるりと首を横に振る。きっと俺には知ってほしくない類の噂なんだ。マイナさんがそう望むなら、俺は耳を塞いでこの噂話を聞かないでおこう。

――ライト公爵の公子が俺に傷を負わせたこと、きっと無関係じゃないんだろうな。

だから背後で囁かれる声には気付いたけど、内容に気を回すことをせずに無視した。

いつの間にか周囲の人たちの声を潜めた噂話は、いつものように騒がしい声へと変わり、食堂も普段の賑わいを取り戻していった。

俺はマイナさんに促されて昼食を取り始めたけれど、やっぱり体調がよくないせいで手に持つスプーンが進まない。無理して食べたら悲惨なことになりそうな気がして、俺は諦めてスプーンを置いた。

「食べないんですか?」

「あ、うん。ちょっと食欲なくて……」

俺が取り繕うように笑うと、マイナさんは心配そうに顔を曇らせた。

「顔色が悪いですね。無理に食べるのもよくありません。医務室で休みましょう」

「わざわざ医務室まで行かなくても、中庭のベンチで休んでるよ」

俺の言葉に、マイナさんは片眉を跳ね上げて「中庭……」と呟くと、突然ひょいっと俺を抱き上げてきた。

「ちょっ……っ⁉　マ、マイナさんっ！」

「そんな所では身体は休まりませんよ。ちゃんとベッドで寝ましょうね」

問答無用でスタスタと歩き始めたマイナさんは、俺の必死の抗議も聞き流し、涼しい顔で俺を抱いたまま医務室へ移動してしまった。

途中、唖然とした顔のモーリスさんとクレインさん、呆然とした顔のルーデル先輩、憤然とした顔をしたガンテ室長の姿が見えたけど、こんな俺の姿、忘れてくれないかな……

そうして医務室に運ばれた俺は、そのまま一番奥の部屋のベッドに押し込められ、薄手の毛布にしっかり包み込まれてしまった。

「ガンテ殿には知らせを出しておくので、しっかり休んでください」

──知らせを出さなくても、さっき見られていたから大丈夫とは思うけどね……

不貞腐(ふてくさ)れながらそう思うけど、マイナさんの心配そうに眉尻を下げている顔を見ていたら毒気が抜かれてしまった。我ながらチョロいと思うけど、誰かに心配してもらえるのは嬉しいから仕方ない。

もそもそと毛布を鼻の位置まで引っ張り上げると、俺はマイナさんに見えないように小さく息をつく。

大人しくなった俺にマイナさんは輝かんばかりの笑顔を向けると、大きな手で俺の前髪をさらっと掻き分けて額を撫でた。

「ここでちゃんと見守っているから安心してくださいね」

「え？　いや、俺一人で大丈夫だし」

「私が気になって仕方ないんですよ。ほら、寝て？」

ぽんぽんとあやすように軽く胸元を叩き、甘く睦言を語るように促してくる。これを断ってしまったら添い寝でもしてきそうだ。

俺はもうすべてを諦めて、大人しく目を閉じることにしたのだった。


『んん……んぅ……』

小さく身じろぐ。俺のモノを長い指がゆるゆると嬲り、快感を引き出そうとしている。

『ゃ……ぁだぁ……。あぁ……』

ああ……これは夢だ。いつも見ている、淫靡な夢。

しかし、いつもと違うところがある。

いつもの夢は、見えない、喋れないという状態で、誰かに一方的に快楽を与えられている。でもこの夢は身体が動かせるし、声も出せる。ただ何も見えないくらいの真っ暗闇。結局は何も見えないから、誰が俺を組み敷いているのかは分からないままだ。

くちゅと濡れた音と共に胸を吸い上げられた。痺れるような感覚の中に甘い快感の波を感じて、俺は唇を噛んで必死にその感覚を意識しないように頑張った。

でも俺を組み敷くそいつはそれが気に入らないみたいで、ぺろりと俺の唇を何度か舐めたあと、かぷりと噛みつく。そして、ぐりぐりと舌先で刺激して唇を無理やり開かせると、口腔内に侵入してきて傍若無人に蹂躙し始めた。

『は、っあん……。ん――っ』

相手がやっと離れた時には、俺は与えられた快感でぐずぐずに溶け、くったりと力が抜けてしまっていた。

そんな俺の身体を撫でながら、硬い皮膚に覆われた掌が下へ下へと降りていく。敏感になっていた身体は、その掌が与える刺激を無意識に追ってしまっていた。

『あ……？』

だからだろうか、その違和感に俺が気付いたのは。俺の腰の辺りまで降りてきていた指の感触に混じり、冷たく硬いものが肌に触れた気がした。

――この、左手のって指輪？

この感じ、つい最近、どこかで……

『――マイナさん……？』


その考えに至った瞬間、勢いよく起き上がった。

心臓が激しく鼓動し、俺は目を見開いて肩を揺らして大きく息を何度も吐き出した。目の前の壁を凝視したまま、俺は動けずにいた。

――覚えている……

いつもは起きると覚えていない夢を、そして夢に出てきた人物を、今回ははっきりと覚えていた。

「レイ？　どうしました？」

心配そうなマイナさんの声が横から聞こえてくる。その声に、俺はビクリと肩を揺らした。

――マイナさんの顔が見られない……

寒気に襲われ、俺はふるりと身を震わせる。

「大丈夫ですか、レイ？　こんなに震えて……。悪い夢でも見ましたか？」

とん、と俺の肩にマイナさんの手が乗った。俺はわずかに首を動かして、その手を目で追った。

その左手の中指にあるのは、艶消し（つやけし）のシルバーで作られたシグネットリング。

「――レイ？」

呼びかけるマイナさんの声は潜められ、探るようなものへ変化した。

「だい、じょうぶ、です……。おれ、もう行かないと……」

一刻も早くこの場から逃げ出したくて、俺はなんとか声を振り絞る。すると、乗せられたマイナさんの手にわずかに力が籠もり、俺の肩を掴んできた。

「レイ、私を見て」

視線を逸らしたままこの場を立ち去るのはあまりに不自然だし、貴族相手に礼を欠く行動だ。

ぐっと奥歯を噛みしめて、俺はなんとか首を動かしマイナさんへと顔を向けた。

彼は心配している気配を醸し出しながらも、そのファイアオパールの瞳に、獲物を前にした肉食獣のような妖（あや）しい光を宿している。複雑な色彩の瞳を染めるその獰猛（どうもう）な光を見て、俺は目の前の男が一気に恐ろしくなった。

気付けば俺はマイナさんの手を払いのけて、ベッドから飛び降りそのまま駆け出していた。もちろん靴を履く余裕なんてもんはない。王宮内で随分みっともない姿を晒しながら、俺は無我夢中で走った。

すれ違う人たちが何事かと見ているけど、それを気にする余裕もない。

――あの瞳は怖い！　……安全な場所に逃げなきゃ！

そう思うけれど、慣れない王宮の中で俺が逃げ込めるような安全な場所が思い浮かばなくて、結局自分の部署へ戻ってきてしまった。

魔法陣が掌紋を感知する時間がもどかしい。カチリと開錠の音と共に、俺はノックもなく荒々しく扉を開けた。

――ここなら、掌紋認証だから入ってこられないはず。

扉に背中を預けて、俺はようやく一息つくことができた。

「ど……どうしたの、レイちゃん！　そんなに慌てて⁉」

「ルーデル先輩……」

久々に会えた先輩の柔らかい声を聞いて緊張の糸が切れた俺は、その場にズルズルと座り込んだ。

「やだ、大丈夫？　顔色悪いわよ！」

屈んで覗き込んできたルーデル先輩は、俺の顔を見てびっくりした声を上げた。

先輩の背後では、驚いた顔のモーリスさんとクレインさん、そして何かを察知したのか険しい表情のガンテ室長がこっちを見ている。

「大丈夫、です」

驚かせてしまったことが申し訳なくて、俺がなんとか笑みを浮かべると、なぜか皆の顔がさらに険しくなった。この感じだと、「大丈夫」という言葉は通用しなそうだ。

俺はちょっとだけ迷って、ルーデル先輩を見上げた。

「あの、先輩……。文官のマイナさんのこと、詳しく知っていますか？」

瞬間、ルーデル先輩の顔からスッと表情が消え、俺は目を見開いて彼を眺めた。そしてそのまま視線を流してガンテ室長を見ると、彼は苦虫を嚙み潰したような顔になっていた。

「知っている、と言ったら？」

ガンテ室長が口を開く。その慎重な物言いに、言いようのない不安が込み上げてきた。

「あの人は……獣人、ですか？」

ゴクリと唾を飲む。マイナさんの見た目はまるっきり人族だけど、あの瞳は異様だ。

「なんでそんなことを聞くんだ？」

「俺……」

返事に困って俯くと、ガンテ室長は「はあああ」と大きなため息をついた。

「この時期の獣人は神経が尖って扱いが難しい。あまり刺激はしたくねぇが……」

俺が顔を上げると、ガンテ室長はガシガシと頭を掻いていた。

「レイ。しばらく……そうだな十日くらい休んでいい。お前も疲れが溜まってひでぇ顔色だし、しっかり休んでこい」

「え？」

「アイツは獣人だ。今は獣人たちにとっちゃ求愛のシーズンで自己抑制が効かねぇんだ。物理的に距離を置くのが一番だろ。今日はもう帰っていいぞ」

強面のガンテ室長だけど、優しい声で俺に帰宅を促してくる。

俺は何がなんだかまったく分からないまま、でもあの人がいるこの王宮にい続けるのも怖くて。促されるまま帰るしかなかった。

モーリスさんに王宮の出入り口である門の所まで送ってもらい、トボトボと足取り重く俺は帰路に就いたのだった。


キィ……と軋む音を立てて、寮の自分の部屋の扉を開ける。小さな自分だけの部屋は、俺が唯一安心できる場所だ。持っていた荷物を床に落として、俺はそのまま力なくうつ伏せでベッドに倒れ込んだ。

「疲れた……」

そう呟いて、ふかふかの枕に顔を埋める。

マイナさんと知り合って、まだそんなに日は経っていない。彼とはときどき食堂で顔を合わせるだけの浅い付き合いのはずだ。だけど彼の側は居心地がよくて、たまに会えるのが嬉しかった。

でも今日見たあの瞳は、今までマイナさんに感じていた居心地のよさを一気に恐怖に塗り替えた。

今思うと、あれは搦め捕られ、自由を奪われ、喰われてしまう、という被食者としての恐怖だろう。

あの恐ろしさを思い出し、ふるりと首を横に振った俺は、枕に顔を埋めたまま、ギュッと瞼を閉じた。

――大丈夫。ここは俺だけの部屋だから、きっと大丈夫……

その時、一生懸命自分自身に言い聞かせていた俺の耳が、コツリと響く足音を拾った。

俺以外、誰もいないはずの、この、部屋で……

ぶるぶると全身が震え出す。ギュッと閉じた瞼は怖くて開けることもできない。

――怖い、怖い、怖い、怖い、怖い……

「随分早く帰宅したんですね」

足音は、やがてベッドの横で止まる。ベッドが沈み、その人がそこに腰を下ろしたのが分かった。

「ガンテも、随分貴方に甘いですね」

そう呟くと、その人はさらりと俺の髪を梳くように掻き上げた。

「ねぇ。貴方の綺麗な瞳を私に見せて」

甘い声の懇願を聞き、俺は恐怖でガチガチに固まっていた身体をなんとか起こして、彼に目を向けた。

「貴方は、誰？」

その言葉に、マイナさんはふふっと綺麗に微笑んだ。

「そうか、現実の世界ではちゃんと自己紹介していませんでしたね」

俺の顎に指をかけるとくいっと持ち上げて、不穏な光を宿すファイアオパールの瞳で覗き込んできた。

「では改めて、初めましてレイ。私はマイグレース・ダンカン。公爵位でこの国の宰相の職に就いています」

そこで区切ると、俺の耳に顔を近づけて、ゆっくり唇を寄せてきた。

そしてわずかな隙間を残して、彼は耳元で囁(ささや)く。

「そして、貴方の母君の元婚約者、ですよ」

その言葉に俺は目を瞠(みは)った。顎を持ち上げていた手を振り払うようにして彼に顔を向けると、マイナさん……いや、マイグレース様は妖(あや)しい微笑みを浮かべていた。

言葉もなく見つめ続けていると、彼はすっと手を伸ばし俺の額に人差し指をそっと突きつけた。

そこから先のことは覚えていない。

目の前が暗転して、意識を失ってしまったから——

「——ん……」
医務室でぐっすりと眠るレイを、私はただ見守る。
彼の目の下には薄っすらと隈ができていて、よほど疲れているのかその眠りは深い。彼のこの疲れの原因は、他に考えようもなく私だ。

甘く脳髄を痺れさせる番の媚香がレイの周囲に漂う。会うたびにその芳しい香りにあてられて、我慢ができなかった私の行動によって、レイはここまで疲弊してしまった。

「ん、んぅ……。ぁ……」

わずかに開いたレイの唇からは、すうすうという寝息と共に、時折悩ましげな声が洩れてくる。

「ふふ……、私の夢でも見ているの？」

ゆっくり休んでほしいのに、どうやら淫夢に翻弄されているらしい。

「せっかく今は夢の中で手を出さずに我慢しているのに、ね。期待に応えたくなってしまいます」

指の背で眠るレイの頬をそっと撫でた。

その時、突然レイがガバッと跳ね起きた。

「っ！」

私はとっさに手を引き、彼に声をかけようとしたけれど、明らかにレイの様子がおかしくて声を呑み込んだ。

彼は肩を揺らして大きく息をしながら、青褪めた顔で壁の一点を見つめていたけれど、やがてその身体がぶるぶると震え始めた。何が起きたのかさっぱり分からない私は、探るようにレイに声をかける。

「大丈夫ですか、レイ？　こんなに震えて……。悪い夢でも見ましたか？」

側に私がいることを分かっているはずなのに、頑なにこちらを見ようとしない彼に焦れて肩に手を乗せ注意を引く。

するとレイはビクッと肩を揺らし、そして恐る恐るといった様子で肩に置いた私の手に視線を向けた。

その目が見たものが妙に気になって、つられて私も自分の手に目を向ける。そこにあるのは、宰相として使用するシグネットリングだった。

――トリガーかっ！

押し込めて封じていた夢の記憶を呼び覚ます、引き金。夢の世界は精神世界だ。ひどく繊細で、いろんなものが複雑に絡み合って成立する世界なのだ。

どんなに注意を払って夢での出来事を忘れるように調整していても、何かがきっかけとなって思い出すこともある。そのきっかけとなるものをトリガーと称する。

このシグネットリングがトリガーとなったのかもしれない、とその時、気が付いた。

「――レイ？」

声を潜め、探るように呼ぶと、彼は目に見えて動揺した。

「だい、じょうぶ、です……。おれ、もう行かないと……」

震える声を振り絞りながら紡がれる言葉に、思わず肩に乗せた私の手に力が籠もった。

今、手を離せばレイはこのまま逃げてしまうだろう。そう思うと、焦りが募った。ダメだ、逃がすものか。ようやく私のもとに来たというのに……

「レイ、私を見て」

もう一度呼ぶと、レイは毛布をキツく握りしめ、辛うじて首を動かして私に目を向けた。そのセルリアンブルーの美しい瞳に浮かぶのは、明らかに私への恐怖だった。

逃げてしまう。喪ってしまう……そう思ってしまったら、もうダメだった。

なんとしてでも私のモノにしなければ、と獣人の本能が強く出てしまったのだろう。何かを察知したレイは、私の手を払いのけて一気に駆け出していった。

愛しい人からの激しい拒絶に、私は身体が固まったかのように動かせなくなった。

払われた手に目を落とす。衝撃を受けた直後の痺れは、時間と共に癒えていく。その痺れを繋ぎ止めるように、私はぐっと手を握り込み、拳を作った。

「ダメですよ、レイ。私から逃げては……」

ゆらりと立ち上がりゆっくりと振り返ると、当たり前だがレイの姿はなく、開きっぱなしの扉だけが私の目に映った。

「逃げられると、追ってしまうのが獣人の性なのですからね」

ふ……と嗤うと、私はおもむろに歩き始めた。

まず目指したのは視写部署だ。まだ王宮に勤め始めて日が浅いレイが逃げ込める場所など、ここ以外にない。部署の飴色の扉の前に立った時、ちょうど中から扉が開いてガンテが出てくるところだった。

「テメェっ！　あの子を襲っただろう！」

ガンテは私の顔を見るなり、額に青筋を立てて睨みつけてきた。

「レイはどこですか？」

「俺の質問は無視かよっ！　教えるわけないだろ、この節操なし」

「失礼ですね。現実世界では襲ってませんよ」

「こっちで襲ってなくても、夢ん中じゃどうだか……」

「貴方と何の実りもない会話を楽しみに来たわけではありません。レイはどこです？」

　ガンテの言葉を遮って性急に尋ねる。

　もうすっかり身体も成熟した番が私の手の中から逃げ出してしまったのだ。言いようのない焦燥感がジリジリと身を焦がす。ガンテの言葉を聞くだけの精神的余裕は、もう私には残っていなかった。

　ガンテも私の状態に気付いたのか、顔を顰めて大きなため息をついた。

「これだから獣人の自制心なんぞアテにはできねぇんだ。あの子は寮の部屋に戻したよ。かなり疲れきってるからしばらく休ませるつもりだ」

　知りたかったレイの居場所が分かり、私はさっさと踵を返した。

「マイグレース！」

　慌てて呼び止めるガンテの声を聞き、視線だけ移す。

「あの子を壊すなよ」

　しかしそれを無視して、私はその場を後にした。

　辿り着いた寮の中を、コツリと足音を響かせて歩く。ここには初めて来たけれど迷うことはない。漂ってくる、愛しい番の香りを道標に先へと進み、一つの部屋の前で足を止めた。

回したノブは鍵が掛かっていることを知らしめてくるが、寮の簡素な鍵を開けることなど造作もない。

難なく扉を開けて、私は芳しい香りに満ちた部屋に踏み入った。すうっと大きく息を吸い込むと、その濃香が私の脳髄をとろりと蕩けさせる。

うっとりと目を細めて中を見渡す。小さなその部屋は入口からすべてを見渡せるほどに狭く、愛しい大事な人がいる場所もすぐに分かった。彼はベッドにうつ伏せとなり、ギュッと身体を縮こませていた。

——可哀想に。

ふるふると震えて怯える様は哀れを誘うが、しかしもう貴方は私のものだ。

「随分早く帰宅したんですね」

レイの顔が見たくて、私は囁くように声をかける。しかし彼は強く枕に顔を押し付けていて、その可愛い顔を見ることができない。私はコツコツと足音を鳴らしてベッドへ近づき、その小さなベッドで縮こまっているレイのすぐ横に腰を下ろした。

「ガンテも、随分貴方に甘いですね」

耳の上辺りから指を搔き入れ、さらりと髪を梳くように撫でる。

「ねぇ。貴方の綺麗な瞳を私に見せて」

どんなに恐怖に染まっていても、変わらず美しいその瞳に私を映してほしくて願いを口にした。

口からこぼれ出る声は、我ながら呆れるほどに甘い。なんだかんだと言いつつ、いつもレイはこの声で紡ぐ私のお願いを聞いてくれた。今もきっと怯えながらも私の望みを叶えてくれるだろう。

予想通り恐怖に強張(こわば)る身体をなんとか起こしたレイは、そのセルリアンブルーの瞳を私に向けた。

「貴方は、誰？」

その声はかすかに震えている。恐怖によって浮かんだ涙のせいで潤む瞳がすごく煽情的だし、同時に堪らなく可愛らしい。

「そうか、現実の世界ではちゃんと自己紹介していませんでしたね」

彼の顎に指をかけるとくいっと持ち上げて、今すぐ襲いたい気持ちを抑えてその目を覗き込んだ。

「では改めて、初めましてレイ。私はマイグレース・ダンカン。公爵位でこの国の宰相の職に就いています」

そこでわざと区切ると、耳元に唇を近づけて秘密を打ち明けるかのようにそっと囁(ささや)いた。

「そして、貴方の母君の元婚約者、ですよ」

その私の言葉にレイははっと目を瞠(みは)った。

彼が衝撃を受けるのも当たり前だ。

レイの両親が貴族籍を剥奪されたのも、本来なら貴族として生きていける出生なのに平民の身分となったのも、あのいろいろな意味で窮屈な施設で過ごす羽目になったのも、すべては私のせいなのだから。

私が彼に自分の正体を告げなかったのは、何もガンテに釘を刺されたからだけではない。私の正体を、私がやってきたことを、レイに知られて拒絶されるのが怖かったからだ。

まずは私自身を知ってもらい、好意を抱いてほしかった。そうすれば、愛情に餓えているレイは私の正体を知っても離れないだろう。そう考えていた。

顎を持ち上げていた手を振り払うようにして私に顔を向けたレイの瞳には、驚きの色はあっても嫌悪は見られない。

——貴方は私に「甘い、甘い」と言いますが、私よりも貴方のほうがよほど甘いですよね。

いつも折れて許してくれるレイのその甘さに、今回は盛大につけ込んでみようと考えた私は、レイを夢の世界に閉じ込めたのだった。

くったりと力が抜けて傾ぐ彼の身体を片腕で受け止める。仰のく顔を覗き込みながら、少し乱れてしまった彼の前髪を指で梳いて整えた。

レイももう十八歳。十分身体は成熟したし、婚姻を結べる年にもなった。

でもそうやって眠る姿はまだほんのりと稚さを残している。彼の顔は元婚約者と驚くほど似ていて、彼という存在に初めて気付いた日のことをまざまざと思い出させた。

「私、運命の恋人に出会ったんです」

あれは私が十二歳の時、公爵邸自慢の美しく整えられた庭園での話だった。

その場所で、胸の前で指を組み、頬を薔薇色に染めた婚約者が甘ったるい声を紡ぐのを、私は驚きで目を見開いたまま、ただ見つめていた。

「ですから、婚約を解消してくださいませ」

愛おしそうに自分の腹を撫でている少女の、その腹から目が離せない。

彼女とどう言葉を交わし、それからどうやって別れたのか、まったく私の記憶に残っていない。

気が付くと、私は執務室の机に座る父と向かい合っていた。

「本当に婚約解消でいいのか？」

ダンカン公爵である父は渋い顔をして尋ねてきた。

「はい、むしろ重畳至極と言うべきかと」

淡々と告げる私に、父は怪訝な顔をした。

それはそうだろう。婚約者である彼女の家格は伯爵家。格上の我が公爵家が申し入れた婚約を、格下の伯爵家如きが無下に扱うとは、本来ならあってはならないことだ。しかし。

「彼女は私の番ではありませんでした。今日お会いして、それがはっきり分かったので」

「……ん⁉　ちょっと待ってマイナ君。君、彼女に初めて会った時に『番だ』って言ったよね？」

心底ビックリしたのか、父はガタンと椅子を鳴らしながら立ち上がり、机に両腕を突いて前のめりになった。父は「堅物公爵」の名の由来であるしかめっ面から一転し、家族だけに見せる素の顔になる。

——その話し方、威厳もクソもないので止めたほうがいいですよ、父上。

明後日なことを考えながら、冷静に父を見据える。

「覚えるなら正しく記憶してください。私は『番の匂いがする』とは言いましたが、『番』だとは断定していません」

「……マイナ君。パパはそれがどう違うか分かりません」

へにょっとハの字に眉尻を下げる父を、目を細めて見つめる。

「言葉の通りです。番の匂いがかすかにするけれど、番とは断定できない存在。それが彼女でした。私はしばらく様子を見るつもりでしたが、父上がさっさと婚約を結んでくださったおかげでこんな面倒くさい状態になったわけですね。まぁ後腐れなく婚約解消できそうで何よりです」

「ぐっ！　パパは早く可愛い孫が抱きたく……ゴホン！　番を逃してはいけないと、よかれと思って！」

――孫が欲しかったんですか……

つい冷たい目で父を見てしまう。その視線を受けて、父は焦ったように両手を振って否定した。

「い……いや、ほらっ！　孫ってすごく可愛いって聞くしっ！　早く会いたいなぁって!!」

婚約を結んだ当時の私の年齢は八歳だ。孫云々(うんぬん)以前に、自分の子供は可愛くないのか……とは思うが、可愛いと言われたら言われたで、蔑(さげす)むように父を見下す自信しかない。

どちらにしても、八歳では婚姻に至るまでまだまだ時間は掛かるというのに、実に気が早い人だ。

「私の番は彼女の腹の中にいました。どうやら『孕み腹(はら)』であるがゆえに番の匂いがあったのでしょう」

「あー……そういうこと……って、え？　マイナ君の番って、今胎児なの？　生まれてないの？　僕の初孫は一体いつ？」

落ち着いて椅子に座った父は、両肘を机に突くと今度は両手で頭を押さえ、ブツブツ呟き始めた。

正直、気持ち悪い。

だけど、今はそんな父に構っている暇はなく、片付けなければならない大事なことがあった。

「今回の婚約解消は明らかに向こうの落ち度です。しっかりと制裁をお願いします」

「え、なぜ？　君の番の親族だろう？」

「彼らには、腹の子が私の番であることは秘匿します」

「だから、それはなぜ？　ちゃんと伝えて、将来もらい受けられるようにしないと」

首を傾げる父は、その表情から察するに本当に分かっていない様子だ。

「そこですよ。私が大事な番を手に入れる時に変に渋られたり、番自身に危害を加えられたりしないようにしなければ。上下関係をしっかり叩き込んで調教しなければなりません」

「えっと、パパはマイナ君の考え方が少し怖いんですが」

ドン引き顔の父を、私は目を眇めて見つめる。

「何か問題でも？」

「――いいえ、ありません」

ふるふると高速で首を横に振る情けない父だが、これでなかなか有能な現宰相とは笑わせてくれる。隠すことなく私が鼻で嗤（わら）うと、父はしょんぼりと肩を落とした。

「おかしいなぁ……。マイナ君ももっと昔は可愛かったのに……」

おかしなことを言い始めた父を無視して、さらに自分の要求を告げる。大事なことだから、ここで手を抜くわけにはいかないのだ。

「生まれてくる私の番ですが、彼女の手で育てられたくはありません。あの、よく言えば天真爛漫、悪く言えば考えなしの無鉄砲。頭の中に年中花が咲き乱れているような、常識も気品も教養も慎しみも遠慮も配慮もない、厚顔無恥ぶりを惜しげもなく曝け出す方に、まともな育児ができるとは思えませんので」

「あ、うん……。随分遠慮のない悪口オンリーな個人評価だったね」

ヒクリと父の口元が引き攣った。

しかしよく考えてみてほしい。

私より年上だった婚約者は、成人を迎えた途端に「運命の恋人」とやらを見つけてきたのだ。しかも既に子供まで宿している。悪口どころか、これ以上ないくらい彼女の正体を的確に表現していると自画自賛したいくらいだ。

私は少し首を傾げつつ、最後の、かつ一番重要なことを口にした。

「だから、番が生まれたら私が引き取りたいのですが……」

「それは無理だ」

素早く立ち直った父は、顔を引き締めてキッパリと言い切った。

「確かに『運命の番』を幼子の時から愛でるのは、全獣人のロマンだ！　だが目の前に愛しい者がいて、手を出さないでいられる自信が君にあるかい？」

そう言われてしまうと私は反論できない。

私も聖人君子ではなくただの獣人だ。普通に性欲もあるし、番を囲ってしまいたくなる独占欲もある。番を人目に晒したくないし、育児のためとはいえ他人の手に触れさせたくなくなるのは目に見えている。

でもそれが番のためにならないのであれば、私だって譲歩するし我慢もする。

グッと奥歯を噛みしめて睨むように父を見つめた。

「できるだけ我慢します」

「できるだけ我慢、か。悪いが、それに関しては君の父としても公爵としても許可できない。人族との間で不要な火種となりかねないことを看過することはできないからね」

「しかし！」

「彼女はともかく、彼女のご両親である伯爵夫妻は真面目な人たちだ。娘の不貞行為の結果の婚約解消なのに、その身籠もった子供を寄越せと言われたら、まずは害されることを心配するだろう」

確かにそれは十分にあり得る。彼女の家族は恐ろしく家族愛の強い人たちだったから、迂闊に要求すれば私の番をどこかへ隠すことくらいしてしまいそうだ。

無事に婚約解消はできるし、あちら側に制裁を下すこと、腹の子が番であることを秘匿することには父の同意を得たのだから、今回はこの辺が引き際かもしれない。

「分かりました」

意外にすんなりと私が頷いたことに不審そうな顔をしていた父だったけど、下手に突いて私が実力行使したら堪らないと思ったのか、何も言うことなく話し合いの場は終了となった。

あの日から、どれほどこの時を待っていたことか。

眠るレイの額にそっと唇を落とし、私は笑いを洩らした。

『——ん……』

うっすらと目を開けると、見慣れない真っ白な天井が目に飛び込んできて、俺は慌てて身体を起こした。

『ここ、どこ？』

きょろきょろと辺りを見渡す。

今いるベッドも、ベッドサイドのテーブルも、壁紙も、カーテンも何もかもが真っ白で統一されている部屋だ。目の錯覚を引き起こしそうなくらいの白さに、ちょっとだけクラクラしてしまった。

『ああ、起きましたね』

声が聞こえてきて振り向くと、さっきまで何もなかった空間にテーブルと椅子が出現していて、そこにマイナさん……、いやマイグレース様がゆったりと座ってこっちを見ていた。

『ここはどこですか？』

つい身構えてしまった俺に、彼はにっこりと笑った。

『そんなに警戒しないでください。ここは私のテリトリー。夢の世界ですよ』

『夢……？』

『まずはテーブルにつきませんか？　お茶でも淹(い)れましょう』

　改めてぐるりと見渡したけど、出入り口らしきものは見当たらない。俺は逃げるのを諦めて、マイグレース様がいるテーブルに行くために、足をベッドから下ろした。毛足の長い真っ白な絨毯(じゅうたん)が素足をくすぐる。履物が見当たらなくて、俺はそのまま絨毯(じゅうたん)の上に立つと素足のまま歩いて彼に近づいた。

『なんでここ、こんなに真っ白なんですか？』

　ぽつりと尋ねると、マイグレース様は困ったように首を傾げた。

『貴方の好みが分からなくて。気に入りませんか？』

『……落ち着かないです』

　正直な感想を告げると、彼は椅子から立ち上がって俺の前に立ち、パチンと指を鳴らした。すると瞬く間に辺りの景色は一転し、貴族の屋敷らしき一室へと様変わりした。

　深みのある赤色のカーテンが掛けてある大きめのアーチ窓からは、陽の光がふんだんに差し込み、室内を明るく照らしている。

　部屋の中央にはマルーンレッドのソファと硝子(ガラス)のローテーブルのセットが置いてあり、テーブルの上にはティーセットが一式準備してあった。

『では私の部屋にしましょうか。どうぞお掛けなさい』

　そう促すとマイグレース様は自分もソファに腰を下ろした。それを見て、俺も恐る恐る彼の真向かいのソファに座る。

『私が怖い？』

微笑んだままわずかに目を細める彼を見て、ひやりとした何かが俺の背筋を這った。無言のまま視線を逸らすと、マイグレース様は俺の前にお茶で満たしたカップを差し出した。

『お口に合えばいいのですが。さぁ、どうぞ』

そして、優雅な仕草で自分のカップを持ち上げ口に含むのを見て、俺もそっと出されたカップを手にしてお茶を一口飲んだ。

『少し話をしましょうか』

音も立てずにカップをソーサーに戻すと、マイグレース様は長い脚を組みにこりと微笑んだ。

『貴方が俺を産んだ奴の元婚約者って……本当ですか？』

『ええ、もちろん本当ですよ。それより』

『私はいつも通りの話し方が好きです』

マイグレース様はそこで一旦言葉を切り、少しだけ首を傾げた。

『いや、でも……』

『レイ、お願いします』

にっこりと微笑む顔に謎の圧を感じて、俺は渋々頷いた。

『分かった……』

『ふふ、ありがとうございます。さて、どう話をしましょうか』

思案顔になったマイグレース様は、視線を少し落として口を噤んだ。そしてふっと視線を俺に戻すと、おもむろに話を始めた。

『貴方の母君と私は、確かに婚約をしていました。あれは……私が八歳の時に結ばれた縁でしたね』

過去を思い出すようにマイグレース様は言葉を紡ぐ。

『私はこの世にあって、少し特殊な獣人なんですよ』

『特殊？』

『そう。夢喰いの貘、それが私の正体です。獣人というより幻獣ですね。夢を支配し悪夢を食べると言われていますが、正確には洗脳や精神支配が本質です』

『洗脳、するの？』

洗脳ってよく分からないけど、なんとなく物騒な感じがする。それをマイグレース様が実行する、というのがイメージがつかなくて困惑してしまった。

『必要ならば。この力は使い方によっては大変危険なものです。一族すべてが貘なら洗脳し放題ですし、そうなれば世界征服もできてしまいますね』

『――え、こわ……』

王座にふんぞり返って座るマイグレース様を想像してみると、無敵な感じでめちゃくちゃ似合ってる。でもハマりすぎてちょっと怖い。

『だから神が定めた決まりで、貘はこの世に同時に三人までしか存在できないんです』

彼は綺麗な指を三本立ててみせた。

『一人は祖父、一人は父、そして私。その存在自体が様々な危険性を持つけれど、世界の安寧のために獏は必ず必要な存在。だから我がダンカン家は血脈を繋いでいく義務があるんです』

『えっと、マイグレース、様？』

『いつも通り、マイナ、と』

『ええっと……』

『呼んでくれますよね？』

強く念を押されて俺は言葉に詰まる。

平民が公爵様にタメ口なのも問題だけど、愛称で呼ぶのはさらに大問題だと思う。貴族が愛称で呼ぶのを許す相手って、家族や親しい友人、そして婚約者くらいだ。

――俺が愛称で呼んだらダメじゃない？

『言ったでしょう、いつも通りが好きだと』

そう重ねて言われ、俺は大きなため息をついて諦めることにした。

『じゃマイナさん。質問なんだけど』

『はい』

俺が呼びかけると嬉しそうに顔を綻ばせる様子に、ちょっとだけ彼の特別な存在になれた気がして気恥ずかしくなる。

『俺にそんな話をして大丈夫？　そういう能力って秘密なんじゃないの？』

『貴方は特別ですから』

ふっと細められたマイナさんの目には愛おしさがあふれていて、昼間のあの恐ろしい感じは微塵も見られない。

『話を戻しますね。私には婚姻を結び、子を成す義務がありました。私たちの婚約は、私が彼女に「運命の番」の匂いを感じ取ったために結ばれたんです』

その言葉に俺の胸がツキンと痛んだ。「特別」と言われて舞い上がっていた気持ちが、一気に萎んで地に落ちてしまう。

――俺を産んだ奴が、マイナさんの運命の番……

『獣人は様々な方法で運命の番に気付くと言われていますが、私は匂いで認識しました。彼女から感じる香りに愛おしさを覚えて婚約に至ったのです』

マイナさんの口からはっきり「愛おしい」って言われた相手に、身勝手だとは思うけどジリジリとした嫉妬心が湧き上がってしまった。

――自分の気持ちに鍵掛けてたんじゃないのかよ、俺。

あっさりと外れた鍵に、ちょっとだけ泣きたくなる。

テーブルで隠すようにしてぐっと手を握り込み、俺は醜い感情を悟られないように必死に押し隠した。

少しだけ俯いてしまった俺に何を思ったのか、マイナさんが手を伸ばしてきて前髪を弄るように触れてくる。誘われるように視線を上げると、彼はにこっと笑った。

『でも運命の番であるはずなのに彼女から感じ取れる匂いはわずかで、次第に私は自分が間違えたのではないかと思うようになりました』

『間違えるってなに？　俺、人族だからよく分かんないんだけど、間違えることも……あるの？』

『通常はあり得ませんね。だからこそ私も自分の直感が信じられなくて、彼女から少し距離を置くようにしたんです。それがよくなかったのでしょう。彼女は別の相手を見つけて貴方を身籠もってしまった』

『……悲しかった？』

『ふふ……いいえ、まったく。むしろ歓喜しかありませんでしたよ。おかげで貴方に出会えたのだから』

瞳に滲（にじ）ませる甘さを濃くして、マイナさんは前髪に触れていた手で俺の頬を包みこんだ。

『貴方が私の番だったんです』

『…………え？』

言われた言葉が呑み込めなくて、俺はぽかんと口を開く。

『私の番を産む「孕み腹（はら）」である彼女に、貴方の匂いを感じたようです。道理で彼女から感じる匂いが弱いはずですよね』

切なそうに恋い焦がれるように、マイナさんは眉根を寄せて親指の腹ですりっと俺の頬を撫でた。

『貴方が彼女の腹に宿って初めて、私は自分の思い違いに気付きました。だから婚約解消は歓迎こそすれ、悲しむべきものではなかったのですよ』

話しながらすりすりと頬を撫でていた指を止めて、名残惜しそうに手を離す。そしてすっと俺の前に手を差し出してきた。

混乱した頭のまま、俺はなにも考えずに差し出された手に自分の手を重ねる。するとマイナさんは優しく握って引き寄せ、手の甲に唇を落とした。

『できれば生まれた貴方を引き取り、私が育てたかった。でもそれは私の父にも、彼女の一族にも阻まれました。番を前にした獣人の自制心が信用できなかったんでしょうね』

その言葉と共に、目の前のローテーブルがふっと姿を消す。そして握ったままだった俺の手を、マイナさんはぐいっと強く引き寄せた。

突然のことにバランスを崩した俺を、マイナさんは素早く立ち上がって難なく抱きとめる。

『まぁ、あながちそれも間違ってはいませんが……』と耳元で囁く声は蠱惑的で、耳から俺を甘く毒してきた。

『貴方が十八歳の誕生日を迎え成人となった折にも、再度貴方をこの手にできるようにと望みましたが』

不意に途切れた声に、俺ははっと我に返る。

――いや、待って？　番……番って誰が？　俺が、マイナさんの？

思わず見上げたマイナさんは、すごく忌々しそうに続きの言葉を吐き出した。

『またしても邪魔が入りまして。婚姻を結ぶまでは性交は控えるようにと、ガンテが貴方を王宮で囲い込んでしまいました』

『性交って……』

生々しい表現に気持ちをそわつかせながらも、聞き逃せない単語を拾い、俺は両腕を突っ張り、マイナさんからグッと身体を離した。

『って、待って？　なんでガンテ室長が俺のことを？』

『ああ、ガンテは貴方の母君の兄……つまり貴方の伯父にあたる方ですよ』

『はい？　待って！　情報量多すぎだから！　えっ、あのマッチョな室長が、俺の伯父さん？』

なんとか頭を回転させて理解しようとするけど、もはや理解が追いつかない。

でも一つだけ気付いたことがある。

『もしかして平民の俺が文官で採用されたのって、ガンテ室長のおかげ？』

『いいえ』

その質問に対して、マイナさんは真面目な顔でキッパリと否定した。

『文官採用は貴方が優秀だからです。逆を言うなら、たとえ貴族であっても能力がなければ王宮内に勤めることはできないんですよ。縁故採用者に務まるほど、ここでの仕事は甘くありませんからね』

『そ……そう』

頑張って勉強してきたことをマイナさんに認められて、正直嬉しい。

『たとえ家族愛が気持ち悪いくらい深く変態っぽいガンテでも、そこら辺はしっかりしています』

――ちょっとマイナさん、言い方……

ガンテ室長に対するあまりの評価に、ちょっと真顔になってしまう。

しかし、俺はもう一つ聞いておきたいことがあった。

『その……、マイナさんに聞いていていいのか分かんないんだけどさ』

『遠慮なんてせず、なんでも聞いてください』

にこにこの笑顔で返事がくる。

『ガンテ室長って家族愛が深いって言っただろ？　俺ができたせいで自分の大事な妹が平民落ちしたこと、恨んでるんじゃないの？』

考えなしの馬鹿ップルな親だったけど、子供さえいなければ貴族籍を失くすことなく片をつけられたんじゃないか、とふと思ったのだ。

貴族の庶子は施設に数人いたけど、親が除籍されたのが俺だけだったことから、そう思った。

『彼は恨んでなんかいませんよ』

マイナさんは、労るようにサラリと俺の髪を撫でてきた。

『ガンテは彼女が婚約解消の責任を取る必要があることをちゃんと理解していましたし、妹が平民落ちしても彼は密かに援助をするつもりでした』

『でも平民生活に馴染めなくて、実家に泣きついたけど相手にされなかったって聞いた』

『……誰がそんなことを？』

マイナさんの額にピキリと青筋が立つ。

顔は笑っているけど、マイナさん、目が笑ってない。

『ガンテやクラウン家が相手にしなかったのは、生まれた貴方を彼女が大事にしなかったからですよ。あの一族は総じて家族愛が危険域に達しているのが普通なんです。家族を大事にしない者を身内と認めないほどにね』

『き……危険域』

『その面倒くさい愛情が、今、貴方に全力で向けられています。そんなガンテが貴方を恨むなんてあり得ません』

『そっか』

マイナさんの言い分をすべて信じるわけじゃないけど、今まで見てきたガンテ室長はいつも俺を気遣ってくれていた。それを信じてみようと俺は思ってる。

『いや、本当にガンテは面倒くさかったんです。せっかく貴方が王宮で勤め始めたのに、私が貴方に会うことを許されたのは、人目のある昼の休憩時間のみで』

大きなため息と共に、誰にも渡さないとばかりにグイグイと身体を密着させてくる。

『身体の接触も禁止、正体を明かすのも禁止。そんな条件を唯々諾々（いいだくだく）と承知するのも業腹（ごうはら）ですよね？』

『いや、「ね？」と言われても！　そしてマイナさん、近い、近い！　顔！　めっちゃ近いんですけど！』

慌てる俺の頬に、マイナさんはキスを落とす。

『だから夢の中で貴方をいただくことにしたんです』

『もしかして、夜寝るたびに疲れちゃうのって……』

『私の愛に翻弄(ほんろう)される貴方が愛おしすぎて、つい。あと目覚めたら忘れるように仕向けてたのも、精神的に負担になったみたいですね』

すみませんでしたって申し訳なさそうに微笑まれても、結局毎晩手加減せずにヤることはヤってたってことだよね。

俺が唖然としていると、マイナさんは耳をカリっと優しく噛んだ。

『でも、この求愛のシーズンに、成熟した番の匂いを前にして我慢なんてできない……』

掠れた声でマイナさんに囁(ささや)かれると、顔が熱くなってしまう。

『我慢、できないんですよ……レイ』

マイナさんは熱に浮かされたように呟くと、枷(かせ)が外れたのか俺に覆いかぶさるように口づけてきた。

重なる唇の感触が気持ちいい。甘やかすように柔く唇を食(は)むと、マイナさんは俺の唇にぬるりと舌を差し込んできた。こんな性的な触れ合いなんて初めてで、どうしていいのか分からずに縮こまる俺の舌に、ゆるりと自分の舌を搦めてくる。

優しく愛撫され、緊張していた俺の身体が甘く蕩けていく。

唇って、こんな性的な接触で気持ちよくなれる場所なのか、ってくらい気持ちがいい。

『ん……、っふ、んぅ……』

鼻に抜けるような、自分の甘さを含む声を聞きながら、マイナさんが与えてくる快楽に必死に耐える。

次第に頭はぼんやりしてくるし、膝は力が抜けてガクガクと震えるしで、立っているのもやっとの状態になった俺は、つい彼の腕を掴んだ。

『——ん』

ようやくマイナさんの唇が離れる。彼は情欲に潤む瞳で、俺を舐めるように見つめていた。

『夢は精神世界ですからね。ここで貴方を抱いても子供を授かることはありません。だから耐えたりしないで、好きなだけ乱れてくださいね』

ふっと濡れたマイナさんの唇が弧を描き、淫猥な笑みを浮かべた。

——そんな優しげな声を出しても、ヤろうとしている現状は変わらないよね。

骨の髄まで貪り尽くされそうな気配に冷や汗が流れる。

『もちろん、婚儀が終わって初夜を迎えた暁には……』

マイナさんの大きな掌が、意味ありげに俺の腹を撫でた。

『現実世界でココに、たくさん子種を注いであげる』

ゾクリと背中を走った快感は思考を溶かし、俺の腰を甘く疼かせる。

その隙をついて、マイナさんが俺にぐっと体重をかけてきた。当然俺がマイナさんを支えられるわけがなく、そのまま後方へ倒れ込む。

『うわ……っ！』

びっくりしたけど予想した衝撃は訪れず、代わりにいつの間にか出現していたベッドが倒れ込んだ俺たちを優しく受け止めてくれた。

『とりあえず、今はこの部屋で私の愛を受け止めてくださいね？』

にんまりと笑む獏を前に、もう貪られる未来しか見えない。けれど、一途な愛を捧げてくれるマイナさんと番になれるのは、もしかしたら最高に幸せなのかもしれない。

そんなことを考えながら、落とされる口づけを今度はちゃんと唇を開いて受け入れた。

『は……っ！　ぅ……っ、ぁあ……っ』

少しずつ位置を変え身体中に口づけを落とされていく。マイナさんの綺麗な指が俺の身体を這い回るたびに、俺の口から嬌声がこぼれた。

俺のモノからはトロリと先走りがあふれ、物欲しげな甘い疼きを生んでいた。マイナさんに丹念に愛撫を施され、もう俺の身体はとろとろに蕩けきっていた。

そろりとマイナさんの指が後孔に触れ、ゆるゆると俺の中をほぐし始める。指が一本二本と増えていくにつれ、そこに堪らなくなるほどの快感が生まれていく。

『ふ……ん、ぁう……』

その淫靡な刺激に溺れてしまいそうで、俺は知らず腰をよじって逃げを打っていた。

『ほら、レイ。逃げないで……』

瞳に情欲が滲み、壮絶な色気を放つマイナさんは、汗で額に張り付いた自分の髪を無造作に掻き上げて、逃げを打つ俺の腰を掴む。俺をひっくり返してうつ伏せにすると、マイナさんが背後から圧し掛かってきた。

尻のあわいに、熱くて硬いモノが擦り付けられて、俺は思わずゴクリと喉を鳴らした。

『ねぇ、レイ。これで気持ちよくなりたい？』

マイナさんのソレを擦り付けられる感触は、とても夢とは思えないくらいに生々しい。

それが与えてくるだろう最上級の快感を想像して、俺の腰がゆらりと揺れた。それでも、言葉にするのは躊躇われて、俺は過ぎる快楽に潤む瞳でマイナさんを振り返った。

『ふふ……そんな可愛い顔をしてもダメ。欲しいなら、ちゃんと言って？』

今まで散々煽られていた俺は、この段階で焦らされて、我慢することなんてできなかった。

『マイナっ、さん……っ、欲し、い……入れてぇ』

『上手におねだりできましたね』

嬉しそうなマイナさんの声が聞こえた、と思った瞬間、脳天を突き抜けるくらいの快感が全身を駆け巡る。

『や、ああ、ぁあああ……ん、き、きもち、い……』

マイナさんは容赦ない腰使いで俺を攻めたてる。そのたびにあり得ないくらいの快感が脳まで支配して、俺ははしたない声を抑えることができない。

『は……っ、レイ、やっぱり貴方は最高です、ね。私もとても気持ち、いい……っ』

マイナさんの息遣いが荒くなる。荒々しく抽挿が繰り返され、マイナさんの限界も近いことが分かった。

『ん、ぅん……っ、あっ、イく……イ……っ！』

ぐっと俺の全身に力が入る、と同時にマイナさんが一際強く腰を打ちつけてきた。

『――っ！』

その刺激で、目の前にチカチカと光が瞬く。気付くと俺は自分の欲を解放していて、マイナさんも俺の中で果てたのだった。

第四章

柔らかな光が暗い視界に差し込み、俺はうっすらと目を開けた。

目に飛び込んだのは、見知らぬ部屋の天井だった。俺はしばらく無言でその天井を見つめる。ぱちぱちと瞬きすると、寝起きの鈍い思考がようやく通常に戻った。

「ここ、どこ……？」

窓から差し込む陽射しに誘われて目を向けると、薄いレースのカーテンが引かれたアーチ窓が見える。朝日を受けて艶(つや)やかに輝く窓枠は高級感あふれる赤褐色で、カーテン越しに見える大きな窓も透明度の高い玻璃硝子(はりガラス)、明らかに貴族の屋敷だ。

――何がどうして、俺はこんな所に!?

慌てて飛び起きようとして、何かがガッチリ俺を抱き込んでいて、身動きが取れないことに気が付いた。

「おはようございます、レイ」

くすくす笑う声と共に、耳慣れた声が聞こえてくる。窓とは反対側に顔を向けると、輝かんばかりの笑みを湛(たた)えたマイナさんのご尊顔が目の前にあった。

――あ……朝日より眩しい……

思わず俺は両手で顔を覆う。

「隠さないで」

マイナさんの手が俺の手を優しく外させ、目尻にキスをしてくる。

「現実世界で初めて貴方と朝を迎えたんですから、堪能させてください」

ゆるりと嬉しそうにマイナさんの目尻が緩む。そこには昨日の昼間の恐ろしげな気配も、夢の中の淫靡な雰囲気も感じられない。ただただひたすら俺を愛でることができて喜んでる……そんな感じだった。

——そう、夢……

昨夜の夢を思い出し、俺の顔は一気に熱くなった。

——絶対赤くなってる！　そして絶対マイナさん、恥ずかしがってる俺に気付いてる!!

マイナさんに柔く掴まれた手を取り戻し、今度は羞恥で顔を覆った。

——なんで夢の中でマイナさんにあっさり喰われちゃってんの、俺!?

それはもうハッキリと覚えている。夢の中でマイナさんに与えられる快楽に翻弄(ほんろう)されて、ひたすら啼かされたことを。

正直に言うと、番だって言われてすごくすごく嬉しかった。

親にすら不要と切り捨てられた俺が、誰かの特別な存在になれるなんて思ってもいなかった。

マイナさんは、この世界に俺が誕生する前から、ただ俺だけを待ち続け、俺だけを望んでくれた人だ。揺るぐことのない想いと惜しみない愛情を受けて、心惹かれないわけがない。

──だからって、即ヤるのってどうよ？　そりゃ、そんな立派な貞操観念があるわけじゃないけど。あるわけじゃないけど……！

羞恥心で混乱しまくる頭をどうにか落ち着かせようと頑張っていると、ふっと何かが窓から差し込む光を遮り俺に影を落としてきた。

指の隙間からこっそり覗いてみると、マイナさんが俺の顔の横に腕をついて覆い被さっていた。

「レイ？　せっかくの喜びに満ちあふれた記念すべき朝に、そうも顔を隠されてしまうと悲しくなるのですが」

マイナさんはにこりと微笑んでこちらを見ているけど、何か腹黒いことを考えてるに違いない。

「悲しさのあまり、朝から貴方を襲って自分を慰めても許されると思いませんか？」

「思いません！」

慌てて顔から手を離し、俺は熱い顔のまま思わず叫んでしまった。

「現実世界で手を出すのは、婚姻後まで待つんじゃなかったのかよ！」

「ふふ、やっと貴方の顔が見れました」

嬉しそうに笑い軽く触れるだけの口づけを落とすと、マイナさんはごろりと横になり、もう一度俺を腕の中に閉じ込めた。

「もちろん、婚姻後まで待ちますよ。ただあまりにも貴方が顔を見せてくれなくて淋しかったんです」

「……っ、それは……ごめんなさい」

マイナさんの胸元に顔を埋めた状態で、思わず謝ってしまう。

「素直な貴方も本当に可愛らしい……」

頭を撫でられながら吐息と共にしみじみと呟かれて、マイナさんって本当に俺のことが好きなんだなぁ、と改めて思った。

「さ、起きて朝食を食べに行きましょう」

気が晴れたのか、マイナさんは腕の力を緩めると俺の顔を覗き込んだ。

マイナさんに肩を支えられて起き上がった俺は、壁に掛けられた優美な装飾が施された時計を見て、その動きを止める。

時計の針は、就業時間をとっくに過ぎた数字を示していた。

「し……仕事っ！」

「落ち着いて」

さぁっと青褪めて、慌ててベッドから飛び降りようとする俺の腕を、マイナさんが掴んで止める。

「大丈夫ですよ。ガンテからしばらく休んでいいと言われたでしょう？」

「……あ、確かに」

確か昨日、「十日ほど休んでいい」とガンテ室長に言われて帰されたことを思い出す。しかし疑問は解決しきれていない。俺は振り返ってマイナさんを見た。

「……マイナさんの仕事は？」

しかし、マイナさんはにこっと微笑むのみ。

休んだな……と確信したけど、あえて何も聞かないことにした。

その後、身支度を整えたけれど、なぜか俺のサイズにぴったりの服が衣装部屋いっぱいに準備されていた。これについても、何も聞かないことにしよう。施設で学んだ処世術は、こういう時に役に立つ。

マイナさんに案内されたダイニングルームは、たくさんの窓からふんだんに光を取り入れていて、すごく明るく気持ちのいい雰囲気の場所だった。

部屋全体がライトモスグリーンの色で統一されていて、ほっと安心感を抱かせる。

広い部屋に相応しく大きく長いテーブルが設置してあったのに、なぜかマイナさんは俺と横並びにぴったりとくっついて腰を下ろした。

「マイナさん、なぜ真横に？」

「それはもちろん食べさせやすいからですよ」

にっこりと微笑むマイナさんに悪びれた様子はない。自分で食べると言っても聞いてくれないな、と俺は早々に抵抗するのを諦めて、テーブルに並べられた料理に目を向けた。

テーブルの上にはパンに濃厚なポタージュスープ、新鮮なサラダ、卵料理、フレッシュなフルーツ、そしてボリューミーな肉料理まであった。

そしてマイナさんは有言実行とばかりに、ちょいちょい給餌行動を挟んでくる。俺は普段、朝食を食べない。今日もフルーツだけにしておこうと思ったけれど、マイナさん的にダメみたいだ。

俺は渋々口を開けて放り込まれたオムレツを咀嚼しながらチラリと横を見る。マイナさんは蜂蜜もかくやのトロトロに甘い笑みを浮かべてこっちを見守っていた。

——まぁ、いっか……

幸せそうなその笑顔に、俺は苦笑いを洩らして食事を続けることにした。

しばらく食事の時間を楽しんでいると、マイナさんが俺の口にフルーツを運びながら口を開いた。

「食べながら聞いてくださいね」

返事代わりにコクリと俺が頷くと、伸ばされたマイナさんの手ですりっと頬を撫でられた。

「これから貴方には、ここ公爵邸で過ごしていただきます。王宮にはもう行かないでください」

「ん!? だって仕事は!?」

突然のことに、ゴクンと口の中のものを飲み込んで俺は声を上げた。

「辞めていただくことになりますね。私は幻獣とも神獣とも称される存在で、その力はいろいろな方面から狙われています。その番である貴方も狙われやすい立場となりました」

マイナさんは申し訳なさそうに眉尻を下げると、頬に当てていた手をそっと下げ俺の左腕を優しく掴んだ。

「貴方も身をもって知ったとは思いますが、貴族というものは邪魔なものは容赦なく排除します」

俺の腕を持ち上げ、マイナさんは目を伏せて服越しに傷があった場所に指を這(は)わせる。

「私の婚約者の地位を狙う者、宰相としての立場を狙う者、そして獏という存在そのものを邪魔に思っている者。敵を数えればキリがありません」

マイナさんは複雑な色味の綺麗な瞳で、悲しそうに俺を見つめた。

「ガンテの言うように、婚姻を結び我が家で囲い込むまで貴方の存在を隠せればよかったのですが、私が我慢できなくて」

「マイナさん？」

彼の瞳から温かみが消える。

「私が貴方から離れていることも、貴方が誰かに傷つけられることも、ね」

その言葉を聞いて、俺はライト公子の件と、食堂での噂話を思い出す。

――公爵は所在不明。

――……やはり獏は恐ろしい。

しかし俺は微笑むと、マイナさんの手に自分の手を重ねた。

「分かった。この場所にいることで、マイナさんが安心できるなら、俺はここにいる」

「レイ」

「でも約束して」

俺はじっとマイナさんの綺麗な瞳を見つめた。

「何が起きてるのか、俺にも話すって。俺、隠されるのが一番嫌だ」

「すべてを話すことはできませんが、できる限りはお約束しましょう」

「全部話せってわけじゃない。だってマイナさんは宰相なんだろ？　国政にも関わることは話せないのはさすがに分かる。そうじゃなくて、俺が嫌な思いをするかもって理由で隠されるのが嫌だ」

いつも俺がされてるように、重ねていた手を伸ばしてマイナさんの頬に触れる。

「マイナさんが俺を大事にしてくれているのは分かってる。でも大事にするのと、俺が嫌がるって理由で隠すのはイコールじゃないことは、知っててほしいんだ」

指の腹でマイナさんの秀麗な顔をそっと撫でた。

「嫌かどうかは俺が自分で決める。だからちゃんと話して」

「レイ……」

頬に当てた俺の手に、今度はマイナさんが自分の手を重ねた。

「もちろん守られるのは嬉しいけど、守られるだけっていうのは嫌だ。マイナさんは俺の番なんだって、マイナさんの横で自分の足で立って言いたいから……」

「レイ、貴方は本当に最高です」

ぎゅっと重ねた手を握り込み、マイナさんはこれ以上ないというくらいに幸せそうに笑った。

「約束、してくれる？」

俺の言葉に返事はなく、代わりに額に口づけられた。ちょっと恥ずかしくなって俺は視線を泳がせたけれど、「あ！」と思い出してマイナさんに視線を戻した。

「そうだ！　あと、ガンテ室長に挨拶しに行きたい！　お世話になったし、俺の伯父(おじ)さんなんだろ？」

「それ、忘れていてよかったんですが……」

チッと舌打ちせんばかりのマイナさんの表情に、二人は仲が悪いのかと納得した。

「マイナさん、それで――」

「マイナ君！　番ちゃんを手に入れたって⁉」

俺が言葉を紡ごうとした時、突然ダイニングルームの扉が勢いよく音を立てて開き、壮年の男性が転がる勢いで飛び込んできた。

その人の髪の色はワインレッドだけど、複雑な色味の瞳はマイナさんそっくりだ。

驚いてぱちぱちと瞬きながらその人を見つめていると、その人は俺に目を留めてそれはもう嬉しそうに破顔した。

「なんて可愛い子だ！　しかもマイナ君を怖がることなく触れるなんて素晴らしい！」

真面目な表情をしていたら、ちょっととっつきにくい端整な顔だけど、今は全身で喜びを表していて怖そうには見えない。

——怖そうには見えないけど、圧が強い……

あっという間に入口から距離を詰め、俺たちのすぐ側に立つ。そしてずいと身を寄せてくると、笑顔全開のまま口を開いた。

「うん、可愛い！　これは絶対孫も可愛い！　で、婚儀はいつ？　お披露目もするんだよねっ？もちろん私も参加できるよね？　ダメなんて言わないよね？　その時にはとっておきの服飾デザイナーを紹介しよう！　ああ、楽しみだ！」

すごい勢いで捲し立てると、マイナさんに掴まれていた俺の左手を奪い、両手でギュッと握った。

「お父様と呼んでね！」

その言葉でこの人が誰だか分かった俺は、この人を無碍に扱うわけにもいかなくて、困ってマイナさんに視線を向けた。マイナさんは、なんというか……虫けらを見るような目でその人を見ていた。

——自分の父親に向ける目じゃないよね……

そう思いはしたけど、言葉には出さずにそっと呑み込む。

俺が無に徹していると、マイナさんはその人——お父様の手を引っ剥がし、俺を自分の腕の中に囲い込んだ。

「気安く触らないでください」

その場に冷たい風が吹いた気がして、俺が思わず首を竦めていると、お父様は何一つ気にする素振りもなくにこにこと笑った。

「ああ、すまないね。嬉しくてつい！」

「なぜここに？　お呼びしていませんが？」

「陛下から知らせがきてね！　ようやくあの子を手に入れたのかと、嬉しくなって来てしまったよ。ああ、お祖父様ももうすぐ到着予定だからね！」

「……なるほど。諸悪の根源は陛下ですか」

マイナさんの口から、じっとりと怨みが籠もる呟きが洩れる。その機嫌の悪そうな彼の様子に、どうしていいか分からず俺はオロオロと二人を交互に見た。

そんな俺を見たお父様は、目尻に皺を刻みながら柔らかく微笑んだ。

「それにもうすぐトランファームの大使が来るだろう？　守り手は多ければ多いほどいい」

「レイの身は私が守るので大丈夫です」

「身体が安全なら心も安全、と思ってるなら、それは随分傲慢な考えだね。人の心というものは、いとも簡単に傷ついてしまうものなんだよ」

お父様の口調は優しげだけど、言葉は結構辛辣だ。でもマイナさんも思うところがあったのか、反論はせずに舌打ちするだけに留めていた。

「……部屋を準備します」

「ありがとう。では荷物の整理を先にしようかな。またあとでね、レイ君」

お父様はにこっと笑いひらひらと手を振ると、踵を返してダイニングルームを出ていった。

「騒がしくてすみません」

「俺は大丈夫なんだけど、お父様はいいの？」

「問題ありません。ああいう人なので、好きにするでしょう。それより私は少し陛下に用ができたので王宮に行ってこようと思います」

冷ややかに笑うマイナさんを見て、俺はちょっとだけ国王陛下の身の安全が気になったけど、口を噤んで頷くだけにしておいた
「ああ、ついでと言ってはなんですが、貴方の従者を紹介しておきましょう」

「従者？」

キョトンとする俺の前髪をさらりと掻き分け額を撫でると、マイナさんはよく通る声でその名を呼んだ。

「ライノーク」

「はい、マイグレース様」

名前が呼ばれると、開きっぱなしの扉から一人の男性が入ってきた。淡いグレーの従者服に身を包んだ彼は、男らしいキリッとした顔立ちで、すごく真面目そうな人だった。淡い茶色の髪はともかく、赤橙の瞳は珍しい。

見たところ獣人らしい特徴は見当たらないから、人族なんだろう。

「レイ、従者のライノークです。公爵家での勤続年数は三年ほどですが、歳が貴方に近いのでちょうどいいでしょう」

「ライノーク・シュエットと申します。番様、よろしくお願いいたします」

ライノークは礼儀正しく頭を下げると、姿勢を正してその赤橙の瞳でじっと俺を見てきた。

「レイといいます。平民なので姓はありません」

「もうすぐレイはガンテの養子になる予定です。なのでレイ・クラウンですね。でもその名を名乗ることはないでしょう。すぐにレイ・ダンカンになるのですから」

俺は思わずマイナさんを振り仰ぐ。

「え、俺ガンテ室長の養子になるの？」

「はい。私と婚姻を結ぶには貴族籍が必要ですから。一番確実なのは養子に入ることなんです」

「そっか。じゃあなおのこと、ガンテ室長にご挨拶しに行かなきゃ」

俺が首を傾げながら考えるように言うと、珍しくマイナさんは渋い顔になった。

「挨拶、ですか」

「うん！」と俺が力強く頷くと、マイナさんは渋々了承してくれた。

「分かりました。でもそのままクラウン家に拉致されそうなので、必ず私と一緒の時にしてください」

「分かった」

「では慌ただしくて申し訳ないのですが、私は王宮に行ってきます。貴方は……」

じっと観察するように俺を眺めて、マイナさんはゆるりと目を細めた。

「ゆっくりしていてください。邸内を散策してもいいですよ。図書館で読書するもよし、のんびりお茶をするもよし。でもまだ顔色はよくないので、午睡の時間は設けてくださいね」

「うん。あ、そうだ。マイナさん、もしガンテ室長に会うことがあったら、俺が会いたがってるって伝えてほしい」

俺が念押しでそうお願いすると、マイナさんは長い沈黙のあと、ため息と共に頷いてくれた。

「ライノーク、あとは任せる。では行ってきます、レイ」

「俺、見送るよ」

すっと立ち上がるマイナさんに俺も慌てて椅子を引く。するとマイナさんは、エスコートするかのように手を差し出してきた。

「素晴らしい一日の始まりに水を差された気分でしたが、貴方が見送ってくれるなら俄然やる気になりますね」

晴れやかな笑顔でそう言われたけど、そんなやる気になったマイナさんが何をしでかすのだろうかと思い、やっぱり陛下の身が心配になってしまった。

――俄然殺る気になった……としか聞こえない……

差し出されたマイナさんの手に自分の手を重ねながら、俺は一応釘を刺す。

「……マイナさん？」

「はい？」

「何事も、ほどほどが大事な時もあるからね？」

しかし、マイナさんはにこっと微笑むだけで、黙ったままだった。

「マイグレース！　おい、待てよ！」

私が王宮の廊下を歩いていると、後ろから聞き覚えのある声が響いた。

待つ必要性を感じず、あえて無視をして歩みを進めていると、ガシッと肩を掴まれ強引に引き止められた。

「聞こえてんだろうが！　無視すんじゃゃねぇ」

「……なんの御用でしょうか？」

仕方なく振り返ると、ムスッとした顔のガンテが私の肩を掴んでいた。

「なんの御用、じゃねぇよ。お前、ウチのレイにひどいことしてねぇだろうな！」

「私のレイにひどいことなどするわけないでしょう？」

さりげなく所有権を主張されたのですかさず訂正すると、ガンテの厳つい顔にピキッと青筋が立った。

「養子縁組が成立するまで待てって言ったろ！」

「もちろん待ちますよ。まぁそれまで公爵邸で手厚く遇しますけど。いっそこのまま婚姻まで我が屋敷にいていただくほうがいいかもしれませんね。なので、もうこちらに来ることはないかと思います」

私が涼しい顔で告げると、ガンテは悔しそうな顔になった。

「勝手に決めんなよ！　俺の甥っ子だぞ？　せっかく正々堂々可愛がることができると思ったのに！」

「そもそも私の番です。諦めてください」

「そもそもあの子はクラウン家の者だろうが！」

「親が貴族籍から抹消されていますから、彼は正しくは平民ですね。貴族であるクラウン家の者ではありませんよ？」

「血筋の問題だよ！」

私も平然と振る舞っているが隠しきれない執着心を滲ませている自覚はあるし、ガンテはガンテで、その強すぎる家族愛からくる執念を押し出して噛み付いてくる。

そんな低レベルな口論を王宮の廊下で繰り広げていれば噂になるのも早く、あっという間に陛下の耳にまで届いて呼び出されてしまった。

「お前ら、大人げないと思わないのか……」

呆れた口調で陛下が口を開いた。

ここは王宮の奥まった場所に位置する国王陛下の執務室だ。華美を好まない彼の意思を反映して、調度品も暗紫色のウォールナット素材で統一されている。一国の主の部屋にしては、本が収まる棚とソファセットがあるだけの、シンプルな空間だ。唯一、主が愛用しているマホガニー製の机だけが、深みのある艶やかな赤色でその存在を主張している。

「宰相と騎士団副団長が人目を憚らずに言い争うとは……」

頭が痛いと言わんばかりに陛下はこめかみを指で押さえている。その彼に、すかさずガンテが噛みつくように言った。

「ですが陛下。コイツ、俺の甥を公爵邸に拉致りやがって、返す気がないんです。言いたいことの一つや二つや三つや四つ、あってもおかしくないと思いませんか！」

「私の番だと言ってるでしょう。大事な番を危険から守るために我が屋敷に囲い込んだだけですが」

レイに関しては、この男と何を話しても平行線しか辿らない。私は絶対にレイを譲る気はないし、ガンテに何を言われても聞き流す。そんな私をギリギリと歯を鳴らしてガンテは睨んできた。

「しかしマイグレース。まだ番の子が貴族に養子入りする件は、貴族院の承認が下りてないだろう。今の段階では、養子先のクラウン家がその身を預かるのも、番のお前が囲い込むのも道理から外れる」

ふむ、と指を口元に当てて陛下は首を傾げた。

「本来なら生家もしくは施設、既に独立しているなら自分の家で貴族院の承認を待つものだ。が、今の状況で番の子を一人にするのはあまりにも危うい」

チラリと陛下がガンテに視線を流す。

「番の子に何かあって獏が暴走しても困る。ここは私が命じ公爵邸預かりとしたことにしておこう」

「承りました」

「はぁ!?」

陛下の許可を得て嬉々と頷く私に反して、早速不満をあらわにしたガンテ。しかし彼は陛下の金の瞳で射すくめられ、そのあとに続くはずだった言葉を呑み込んだ。

「ガンテ、お前の不満も理解している。だからマイグレースが手を出さないように手配したんだぞ」

「手配とは?」

「前公爵、前々公爵を王都に呼びつけてやった」

陛下の言葉を聞いて、ガンテは元の顔に戻る。

「なるほど。獏にしちゃ常識人の彼らがいれば、レイの身は安全か……」

「そうだろう？　貴族院にはトランファームの件が落ち着き次第、養子縁組を速やかに受理するようにと命じている。そうなれば婚儀まで短い期間ではあるが、養父であるお前と過ごすことになるな」

「は？」

予想外の展開になり、私は思わず眉間に皺を寄せ陛下を睨んでしまった。

なぜ私のレイがガンテと過ごすことになるのだ？　そんなこと、私が絶対に許すはずがないことくらい、陛下も分かっているだろうに。

「睨むな、マイグレース。考えてみろ。あの子は本来ならあふれんばかりの愛情を受けるはずだった。それを奪ったのは誰だ？　愛情がまったく得られない淋しい環境で育つ羽目になったのは、一体誰の仕業だ？」

陛下の金の瞳とガンテの翡翠（ひすい）の瞳が私に向く。

「少しは番の子に、無償の愛情がどういうものか知る機会を与えてやれ。それに今のままでは、ガンテも心から祝福などできまい。親族から祝福されない婚姻を、お前は愛しい番に結ばせる気か？」

陛下の言葉に重なるように、レイの声が聞こえた気がした。

——俺ができたせいで自分の大事な妹が平民落ちしたこと、恨んでるんじゃないの？

すべてを知っているガンテが、レイを恨むはずがない。でもガンテから祝福を得られなかったら、きっとレイはずっと気に病むだろう。

——仕方ない、ここはレイのために折れるとしましょう。

私が渋々了承の意を告げると、陛下は明らかにホッとした顔をする。

——ですが、父と祖父を領地から引っ張り出してきた件に関しては、あとでゆっくり制裁を下すことにしましょうか。

腹いせに謀略を巡らせていると、チラリと陛下が胡乱な眼差しを私に向けてきた。

「話はここまでだ。ガンテ、お前は行っていいぞ。マイグレース、お前には別件で話があるから残ってくれ」

陛下にそう言われ、ガンテは満足そうに一礼して執務室を去っていった。

パタンと背後で扉が閉まる音がしたあと、陛下は私にソファに座るように促す。着席したタイミングで、侍女がティーセットを手早く並べた。

侍女が退室したことを確認して、陛下が口を開く。

「お前はパーストンと面識はあるか？」

「パーストン……。暗部のパーストン一族ですか。当代とは代替わりの際に顔合わせをしました」

私はカップを口元に運び、ゆっくりと味わう。

暗部とは、どこの王族も所有しているだろう、諜報や暗殺などの汚れた仕事を担う闇の組織のことだ。ライティグス王国では、パーストン伯爵の一族がその役割を担っていた。

「獏も、その昔は暗部にも属していましたからね。慣習として、当主との面識は持つようにしています。それが何か？」

「パーストンの先代からお前に、繋ぎを付けたい者がいるそうだが、どうする？」

「目的を伺っても？」

「お前の番について話をしたいそうだ」

その陛下の言葉に、思わず手に力が入る。ソーサーに戻そうとしたカップがカチリと音を立てた。

「明日の午後、私の執務室で」

「伝えよう」

陛下が鷹揚に頷くのを横目で見る。

レイに関することを、暗部を担う一族の関係者が、この時期に猊の私に話す意味。その不穏さを、陛下も気付いているのだろう。

だからこそ、暗部とは真逆の立ち位置にある騎士団のガンテを先に退室させたのだ。

陛下に退室の許可を貰い立ち上がると、私は素早く明日の予定を組み直すのだった。


「初めまして閣下。私はソルネス・バラハンと申します。お会いできて光栄です」

如才なく挨拶するその青年が誰なのか、名乗られなくても私は知っていた。

緩くウェーブを描く艶やかな黒髪、知性が窺える紺碧の瞳、そして、成人した男性に使うには似つかわしくない言葉であえて表すなら「愛らしい」顔立ちの青年。

――レイの親友、ですか。

頭に入っていた情報を整理する。

確か彼はバラハン子爵の庶子で、正妻の子が病で死亡したため施設から引き取られたはず。一年の教育のあとに認知して貴族籍へ復帰させ、正式に後継者として立てる予定とか。

目の前に立つ彼を見る。ライト公爵との繋がりがあり、かつ不審な行動を見せる貴族、その中にバラハン子爵の名前もあった。その後継者候補である彼は、どちらの味方だろうか。

――それにしても、どんな話をするつもりでしょうね。

たとえレイの親友であっても……、いや、むしろレイの親友だからこそ、その対応には注意が必要だ。

「話を聞きましょう。そちらにお座りなさい」

ソファを勧めると、彼は一礼して品よく腰を下ろす。

専属の侍女がお茶をセットし終えるのを待って話を促すと、彼はカサッと音を立てて、手にしていた書類ケースから紙束を取り出した。

「先日、ライト公爵邸の捜索が終了したと聞きました」

ソルネスはサラリと私に告げてくる。

ライト公爵に関しては、近日訪れるトランファーム大使との繋がりを臭わせる証拠が発見された。そのためライト公爵に関する情報は極秘事項として取り扱われている。

それをあっさりと手に入れていた彼の手腕は認めなければならないだろう。

「……で、それが君となんの関係が？」

「ライト公爵って裏で何やら画策していたみたいですけど、その計画の主軸は公爵ではないみたいです」

「そのようですね」

あっさりと肯定する私を見て、彼は口元を書類で覆い隠しおかしそうに笑った。

「敬愛すべき我が父上もその計画に噛んでいるみたいだったので、お知らせに上がりました。こちらをどうぞ」

彼が差し出した書類を、気配を消して側に控えていた補佐官が受け取り私のもとへと運ぶ。受け取った書類をぺらりと捲り眺めていると、ソルネスはのんびりした様子で口を開いた。

「父が何を企もうが、私はまったく興味がありません。むしろ余計なとばっちりを受けるくらいなら、跡目相続なんて放棄して平民として生きたいくらいです」

書類から目を上げてチラリと視線を向けると、私の反応にも興味がないのか、彼は自分の前髪を指で摘んで退屈そうに弄っていた。

「でも……」

ふと指を止め、ソルネスは感情を窺うことができない瞳を空中に向けた。

「様子を見ていたら、何かレイの情報も集め始めていたんですよね、あの人」

番の話が飛び出してきて、私が彼の真意を探るように目を眇めると、ソルネスは片方の口端を持ち上げて「ハッ！」と嗤った。

「僕の大切な友達に手を出すんなら話は別。あの子に害を為すつもりなら、僕は絶対に許さない。容赦なく排除するつもり」

「私」から「僕」へ一人称が変わり、彼の素が浮き彫りになる。敵対する者への容赦など一切かけるつもりのない、彼の強い意志が宿る瞳は、信頼に値するもののように思えた。

私は彼をじっと見つめる。

発言の真偽は、必要ならば夢で暴けばいい。誰も彼も、精神世界では私に嘘はつけない。今はこの書類に記された情報の信憑性よりも、まず確認すべきことがあった。

「素晴らしい友情ですね。しかし君はことの影響をちゃんと理解していますか？」

「なんのことでしょう？」

ソルネスは空中に固定していた瞳を、私へ向ける。

彼ほどの情報収集能力があるのなら、市井で育ったとはいえ、私が獏であることや公にしている能力についても把握しているだろう。しかし、その紺碧の瞳には恐れも怯えもなかった。

「君が渡した書類はなかなか興味深いものです。もう少し内容を詰めれば、バラハン子爵くらいは反逆罪に問えますね」

試すように告げる私に、彼は動揺する様子を微塵も見せない。

「それはよかったです」

「反逆罪は、あとに禍根を残さぬよう一族すべてに責を負っていただきます。ですので一族諸共に処刑になりますよ」

「そうでしょうね」

気のない相槌ばかり返す彼は、涼しい顔で冷めた紅茶を口にした。

「一族すべて。もちろん、君も例外じゃない」

その私の言葉にソルネスは怖がるどころか、くすくすと笑い始めた。

「世間ではひどく恐れられる閣下も、本当にレイには甘いんですね。僕が死んだらレイが傷つくと思って心配になったんですか？」

流れるような動作で手にしていたカップをテーブルに置くと、ソルネスはおもむろに私のほうへと身体の向きを変えた。

「君は分かっていて、これを渡したのですか？」

「もちろん」

彼は人好きのする笑みを浮かべる。

「こんな風に言うのはおこがましいかもしれませんが、閣下にとってレイがかけがえのない唯一の存在であるように、僕にとっても彼は特別な存在なんです」

ソルネスはソファから立ち上がると、優雅な足取りで私の机の前に近寄ってきた。

一瞬、側に控える補佐官が身構えたけれど視線で制して、改めてソルネスへ目を向ける。

「大切な親友の迷惑になる血なら、この世に存在する意味もありませんよ。たとえそれが自分の身に流れるものであってもね」

そう言うと、彼は懐に手を入れて何かを取り出し、それをコロンと机の上に転がした。

二センチ四方の、魔石でできたキューブだ。うっすらと傷がいくつか付いており、古いものだということが分かる。

「映像キューブ、ご存知ですよね？」

映像キューブとは、文字通り今見ている映像を保存するための道具だ。魔石に含有される魔力量が多いほど、保存できる映像の時間が長く鮮明な画像になる魔道具の一種だった。

「平民が手に入れられるくらいのキューブなので質はよくありませんけど、これにはレイの昔の映像が収められています。お近づきの記念にどうぞ」

「――見返りは？」

「別に？　あえて言うなら、レイを守るために僕も協力させてほしいってことくらいでしょうか」

その要求に言葉を詰まらせた私を見て、ソルネスはしてやったりとばかりに口角を上げた。

協力させろということは、レイを守るために私が得た情報も渡せ、ということだ。自分の命を天秤にかけてでも必要な情報を得ようとする、その強か（したた）さに舌を巻く。

「いいでしょう」

私がそう告げると、彼は心の底から嬉しそうな笑顔になった。その顔だけは、成人したばかりの青年の年相応のものに見えた。

「では、いつまでも宰相閣下の貴重なお時間をいただくわけにもいかないので、ここら辺で失礼しますね」

さりげない仕草で、ソルネスの細い指先が机に転がるキューブに触れる。

「では、また情報が入り次第ご連絡いたします。……ゆっくりお楽しみください」

虫の羽音のような「ヂッ」という音と共にキューブが起動し始める。

空中に浮かび上がった映像に不覚にも私が目を奪われてしまっている間に、ソルネスはさっさと退室していった。

ふわふわな淡い金の髪が舞う。

どこかに向かって走っているのだろう、小さな背中が、走る脚が、沈む夕日を受けて輝く野原が映し出されていく。

『ソル……！　ソル、こっち！』

舌っ足らずな愛らしい声が聞こえてきた。

くるりと後ろを振り返り、満面の笑みを浮かべるのは五、六歳くらいのレイだろうか。セルリアンブルーの瞳を期待に輝かせ、『早く早く』とせっついてくる。

『僕、蛍見るの初めて！』

抑えきれない好奇心が声を弾ませている。生い茂る草に埋もれるように存在する清流の近くで足を止めると、レイはその場にしゃがみ込んだ。

息を潜めて待つ幼子の前に、やがて仄(ほの)かな淡い光がちらちらと舞い始めた。

じわじわと数を増やして美しく瞬くあえかな光を、レイは嬉しげにただ黙って見つめていた。

たったそれだけの、短い映像。

それを私はただじっと、時が経つのも忘れて繰り返し眺め続けていた。

トランファームからの大使が訪れるまで、残り一ヶ月を切った。そのせいで忙しいのか、最近マイナさんを見かけていない。

睡眠時間は取れているのかとか、食事はちゃんと摂っているのかとか、つい心配してしまうけど、彼にも従者が付いているはずだから、きちんと世話は受けているんだと思う。

――でも……

「ねぇライノーク、俺ちょっとだけ王宮に行っちゃダメかな?」

その日も朝からマイナさんの姿はなかった。朝食のあと部屋に戻った俺は、ふと思いついてライノークに聞いてみた。

ガンテ室長から貰った十日の休みはとっくに過ぎているけど、俺はまだ公爵邸に留まっていた。仕事を長い期間休んでいる身としては、一言ガンテ室長に謝罪したいんだけど、それも叶わない。

「申し訳ありません。マイグレース様から外出を控えるようにと……」

眉尻を下げてそう告げるライノークに、俺もそれ以上は言えなかった。

どうやらトランファームの大使が訪れる件とは別に、何か問題が起きているみたいだ。両方の件で俺が王宮をうろつくのは危険だからと、ダンカン公爵邸に押し込められている。

ライノークは公爵邸の使用人だから、マイナさんの命令を聞かざるを得ない立場だし仕方ない。

ただ不満なのは、ちゃんと話してほしいってお願いしたのに、マイナさんがそれ以降俺に何も言ってくれないことだ。

――ちぇっ……

「レイ様、庭でお茶でもしませんか？」

不貞腐れた俺に、ライノークはにこやかに微笑んで提案してくれた。

第一印象はすごく真面目そうだと感じたライノークは、その印象通り仕事は丁寧にキッチリとこなす性格だった。最初は様付けで呼ばれることや崩れない口調で取っ付きにくく感じていたけれど、今は言動の端々に見える彼の優しさを知って好ましく思っている。

「うーん、お茶はいいかな」

俺には貴族みたいにティータイムを楽しむ習慣がないから、とりあえず断っておく。でも何の予定もない時間を持てあましているのは確かだ。

「うーん……」

しばらく考えて、俺は「そういえば」とライノークに目を向けた。

「この屋敷に図書館ってある？」

「ございますよ。何かご覧になりますか？」

「うん。俺、魔道具見るのが好きでさ。それ関連の本があれば見てみたい」

「ではご案内しましょう」

ライノークが先に立ち、迷路みたいに複雑な構造の公爵邸を案内してくれる。

やがて一つの、見上げるほど大きな扉の前に辿り着いた俺たちは、その扉を開けて中へと足を踏み入れた。

「この扉って大きいけど、重くないわけ？」

ライノークは大きな扉を難なく支えているけど、心配になって聞いてみる。

「重くはないですよ。軽量化の魔法陣が刻まれていますからね」

「へぇ……」

扉を一撫でしてみると、確かに塗装に紛れてかすかに凹凸（おうとつ）を指先に感じた。目を凝らして見てみると、文字みたいなものが刻まれている。

こんな感じの文様を、どこかで見たことあるような気がする。んー……と記憶を遡り、そういえば王宮の大図書館に設置されていたランプに似た文様があったのを思い出した。

「ねぇライノーク、悪いけど魔道具関連じゃなくて、魔法陣の事典みたいなのってある？」

「確かあったと思います。探してきましょうか？」

「うん、お願い。魔法陣って古語を使うよね？　できたら古語の辞書も欲しい」

「分かりました。席でお待ちくださいね。ああ、そうだ……」

何かに気付いたのか、足を進めようとしていた彼が立ち止まって振り返った。

「ここは少し冷えます。ブランケットを持ってくるので、それまでこれをどうぞ」

ふわりと、ライノークが自分の上着を掛けてくれた。確かにちょっと寒いって思っていたけど、よく気付いたなと感心する。

「いや、いいよ。ブランケット持ってきてくれるなら、それを待ってる」

「レイ様は公爵様の大事な方です。身体を損なってはいけません」

ライノークは優しい手つきで、掛けた上着で俺の身体を包む。そして満足そうに頷くと、赤橙の瞳を上げてにこっと笑った。

「えーっと、ありがと……」

人から親切にされることってほとんどなかったから、こんな気遣いは結構嬉しい。ライノークにしてみたら仕事の一環なんだろうけど、さりげなく相手を気遣って行動に移せるのはすごいと思う。

「ライノークって、なんかモテそう」

俺が思わずそう言うと、珍しくライノークはぱっと耳を赤く染めて狼狽(うろた)えた様子を見せた。

「え……い、いきなりなんですか？」

「気遣いとか親切とかってとっさにできるもんじゃないだろ？　普段からそういう行動ができてるのかなって。そういうのって、人からの好感度上がりそうだなぁって思ったんだ」

「私が気遣うのも親切にするのも……レイ様だけですよ」

ふと声のトーンを落として囁(ささや)くように言った彼は、少しだけ苦しそうに眉根を寄せていた。

「え、大丈夫？　どっか調子悪いんじゃ……」

突然変わった表情に、体調でも悪いのかと俺が手を伸ばすと、その手をそっとライノークに握り込まれた。

「大丈夫です。心配してくださってありがとうございます」

「ライノー……」

俺が呼びかけようとした時、図書館の奥から声が聞こえてきた。

「おや、レイ君じゃないか。本を探しに来たのかね？」

書架の間から姿を現したお父様は、本を片手にスタスタと俺たちに近づいてきた。そして俺のすぐ真横に立つと、「ふむ」と独り言ちてライノークを冷たく見下ろした。

「従者が主に親身になるのはよいことではあるが、立場は弁えなさい」

「……申し訳ありません」

素早く握っていた手を離し、一歩下がって頭を下げたライノークは、姿勢を正した時にはいつもの表情へ戻っていた。

「ではご希望の書籍とブランケットをお持ちしますね。あと、温かいお茶も準備しましょう」

そう言うと、彼は一礼して踵を返した。

「レイ君は何を探しに来たんだい？」

お父様に声をかけられてビクンと俺の肩が揺れる。さっきのライノークを見るお父様の目の冷たさを思い出して、ちょっとだけ萎縮してしまっていた。

恐る恐る見上げると、その俺の態度に気付いたのかお父様が困ったように眉尻を下げた。

「しまった、怖がらせてしまったか。これではマイナ君に怒られてしまうな」

「あの、魔法陣について少し調べたくて来ました……」

小さな声で答えると、お父様はふっと目尻を緩めて微笑んだ。

「レイ君は優しいいね。とてもいい子だ」

そして立ち去ったライノークのほうへ目を向けると、お父様は柔らかな口調のまま言った。

「私は前とはいえ公爵だったからね、使用人が守るべき規律を乱すようなことをすれば、多少は厳しくしないといけない。君は何も悪くないから心配しないでね」

ライノークの行動の何が規律を乱したことになるのか分からないけど、とりあえず俺は頷いた。

「で、魔法陣を調べに来たんだね。何か気になることがあった？」

「気になるというか、刻まれた文様の意味が知りたくて」

コツリと足音を響かせて歩き始めたお父様のあとについて、俺も歩き出す。

王宮の大図書館も文字通り大きかったけど、公爵家の図書館も負けず劣らず大きい。そしてどちらの図書館も、入り込む日光をギリギリまで抑えていて薄暗かった。

書架に挟まれた通路を進むと、少しだけ開けた場所に出る。そこには広く立派な机がドンと置かれていた。分厚くガッチリとした天板の上には等間隔にステンドランプが置いてあり、仄(ほの)かな光を揺らめかせて卓上を照らしている。

「さぁ座りなさい」

カタンと椅子が引かれ、俺はお礼の言葉を口にしてその椅子に腰を下ろした。

「魔道具に刻まれた文様の意味か……。あまり気にしたことはなかったな」

俺の隣に座ると、お父様は「レイ君は賢いなぁ」と相好(そうごう)を崩す。

「そうそう、魔道具の文様といえば古語だよね。私の父が得意としているから、呼ぼうか」

「お祖父様ですか？」

無表情の高齢の男性が俺の頭に浮かぶ。

お祖父様がここへ来たのは、お父様が公爵邸に来た翌日のことだ。

真っ白な髪、真っ白な顎髭、そしてマイナさんやお父様と同じファイアオパールの瞳。若かりし頃はすごくモテただろうなと思わせる美貌の名残が、切れ長の瞳や通った鼻筋から窺える。

そんなマイナさんのお祖父様だったけど、なんと言うか……本当に表情が動かない。常に無。そして滅多に言葉を発しない。

お会いしてしばらくはまったく会話が成立しなかったから、俺は嫌われたのかと思って悲しくなった。

でも段々それが彼の普通なのだと気付いて今度は病気を心配したけど、それも違うよとお父様からもマイナさんからも慌てて訂正された。そのくらい感情が読めない人だ。

でも、ときどき思い出したように俺の頭を撫でる皺だらけの手は、温かくて優しい。だから、今では俺はお祖父様のことが大好きだ。

「ご迷惑じゃないでしょうか？」

「まさか！　可愛い孫嫁にメロメロなんだよ、アレでも」

ニヤリと笑うと、壁際に控えていたお父様専任の従者に、お祖父様を呼ぶように告げる。そうしている間に、ライノークが数冊の書籍と温かいお茶を持って戻ってきた。彼はブランケットを俺の膝に掛け、机にお茶を置くと静かに壁側に控えて立つ。

俺はいろんな魔法陣が記された事典をぱらりと捲り、火に関係するページでその動きを止めた。

「どんな魔法陣だったか覚えてるのかい？」

事典を覗き込みながらお父様が声をかけてくる。

俺は頷いて、指でページの上を辿りながら答えた。

「俺、文字とか文様とか覚えるのが得意で……。それもあって文官に採用されたようなもんです」

マイナさんは俺のことを優秀って言ってくれたけど、この記憶力のおかげだと思う。

「それはすごいな。普通の文字だったら分かるけど古語は難しいし、魔法陣の文様は線が一本多くても少なくても意味が変わるものなんだろう？」

びっくりした顔のお父様に、俺もびっくりしてしまう。

確か魔法陣は複雑な線を描くけど、あれが一つのデザインだと考えれば、覚えるのはそう難しいことじゃないし、驚くことでもない。

それに線を引く場所や色の濃淡、線の太さや長さなんかで意味を表すのだから、それさえ押さえていれば読み解くのも難しくはない。古語は難しいけど、辞書があればなんとか読める。

俺がきょとんとしていると、お父様は苦笑いした。

「これは別の意味でトランファームに狙われそうだな」

「え？」

「いいや、なんでもないよ。ただの独り言だ」

笑いを収めると、お父様は「ふむ」と真面目な顔になった。

「ちなみにどんな文様を探してるんだい？」

「あ、えっと……」

俺が何か描くものは……と机の上を見渡すと、すかさずライノークが紙とペンを渡してくれる。

「ありがとう」と小さく告げると、彼はふわりと微笑んでまた壁際へ戻っていった。

俺はペンを持ち、王宮の大図書館のランプに刻まれた魔法陣を描き出す。

「俺、魔道具なんて王宮で初めて見たから知らないことばっかりだけど……」

外縁を縁取るように刻まれていた古語を、思い出しながら書き綴る。

「大図書館のランプに刻んであった古語が、ちょっとおかしかったんです。耐破損とか耐過熱とかなら分かるけど、覚えてる限り炎とか破裂とかの古語で」

その瞬間、お父様の顔が険しくなった。彼は俺が描いた魔法陣を、インクが滲(にじ)まないように指で辿る。

「他に気付いたことあるかい？」

「んー……大図書館の物はあとから刻まれて、塗装で隠されているように見えました。あとは魔法陣が刻まれた魔道具があった場所が、何か変だなって——」

その時、ぬっと肩越しに手が現れて、魔法陣を指し示した。

振り返ると、変わらず無表情のお祖父様がいつの間にか後ろに立っていた。

「猛火、爆裂、水では消せない炎、消滅」

低く掠れたお祖父様の声が、指が示す古語を読み上げていく。

「これはまた、随分物騒な魔法陣だねぇ」

お父様の呟きに、お祖父様も無言で頷く。

「お祖父様、すごい……」

さすがお祖父様、難しい古語を難なく読み解く姿は格好いい。いつか時間が許せば俺に古語を教えてくれないかな、と尊敬の眼差しでお祖父様を見上げると、彼はぽんぽんと優しく俺の頭を撫でてくれた。

「これはちょっと陛下に奏上しなけりゃいけないね」

カタンと音を立ててお父様が立ち上がる。

従者に前触れを出すように命じているお父様の背中を眺め、もう一度お祖父様を見上げた。

「俺も王宮についていっちゃダメですか？」

その言葉に、お祖父様はすっと目を細めただけだった。

――ダメってことか……

何かが起きようとしてるのは分かるけど、何もできない自分がもどかしい。

落胆していると、一通りの指示を出し終えたお父様が俺を振り返って苦笑いした。

「レイ君はここでマイナ君の帰りを待ってあげて。それがあの子の何よりのご褒美だからね」

その言葉にお祖父様も強く頷く。

うん、それは俺も分かってる。王宮に行くのを見送っただけで、あれだけ張り切って出かけたんだ。出迎えなんてしたら絶対に喜びそう。

でも、そうじゃなくて何も知らされないまま、ただ黙って待つのは俺の性に合わないし、ただ守られるだけなのも納得がいかない。

そんなもどかしい気持ちを抱えたまま、俺は王宮へと出向く二人を見送るしかなかった。

モヤモヤした気持ちのまま昼食を食べて、自分の部屋へ戻る。時計を見ると、ちょうど職場では昼の休憩時間が終わる頃だった。都合がいいことにライノークも席を外していて、今この場には誰もいない。こっそり扉を開けて廊下を見てみると、人影はまったくなかった。

「これって、チャンスじゃない？」

不意に閃く。

施設にいる時、仲間で協力し合って抜け出し、下町で遊んでいたことを思い出す。

あの施設は訳ありの子供たちを閉じ込めておく場所でもあったから、出入りは厳重に管理されていた。

でも公爵邸はどうだろう。厳重に管理はされているだろうけど、この屋敷は俺を閉じ込めるためにあるわけじゃない。使用人が使う裏門なら、こっそり抜け出すこともできそうだ。

そう思った俺は、素早く身支度を整えると、裏口を目指して部屋を飛び出した。

予想通り、裏口の門から出るのは容易かった。誰にも見咎められることなく、するりと裏門をくぐり通りに出る。

貴族は身分の高い順に王宮の近くに屋敷を構えている。公爵であるマイナさんの屋敷は王宮に割と近い位置にあったから、馬車がなくても徒歩で問題なく移動できた。

いつも出勤する時のように門番の兵士に挨拶したら、ちょっと怪訝な顔をされてしまった。そのことに首を傾げながら、石畳の道を歩み自分の部署に続く外廊下へ進む。

「ガンテ室長かルーデル先輩なら、何か知ってるかな？」

歩きながら考える。俺が休みを貰う直前、忙しそうにしていた二人なら何か知ってそうだ。

「モーリスさんとクレインさんは……どうだろ？」

あの二人は知らなそうだな、と思いながら職場の扉の前に立つ。取っ手を掴み、扉を開けてそろりと中を覗き込むと、誰もいなくて閑散としていた。

「あれ……？」

俺はちょっと肩透かしを食らった気分で部屋の中を見渡す。休憩時間も過ぎたこの時間帯に、誰もいないとは思わなかった。どの机の上も綺麗に整理されていて、午後からまた業務を再開する気配もない。

「どうしよう……」

たぶんここには誰も戻ってこないだろうと諦めた俺は、扉を閉めその場を後にした。行く宛もなく足を進めていると、気付いた時には昼寝に使っていた中庭へ辿り着いていた。

俺はベンチに腰を下ろし、背もたれに身体を預けてため息をついた。

「誰もいないとは思わなかったなー」

せっかく屋敷を抜け出したのに、これじゃ何の情報も得られない。抜け出したことはライノークにはすぐバレるだろうし、そうなったら今後監視の目は厳しくなって黙って出ることは難しくなる。

「レイ」

思いあぐねていた時、懐かしい声に名前を呼ばれた。

ハッとして顔を上げると、いつの間にか目の前にソルネスが立っていた。

彼が施設を出て既に半年以上経っている。少しだけ大人びた雰囲気を纏(まと)っているけど、それでも懐かしい親友の姿に喜びと、そして戸惑いが湧き上がった。

「え、ソル？　なんで……」

『施設を出たら互いに接触しないこと』っていう、施設の仲間内の暗黙のルールが頭に浮かぶ。俺もソルネスも規則をきっちり守るタイプじゃないけど、このルールに関しては相手に迷惑をかけないように守ろうね、と話していた。

——なのに、なぜ……？

「久しぶりだね、レイ。元気そうでよかった」

「……うん」

久々に会う友人にどう接していいのか分からなくて、ちょっとギクシャクする。

そんな俺を見て、ソルネスは屈託のない笑みを浮かべた。

「レイってば相変わらずだね！　王宮なんかで働き始めて少しはスレたかと思ったら、相変わらず反応が素直なんだから」

ソルネスはくすくす笑いながら、俺の隣に腰を下ろして、俺の顔を覗き込んだ。

「僕が声をかけたの、迷惑だった？」

「まさか！」

すぐに俺が否定すると、ソルネスは嬉しそうに目を細めた。

「本当はさ、レイを見かけても会うつもりはなかったんだ。お互いのために、さ」

「うん、分かってる。お前さ、ちょっと前に王宮に来てただろ？　会うつもりなら、もっと早くに声かけてたと思うし」

「あれ、知ってたの？　誰かから聞いた？」

ぱちくりと瞬いて不思議そうな顔になったソルネスに、俺は首を横に振った。

「いつだったか、お前がこの近くの建物に入っていくのを見かけたんだ。お偉方の部屋がある棟だったたから覚えてる」

「あー……なるほど」

「納得」と頷いたソルネスは、ちらりと俺を見ると考える素振りを見せた。

「なんだよ、口達者なソルが言い淀むなんて珍しいな。俺に何か言いたいことでもあんの？」

「うん、まぁ……ね」

歯切れの悪い返事に俺は片眉を上げる。

ソルネスはしばらく自分の前髪を指先で弄りながら黙っていた。

この、髪を弄るのはソルネスの昔からの癖だ。自分の考えをまとめる時に、昔からよくこうやって触ってた。それを知ってるから、俺は彼の考えの邪魔にならないように視線を庭へ移し、ソルネスが口を開くまで待つことにした。

穏やかな風が吹き、中庭に植わっている木の枝を揺らす。さわさわと優しい葉擦れの音に耳を傾けていると、隣に座るソルネスが一つ大きく息を吐き出した。

「ねぇレイ、宰相閣下が君にご執心だって噂、ホント？」

突然そう言われて、勢いよくソルネスを振り返った。

「は……？　え、なんで……ソル……それ……」

思いきり動揺して、言葉が上手く紡げない。俺がパクパク口を開いたり閉じたりしていると、ソルネスは悪戯っぽく笑った。

「本当にレイは昔のまんまだね。なんかホッとしたなぁ……」

「……そんなに噂になってんの？」

恐る恐る聞いてみる。俺の様子に、ソルネスは「う〜ん」と首を傾けた。

「まぁそれなりに？　閣下に運命の番が現れたっていう正式な発表はされてないけど、あれだけ目立つ人が君を追っかけ回してたんだから、まぁ噂くらいは立つよね」

「俺、追っかけられてたの？」

「……まさか気付かなかったの？　あの宰相閣下がドロドロの激甘で、見てて砂糖吐きそうって聞いたよ」

「あの」ってどういう意味だろ、なんて考えながら、確かにマイナさんの俺を見る目は甘かったなと思い出す。かっかと火照る頬をぐいっと手で擦っていると、ソルネスはにこっと笑った。

「君に愛情を注いでくれる人ができて、よかった」

「ソル？」

「君はさ、愛情ってよく分かってなかったろ？　親が親だし、物心が付く前からあんな場所にいたし」

ソルネスは俺から視線を逸らすと、真っ直ぐ前を見つめた。

「僕はある程度の年まで母さんと暮らして愛情を貰ってたから、それがどんなもんか知ってる。だから人から向けられる情には気付けるんだ。それがどんな情でもね」

ついっと紺碧の瞳が俺のほうを向く。

「でも君は愛情を知らずに育ったせいか、人から向けられる感情に疎い。愛情ならまだいいけど、悪感情にも気付けないのは、閣下の番としては致命的だよ」

「ち……致命的？」

「うん。相手の悪感情に気付くってことは、自己の身を守るのに大事なことでしょ。宰相閣下は政敵が多いから、君も必然的に狙われやすくなる。でも今の君は自分の身を守れない。だから心配した閣下が君を公爵邸に閉じ込めちゃった気持ちは分かるんだ。せっかく施設を出て自由になったレイを、また閉じ込めるのかってムカついたし納得はできないけどさ」

俺は無言でソルネスを見返す。

じゃあ俺に何も話さず屋敷に留めているのは、俺が自分の身を守れないって思われてるからか、と思い少しだけムッとする。

「俺、そんなに弱くない」

「強い弱いの問題じゃないよ。たとえ一瞬でも、大事な君に危ない目に遭ってほしくないんだよ。

愛しい人を傷つけられて平常心が保てるほど獣人は寛大ではないからね」

そう言われて、俺はハッと思い出す。

公爵邸で迎えた初めての日、マイナさんが言っていた。

——私が我慢できなくて。

——私が貴方から離れていることも、貴方が誰かに傷つけられることも、ね。

あれって俺への心配だけで言った言葉じゃないのか。

言葉に含まれる愛情と独占欲にようやく俺は気付く。

「俺、マイナさんからの気持ちに、いろいろ気付けてないのかも」

「そこはレイだから。閣下も分かってるさ」

トンと肩同士を触れ合わせて、ソルネスは慰めるように言った。

「でもレイも閣下のこと満更じゃないんだね。僕、それが知りたかったんだ」

「え……？」

「レイ、よく聞いて」

肩を触れ合わせたままの近い距離で、ソルネスは声を潜めて言った。

「今度、トランファームからの大使が来る。それは知ってるよね？」

横目でチラリとソルネスを見る。俺の無言を返事と捉えたのか、ソルネスはそのまま言葉を続けた。

「トランファームの大使派遣の表向きの目的は、宰相閣下との婚約を結ぶことだよ」

「――え？」

「宰相閣下も既に三十を超える年だ。未だに妻帯しないのは番が見つからないからだって、トランファームは考えてる」

ソルネスの言葉に、俺はぱちりと瞬いた。

ソルネスの話が本当なら、トランファームの考えはいろいろおかしい。獣人の番は必ず見つかるわけじゃないから、運命を待たずに愛を交わした人と婚姻を結び、その相手を伴侶として大事にしていくのが獣人の常だ。

神前で愛を誓えば、もう運命の番が現れることがないと聞く。

マイナさんが未だに妻帯していないのは、俺が大人になるのを待っていたからだろうけど、でもそれを知らない人から見たら、ただ単に気に入る相手がいなかったってだけの話になる。

俺が怪訝な顔をしているのに気付いたのか、「ぷっ」とソルネスは小さく噴き出した。

「レイのその顔！　まぁ気持ちは分かる。でも、獣人の国に住んでないと、そんな獣人の気質も習性も意外と知らないもんだよ。ましてやトランファームは魔法師の国、魔法にしか興味がないからね」

「そんなもん？」

「そんなもんだよ」

ふふっと笑い、ソルネスは俺から身体を離してベンチの背もたれに身体を預けた。

「宰相閣下との婚姻で国同士の繋がりを強めて、魔石の輸出を増やさせたい。それが表向き」

「じゃ裏は？」

「それが分からない。今調べてるけどね。だから今、この時期に閣下の番であるレイが王宮をうろつくのは危険なんだ。トランファームと手を組んで私腹を肥やしたいって考えるこの国の貴族もいるだろうし」

確かに己の欲を満たすために、敵と手を組む輩（やから）もいるだろう。

「でもさ、俺のこと噂になってるんだろ？　トランファームと手を組みたい奴から、あっちに情報流れてるんじゃないの？」

「だから危険なんだよ。余計な者がいたら話が進まないって排除しようとするのが貴族なんだから。レイはしばらく閣下の邸宅で大人しくしてたほうがいいと思うよ」

そう言われると、マイナさんやお父様たちから公爵邸にいなさいって言われた意味が分かる。そして、マイナさんの婚約の話が持ち上がってる、なんて俺には話せなかったお父様たちの気持ちも分かる。

俺は、ツキンと痛む自分の胸を見下ろした。

――マイナさんの婚約……

俺を産んだ奴と婚約関係だったと知った時も、過去の話とはいえ胸が痛かった。今も誰かに奪われるんじゃないかって不安だし、怖い。

「ああ、時間切れっぽい」

俯いて思いに耽っていた俺の横で、ソルネスが残念そうな声を上げた。

「え？」

「お迎えが来たよ」

「迎え？」と俺が顔を上げると、マイナさんが必死な顔でこっちに向かって走ってきていた。

「またね、レイ」

ソルネスは俺の肩に手を乗せると、さっと立ち上がって去っていく。

つられて立ち上がった俺は、ソルネスの背中を複雑な思いを抱えたまま見送った。

「レイ！」

ぐいっと腕を引かれて振り返ると、マイナさんが息を切らして立っていた。

「レイ、なぜ王宮に？　彼と会う約束でもしていたんですか？」

マイナさんはチラッと視線だけをソルネスが去ったほうに流し、もう一度俺を見る。

「違う。ただ……」

——なんて言い訳しよう。何も話をしてもらえないのが悔しくて、情報を得るために来たって言う？

考えあぐねている俺を、マイナさんはギュッと抱きしめる。

「門番の兵士から知らせが来た時には、驚きすぎて寿命が縮む気持ちでしたよ」

そう言って、マイナさんは大きく息をついた。

「万が一を考えて、レイが王宮に来たら知らせるように通達しておいてよかった」

だから、門番の兵士が怪訝な顔していたのか、と納得した。

「心配かけてごめん」

「いいんですよ。最近忙しくて、貴方に淋しい想いをさせた私が悪いのですから」

髪に口づけを降らせたマイナさんは、少し落ち着いたのか俺の肩を抱いて歩くように促した。

「屋敷まで送ります」

「え、自分で帰れるよ?」

「……そもそも貴方、どうやって王宮まで来たんですか?」

そうマイナさんに突っ込まれると、ソルネスから話を聞いたあとなだけに言い辛い。まさかのこのこ歩いてきたとは言えない。気まずくてそろりと視線を逸らした俺に、マイナさんはため息をついた。

「レイ、帰ったら話をしましょう」

下がった声のトーンを聞くに、怒られる予感しかない。黙って抜け出した俺が悪いから仕方ないかって肩を落としていると、頭上でマイナさんの舌打ちが聞こえた。

「また厄介な……」

「え?」

マイナさんを仰ぎ見てその視線が向くほうに顔を向けると、お父様と、もう一人恰幅のいい壮年の男性がこっちを向いて立っていた。

「お父様と……誰?」

「外務府のトップですよ」

灰褐色の髪と髭のその男性は、頭に小さくて丸い耳がついているから獣人のようだ。

「何か御用でしょうか？」

冷ややかなマイナさんの声にびっくりして、もう一度彼を仰ぎ見る。こんな冷たい声のマイナさんは初めてだ。でもマイナさんの声音に怯むことなく、壮年の男性は用件を告げてきた。

「陛下がお呼びだ」

「私はレイを送ってきますので、あとで伺うとお伝えください」

「陛下が閣下の番に会いたがっておられるんだ」

その男性がチラリと俺を見る。

「俺？」

俺がびっくりしていると、お父様が苦笑いを洩らした。

「マイグレース、せっかくレイ君が王宮に来たんだ。ご挨拶してくるといい」

「…………分かりました」

たっぷりと間をあけて、仕方なさそうにマイナさんが返事をした。

「え、陛下に会うの？　俺が？」

慌てる俺を見下ろして、マイナさんが済まなそうに眉尻を下げた。

「すみません、レイ。迷惑かと思いますが、私と一緒に来てくれますか？」

俺が謁見するなんて畏れ多いとは思うけど、拒否する権利もなさそうだしとりあえず頷く。するとマイナさんはホッと安心した顔になった。

「ではこちらに……」

そう促されて俺が歩き始めた時、お父様の隣に立っていた男性が口を開いた。

「閣下。トランファームの大使を迎える直前だ。軽率な行動は控えてくれたまえ」

「軽率、とは？」

「今回のトランファームの目的は君だと言うじゃないか。しかも婚約を結ばせる相手も同行していると聞く。君が平民を囲い込んでいると知れたら、相手の自尊心を傷つけかねない。十分注意してほしい」

その言葉に俺の心がざわめく。

——マイナさんは絶対、その人と婚約なんてしない。

ギュッと手を握っていると、その手をマイナさんの手が優しく包んできた。そしてそっと俺の肩を引き寄せて、慰めるように俺の頭を自分の胸に押し付け抱きしめてくれる。

「言葉には気を付けたほうがいい」

どういう状況だろうか、と困惑していると、お父様の声が聞こえた。でも聞いたことのないくらい冷たくゾッとするような響きの声は、知らない人の声みたいだ。

「獏が獏たる所以(ゆえん)を、身をもって知りたいわけではないだろう？」

「私はただ……」

「口を閉じていただいていいですか？　でないと私の番を不安にさせた貴方を殺したくなってしまいます」

あふれ出そうとする感情を抑え込んだようなマイナさんの声は、いつもの甘さなんて欠片(かけら)もなく、地底を這(は)うように低い。

「レイ、行きましょう」

マイナさんに肩を抱かれたまま、俺はその場を後にした。

陛下がお待ちになっているという謁見の間には行ったことがなく、俺はマイナさんに誘導されるがまま広い廊下を並んで歩く。廊下に敷かれた、金糸が縁取る臙脂(えんじ)色の絨毯(じゅうたん)の上を進むが、会話はない。

いくつ目かの角を曲がった頃、ようやくマイナさんが口を開いた。

「不安な気持ちにさせてしまってすみません」

その声に顔を上げると、真っ直ぐ前を見つめたままのマイナさんが、硬い表情で言葉を紡いだ。

「今回のトランファームの来訪は不可解な点が多くて、その真意を探るために相手の要求をまず呑む方針になりました。そのため、今は私とトランファームの貴族との婚約が進んでいるように見えるはずです」

「――っ」

俺は思わず息を呑む。神前で愛を誓えば、その後に運命の番が現れることはない。すなわち運命はなかったことになる。

――俺とのことも、なかったことにされる？

腹の奥が冷たく凍えたようになって、俺は何も言葉を紡げなくなった。足が重くて、やがてその足は一歩も前には進まなくなる。

動きを止めてしまった俺に気付いたのか、マイナさんが足を止めて振り返った。

そしてその目を見開くと、慌てたように俺の顔を覗き込んだ。

「ああ、レイ！　そんな悲しそうな顔をしないでください」

マイナさんの温かな掌が俺の頬を包み込む。

「大丈夫です。なにがあっても私が貴方以外の人間を愛することはありません。なんのために十八年も待っていたと思うんですか」

俺の頭をぎゅっと抱き込み、マイナさんは髪に頬を寄せてくる。

「でも貴方にこんな不安な顔をさせるなんて万死に値します。もうこれは陛下の言い分なんて無視して、さっさとトランファームを潰しましょう」

——なんかマイナさんが物騒なことを言い始めた！　いや確かに不安に感じたけど、だからって陛下の下した決断を、マイナさんの私情で覆したらダメだよね!?

俺は冷や汗を浮かべながら、何やら固い決心をしているマイナさんの顔を見つめた。

「おいおいおい、さっきから猥の不穏な気配がしてると思って様子を見に来たら、一体何やってんだマイグレース」

マイナさんの背後から声が聞こえる。ガッチリとマイナさんに抱き込まれてしまって俺には見えないけど、マイナさんの次の一言で後ろに立つ人物が誰なのか分かった。

「陛下、突然呼び出すとは、何の用ですか？」

「お前ね、形だけでも俺を敬えよ、まったく。そもそもここで立ち話をする内容でもない。中に入るぞ」

そう言い残して陛下が離れていく気配がする。それに応じて抱きしめていたマイナさんの腕の力も緩み、俺は顔を陛下の声がしたほうへ向けた。

どうやら俺たちは謁見の間の近くまでは来ていたらしい。開いた扉に陛下の姿が消えるのが見えた。

俺はそっとマイナさんの顔を見上げ、動こうとしない彼の袖をちょいっと引っ張った。

「呼ばれてんだよね？　行こうよ」

「レイ、さっきの話が終わっていません」

「うん。でも帰ったら話をするんだろ？　その時でいいよ」

そう言うと、マイナさんは眉間に皺を寄せて大きなため息をついた。

「――分かりました」

マイナさんは渋々といった体(てい)で言うと、ようやく足を動かし謁見の間へ移動してくれた。

中に入った俺は、礼儀に則(のっと)って頭を下げ、陛下の言葉を待つ。

「番の子、顔をよく見せてくれ」

声がかかってゆっくりと頭を上げると、王座に姿勢を崩した状態で陛下が座っていた。

こっくりとした濃い金の髪と眼光鋭い金の瞳。面白がるような笑みを浮かべているけど、隠しようもなく王者の覇気があふれ出ている。

――この方が国王陛下。

無意識にでも相手を従わせるその覇気は、正しく王者に相応しいと思えた。

謁見の間に入るまで俺の側にいたマイナさんは、中に入ると陛下の座る玉座の近くに控え立つ。おそらくそこが宰相閣下の定位置なんだろう。心配そうにこっちを見てくるマイナさんに「大丈夫」と微笑むと、陛下はおかしそうに笑い声を上げた。

「なるほど、マイグレースと上手くやれているようだな」

闊達な笑みに肩に入っていた力が抜ける。やがて陛下は気遣うような眼差しを俺に向けてきた。

「番の子もまだ公爵邸に入ったばかりで慣れないだろうに、マイグレースを帰してやれなくて済まないね」

「いいえ、それがマイナ……マイグレース様のお役目だと思っていますので」

「うん、それはそうなんだが、やはり面白くはないだろう？　自分の大事な相手に婚約の話が出るのは」

すっと細められた陛下の眼差しに、俺は今試されてるんだなと気付いた。

でも気付いたからといって、俺に何かができるわけじゃない。だって俺は平民だし何の力も持っていないのだから。

だからこそ俺は素のままで返事をすることにした。

「面白くありません」

俺はハッキリと陛下に告げる。その俺の言葉に、陛下は目を瞠った。

「俺は今まで誰からも愛情なんてものを貰った記憶がありません。だからマイナさんがくれる愛情は、どんな形であっても嬉しいし手放したくないんです。だからそれを脅かすようなことをされたら面白くなくて当然です」

「そうか。だがことは国の問題だ。番の子、お前にマイグレースを諦めてくれと命じるかもしれないよ？」

「それに関しては……」

俺が少し言い淀むと、陛下は虐めすぎたかなって顔で苦笑いをこぼした。

「番の子――」

「陛下、大変申し訳ありませんが」

陛下の発言に被せるように俺は告げる。もちろんわざとだ。

「その命令は、下す相手が違います」

「何？」

陛下は怪訝そうな顔になるし、俺の言わんとすることを察知したマイナさんは嬉しそうに顔を輝かせている。

「もちろん俺自身もマイナさんから離れる気はありませんが、この番関係を断つことに関しては、マイナさんが絶対に承諾しないと思います。だから国益のためにマイナさんにトランファーム側と婚約を結ばせたいなら、まずはマイナさんにその命令を下すべきなんじゃないかと思います」

その俺の言葉に陛下は唖然とした顔になり、マイナさんは当然だろうといった顔になった。

「へぇ……ガンテからは、マイグレースに押し切られて番であることを受け入れたって聞いたけど。番の子もしっかりと受け入れてるわけか」

納得したように頷く陛下の側で、マイナさんはうっとりと幸せそうな顔になっていた。

「試して悪かったね、番の子。運命を感じるのは獣人だけ、人族にはそれが分からない。その気持ちのすれ違いから、時に拉致監禁なんてトラブルにも発展しかねないんだよ。そこをトランファーム側につけ込まれる可能性があったから、確認させてもらったんだ」

「はい」

「マイグレースには、トランファームの大使を迎える準備を頑張ってもらうつもりだ。様々な憶測が流れることもあるだろうが、コイツを信じてやってほしい」

「……信じたいとは思ってます」

言葉を選びながら俺が答えると、陛下もマイナさんも「おや？」と首を傾げた。

マイナさんに至っては、その後やや不穏な顔つきになってしまったから、俺は小さく笑みをこぼしてしまった。そして彼から少し視線をずらして、考えに考えて言葉を紡ぐ。

「俺はマイナさんと知り合ってそんなに日が経ってません。マイナさんの番だと知ったのも、ついこの間です。俺にはマイナさんから貰った言葉しか信じるものがないので、いろんな噂話を聞いても気持ちが揺らがないと言ったら嘘になります」

「レイ……」

「まぁ、それはそうだろうな」

マイナさんは心苦しげに俺の名前を呼び、陛下は俺に理解を示すように頷く。

そう、俺は獣人じゃない。運命なんて分かるわけないし、会えず話せずの相手を、貰った言葉だけを頼りにただ信じ続けるのは無理だと思う。そして気持ちが揺らいでいる時に変な噂話なんて聞いてしまったら、そっちを信じてしまうかもしれない。

だから、なんでもいいから、マイナさんの気持ちを信じ続けられるだけの確固たる証が欲しかった。

——でも、そんなことを俺が願っていいんだろうか……

そんな自問に対しての答えを探してぐるぐる思考を回転させていると、謁見の間にコツンと足音が響いた。

顔を上げると、マイナさんが陛下の側を離れ、俺のもとに歩み寄ってきていた。

俺の目の前に立つと、マイナさんはいつものように俺の頬を左の掌で包み込む。その左手で頬を滑らせるように撫でてから、中指から指輪を引き抜き、俺の掌に指輪を乗せて、ふわりと微笑んだ。

「宰相のための指輪を、トランファームの件が片付くまで貴方に預けます。大事に持っていてください」

艶消し(つや)のシルバーの指輪が、マイナさんの温もりを残したまま、俺の掌でコロンと転がる。

「でも、これは印章だよね？　必要なんじゃ……」

「ふふ、そうですね」

マイナさんは甘く目尻を緩めたあと、わざとらしく表情を改めて自分の顎に指を当てた。

「この国の貴族が他国の貴族と婚約を結ぶには、陛下の裁可と書類を揃える必要があります。書類に不可欠な印は三つ。陛下の御璽と当事者であるダンカン公爵の印、そして宰相の印です」

そしてマイナさんは悪戯っぽくウインクしてみせると、俺の指を折り畳ませてシグネットリングを握り込ませた。

「どれか一つでも欠けると婚約は成り立ちません。だからこれを貴方に託します。しっかり持っていて。無理やり婚約が結ばれないように、私を守ってくださいね」

「――いやいや、世界最強の獣人のお前を相手に無理を通すくらいなら、自分で世界征服したほうが話は早いよ……」

陛下がすかさずツッコミを入れてるけど、マイナさんは華麗にスルーしている。

俺はちょっと笑い、そのシグネットリングを両掌でしっかりと包み込むと、目を閉じて自分の手に唇を落とした。

「うん。俺がマイナさんを守るよ」

神前で誓うように気持ちを籠めて告げると、マイナさんが息を呑むのが分かった。

「あーコレ、意図してじゃないのね。無意識の行動でコレかぁ……。こんな一途な愛情向けられたら、マイグレースも堕ちるわ」

ブツブツと陛下が呟く。目を開けて陛下を見ると、彼はひょいと肩を竦めた。

「陛下、レイに誤解を与えないでください。私は十八年前に既に堕ちています」

「その執着心が怖いんだが……」

呆れた顔の陛下はひらりと手を振ると、俺に向かって苦笑いを洩らした。

「番の子、お前も大変だな、こんなのに好かれて。ま、それも運命と言うべきだろうが。なんにせよお前には不自由をかける。ことが済んだら褒美を与えよう」

「俺はマイナさんが帰ってくるなら、別に……」

「レイ、こういうのはありがたく受け取っておけばいいんですよ」

マイナさんにまでそう言われて、俺はとりあえず頷いておいた。

「さ、そろそろ帰りましょう。私が送り届けたいのですが……」

マイナさんがそう言うなり、ジロリと陛下がマイナさんを睨む。

「自分一人だけ番とイチャつこうなんて許さないぞ。俺だって妃とラブラブしたい……っ」

そんな陛下を、片眉を跳ね上げたマイナさんが平然と見返した。

「無理そうなので、父と一緒に帰ってくださいね」

背後で扉が開く音がして俺が振り返ると、一礼しているお父様とお祖父様の姿があった。

無断で外出したことを怒られるかもと一瞬身を竦めたけど、優しく微笑むお父様と無表情なまま片手を差し出してくれたお祖父様を見たら、その不安も吹き飛んだ。

「俺、帰ります。マイナさん、屋敷で待っててるね」

シグネットリングをぎゅっと握りしめて陛下に一礼すると、俺は身を翻してお祖父様の手を取った。後ろで残念そうなため息が聞こえて顔だけ向けると、マイナさんが手を振ってくれた。

「ちゃんと守るから……」

俺が小さく呟くと、それが聞こえたのか、マイナさんは幸せそうに微笑んだ。

第五章

それから時は過ぎ、あと数日もすればトランファームの大使が来訪する。急ピッチで準備は進められ、式典の会場となる場所も随分華やかに飾り付けられているらしい。

その華やかな理由は、この国の宰相閣下の婚約式も同時に執り行うから……そんな噂がまことしやかに流れてきている。

噂の主役であるマイナさんは、陛下の宣言通りまったくと言っていいほど屋敷には戻ってきていない。そしてお父様とお祖父様も、件(くだん)の魔道具の調査のために毎日王宮に呼び出されていて、夜遅くまで戻らない日々となっていた。

そんな状況で俺は、使用人たちの間で取り扱いに困る存在となっていた。

「あの子、公爵様の番ではないの？」

「違うみたいだな。先日他家の使用人に聞いた話では、公爵様はトランファームの王族と婚約するらしい」

「公爵様の伴侶様がお越しになったら、あの子の存在を不快に思うのではないかしら？」

「そうなんだよなぁ。今彼が使っている部屋は、公爵様の伴侶となる方の部屋だろう？　それを平民が使っているというのは……」

陰でヒソヒソと囁く使用人の声は、嫌でも俺の耳に届く。こっちをチラチラと見ながら屯する使用人には目もくれず、俺は真っ直ぐ自分の部屋へ戻った。

カチリと扉を閉めると、ボフッと行儀悪く窓際のカウチに腰を下ろす。

「憶測が流れるかもって陛下が言ってたけど、公爵邸にいてもこれだとは思わなかったな」

片脚をカウチに乗せて抱き込むと、俺は膝の上に顎を乗せた。ふと思い付き、襟を寛げてペンダントを取り出す。ソルネスから貰ったペンダントに、マイナさんから預かったシグネットリングを通して首にかけていたのだ。

セルリアンブルーのペンダントトップと指輪がカチリと硬質な音を立てて触れ合う。

それをゆらゆらと揺らしながら、俺はモヤつく気持ちを抱えていた。

要するに、「面白くない」の一言に尽きる。

「隠さないで話をしてって言ったけど、その話をする暇もないとは思わなかったし」

マイナさんが俺以外を選ぶなんて思えないけど、やっぱり何事にも万が一ってことがある。

「相手は魔法師だし……さ」

あれから図書館で魔法書に目を通してみたけど、魅了や魅惑の魔法、人格支配や精神支配の魔法なんてものがこの世にはあるらしい。

「大丈夫かなぁ、マイナさん……」

ぽつりと呟いたその時、コンコンと扉がノックされた。慌てて服の中に指輪を仕舞って返事をすると、ライノークがティーセットを持って入ってきた。

「レイ様、お茶にしませんか？」

ライノークは優しく目尻を緩めて勧めてくれる。ふわりと立つ爽やかな香りを嗅いで、俺は頷いた。

「いい香り。何の紅茶？」

「ピーチティーですよ。柑橘類をブレンドしているので、香りが爽やかでしょう」

ライノークは慣れた手つきでカップに紅茶を注ぐ。

「癒やしの効果があるそうなので、レイ様にお勧めしたくて準備しました」

俺は白い清楚なカップに満たされたオレンジブラウンの紅茶を見下ろした。

ライノークは、ここに来た時からずっと俺を気遣ってくれている。マイナさんに命じられたからとはいえ、その優しさにはいつも癒やされていた。

「ありがとう……」

カップを持ち上げて俺はお茶を一口飲む。紅茶自体は渋みもなくてあっさりとしてるけど、飲んでみるとピーチの甘い香りが口の中で余韻を残す。

その甘さが、ちょっとだけささくれ立っていた俺の気持ちを宥めてくれた。

「ありがとう、ライノーク」

ふっと意識せず浮かんだ笑みのままもう一度お礼を告げると、ライノークは頬を少し赤く染めて視線を逸らした。

「レイ様の気持ちが少しでも軽くなったのなら幸いです」

慎ましいライノークらしい返事に、今度は俺もはっきりと笑った。

「うん、ライノークがいてくれてよかった」

「……レイ様、部屋に閉じ籠もるばかりではよくありませんよ。少し気晴らしでもしませんか？」

「気晴らし？」

「ええ。図書館なら誰も来ませんし、旅行記を見るなんて楽しそうじゃないですか？」

ライノークにそう提案されて「う～ん」と考える。

確かに図書館は、専任の司書が書籍の管理で定期的に入るくらいで人がいることはほとんどない。

それにこの国どころか、王都からすらも一歩も出たことのない俺にとって、他の土地はまったくの未知の世界で、そこに何があるのか気になっていた。

「うん、旅行記読むのも楽しそうだ。これ飲み終わったら図書館に行こう」

そう返すと、ライノークは嬉しそうに微笑んだ。

穏やかなティータイムを終えて図書館へと移動した俺は、席に腰を下ろしてライノークに勧められた旅行記をゆっくりと開いた。

「この本は、世界のあらゆる美しい景色を求めて彷徨った旅人の手記になります」

「へぇ……。北の流氷、南の碧海、東の世界樹、西の瀑布、世界にはいろんな絶景があるんだ……」

豊かな表現力で記されたその手記は、読んでいると目の前にその景色がまざまざと広がるようだ。

見知らぬ土地の、見知らぬ景色を思い描きながらわくわくと読み進めていたのに、次第に俺は自分の意識が薄れていくのを感じた。

――何か、おかしい……

そう気付いた時には、俺はもう自分の身体を支えていることができなくなっていた。崩れるように机に突っ伏してしまい、視界も徐々に暗くなっていく。

「な……ん、で……」

俺はなんとか言葉を紡ごうと途切れ途切れに声を発する。そんな俺に、ライノークは切なげな声で言った。

「どんなに美しい景色でも、貴方のその瞳の美しさに勝るものはありませんね、レイ様」

ライノークの手がサラリと髪を掻き上げたような気がしたけど、それを確認する余裕はなく、既に目を開けていることすらできなくなっていた。


「ここ、どこ？」

目を覚ますと、そこは見覚えのない部屋だった。

ひじ掛け付きの椅子に座らせられているけど、なぜか身動きがまったく取れない。下に目を向けると、ロープで椅子の背もたれに括り付けられていた。腕も後ろ手に縛られているし、足もしっかり拘束されている。

「いつの間に……」

はぁっとため息をついて、俺は部屋の様子を窺(うかが)った。

広い部屋はすべての窓に分厚いカーテンが引かれていて外の様子は見えないけれど、かすかな隙間から洩れる光が、今が夜ではないことを知らせていた。その薄暗い中でよく目を凝らすと、部屋の間取りや広さからどうやら貴族の屋敷の一室みたいだ、ということがわかった。

でも貴族の屋敷にしては随分手入れがされていない。陽によって褪せたカーテンや壁紙がうらぶれた印象を与えてくる。家具には埃除けの白いシーツが掛けられていたけれど、その数もさして多くはなく、随分財政が逼迫しているんだな、と感じた。

全体的に部屋は埃っぽく、人の気配もないこの屋敷は、廃屋に近いものなのかもしれない。

いつの間に公爵邸からここに来たのかとか、なんの目的で拉致されたのかとか、考えたって答えが出るわけじゃない。ただ時期的にトランファーム絡みかなと思い当たり、もう一度大きなため息をついてしまった。

——俺が拉致されたって知ったら、マイナさん激怒するだろうなぁ……

そう思うとちょっと怖い気がする。怒り心頭のマイナさんを、一体誰が宥めるんだろう。

そう思案していると、鍵が開く音がしてゆっくりと扉が開いた。顔を上げると、数人の男が部屋に入ってくるところだった。扉の向こうの廊下は日の光が差し込んでいて眩しく、俺の位置からだと逆光となって男たちの顔がよく見えない。

眩しくて目を細めて男たちを見ていると、先頭に立つ男が「フン」と鼻を鳴らして顎をしゃくった。

すると男の後ろに控えていたフードを被った人物が指を鳴らす。その音に反応するように、室内に設置されていたランプに一斉に火が灯った。

――魔法ってことは、後ろの奴って魔法師かな。じゃあやっぱりトランファームか……

悪い予感が的中して思わず男たちを睨むと、最初に足を踏み入れた男がさらに数歩足を進めて俺に近づいてきた。

椅子に縛り付けられた状態で、その男を見上げる。

濡れたように艶（つや）やかで真っ黒な髪、少し丸みを帯びた獣耳、しなやかに揺れる尻尾（しっぽ）。そして黄色がかった緑の瞳は瞳孔が縦に絞られていた。

――コイツ、たぶん黒豹の獣人だ。

男は俺のすぐ側で足を止めると、侮蔑を含んだ眼差しでこちらを見下ろしてきた。

「神獣だの、世界最強の獣人だのと言われておきながら、番は最も弱いただの人族とは笑える」

尊大な態度で嗤（わら）うその姿を、俺は冷めた目で見て一応聞いてみた。

「あんた、誰」

「さすがは平民、卑しい口調は耳障りなものだな！　そもそも誰に向かって口を利いている。俺を知らぬのか」

男は自尊心が滅茶苦茶高いのか、自分ほどの人物を知らないはずがないとばかりに宣（のたま）っているが、俺は平民だから、お貴族なあんたが誰かなんて知るわけがない。

俺が片眉を上げて胡乱（うろん）な目を向けると、奴はチッと舌打ちをして長い脚で俺の腹を蹴飛ばしてきやがった。

衝撃で椅子ごとひっくり返るけど、こんな理不尽な奴の仕打ちにうめき声なんて絶対出したくない。ギリっと唇を噛みしめて俺は目の前の獣人を睨んだ。

「なんだその目は。不敬だぞ、貴様」

「不敬も何も、誰だよあんた」

「はっ！　次期国王たる俺を知らぬとは嘆かわしい！」

その男は忌々しそうに言うと、床に倒れたままの俺との距離を詰め、ゆっくりと脚を持ち上げてから勢いよく俺の腹部に踵をめり込ませた。

「――っぁ……っっ!!」

痛みで息が詰まる。空気を求めて俺がハクリと口を動かすと、奴はニヤリと嗤った。

「現国王なんぞ、獏に祀り上げられたただの傀儡よ。ライティグス王国の初代王の血を引く我こそ、この国の王に相応しい！」

朗々と宣言する男の側で、丸い輪郭にまん丸な目の初老の男が追従するように嫌らしい笑みを浮かべた。

「まさしくその通り。テルベルン侯爵様をおいて国王の座に相応しい者はおりますまい。この国の覇者となられる姿が目に浮かびます」

わざとらしいほどに恭しく頭を垂れる男に、黒豹の獣人――テルベルン侯爵は気分をよくして頷いた。

「ふん、森の賢者と名高い梟一族は見る目があるな。ファス！　俺が王位に就けば、お前が俺の右腕、次の宰相だ！」

「ありがたき幸せにございます」

「ふん！　しかし人族の脆弱なこと、情けないばかりだな。これが獏の番とは……。だが今回ばかりはそのことが一番の幸運となった」

「テルベルン侯爵様、少し口が滑りすぎているのでは？」

二人の後ろに立つフードを被った男が、テルベルン侯爵を諫めるように声をかける。しかしテルベルン侯爵は、意に介した様子もなく片方の唇を吊り上げて嫌味っぽい笑いを浮かべると、俺の腹を押さえたままの踵に体重をかけてグリッと抉るように捻った。

「構うものか。もう準備は整っているのだからな。コイツは獏を押さえ込むための囮よ。その間に我が忠実な臣下が、真の友好国となるトランファームの魔法師と共に王宮を制圧するだろう。ふふふ。表向きは宰相との婚約を取り付けるための来訪だが、その実、奴と王を抹殺して王座を取り返すのが目的よ！　最強の獣人が、最弱の人族のために潰えるなど代々語り草となるだろうな」

そして、テルベルン侯爵は憎々しそうに目を眇めた。

「精々番を亡くして苦しんでもらわねば。そうでなければ、俺の息子も浮かばれん！」

「ご子息……、ああライト公子と共に消息不明となられたのでしたね」

フードの男が思い出したように言うと、テルベルン侯爵は俺を睨む目に力を籠めた。

「ライト公爵家の断絶に獏が噛んでいると聞いている。息子も奴に殺されたに決まっている！」

そう言い歯ぎしりをするテルベルン侯爵は、昂る感情を抑えるように息を吐くとフードの男に命じた。

「さっさとコイツに呪具を付けて、獏が夢を辿ってこの場に来られないように存在を隠せ。公式にトランファームの大使が来訪するまでコイツは生かしておいて、囮の役割を果たしてもらわねばならぬからな」

「承知しました」

恭しく一礼したフードの男は足音も立てずに俺に近づくと、膝をついてしゃがみ込んだ。懐から深紅の石が付いたシルバーの輪っか——フェロニエールと称される装飾品を取り出すと、呪文を唱えながら俺の額にそれを装着する。

後頭部はチェーンになっているのか、シャランという音がかすかに俺の耳に届いた。

「どんな生き物でも魔力を持っているものだ。獏はその魔力の残滓を辿って空間移動できるらしいからね。君の魔力を封じさせてもらったよ。少し気持ち悪いかもしれないが、ま、我慢してくれ」

俺の眉間の少し上で揺れる石が熱を持つ。グンと押さえ付けられるような、締め上げられるような、なんとも表現しにくい感覚が身体を襲った。

「……っ、う……」

頭が割れるように痛い。ギュッと目を閉じて我慢しようとしても、噛みしめた唇から呻き声が洩れ出てしまう。

「ふん、どれほど痛みを感じても死にはせん。まぁ囮の役割を果たしてもらわねばならんからな。見苦しくならない程度には世話をしてやろう。ライノーク！」

テルベルン侯爵は足の爪先で俺の肩を小突くように蹴ると、その名前を呼んだ。痛みを堪えて俺がうっすらと目を開けると、薄い茶色の髪の青年が部屋に入ってくるところだった。

——なんで、ここに……

「はい、テルベルン様。私はここに」

「この平民の世話をお前に任せる。トランファームの大使が訪れるまで大事にしてやれ」

「承知しました」

ライノークの返事を待つことなく踵を返したテルベルン侯爵に続いて、その場を離れようとしたフードの男が、「そういえば……」と呟いてライノークに視線を向けた。

「獏の番の額に付けた呪具は、外れると君の首が切り裂かれます。取り扱いには十分気を付けてください」

「はい」

既に知っていたのか、ライノークに戸惑いも恐怖も見当たらない。

フードの男はそんなライノークを一瞥すると、部屋を出ていった。

「ラ……イ、ノーク……？」

痛みを堪えて名前を呼ぶと、彼はその珍しい赤橙の瞳をこちらに向けた。

「痛みますよね。すぐに手当てします」

俺の身体を椅子に縛り付けていたロープを解くと、そっと気遣うように俺を抱き上げて、隣の部屋のベッドへ運んだ。

そこも随分放置された屋敷の一室らしく古ぼけた印象だったけれど、さっきの部屋とは違いきちんと掃除がされている。

その部屋のベッドに俺を下ろすと、ライノークは準備されていた水差しからグラスへ水を注ぎ、その中に白い錠剤をポトリと落としてゆっくりと混ぜ、俺の口元へと運んだ。

「飲んでください。頭痛が引きます」

そう言われても、飲む気になれない。毒じゃないという保証もないし、そもそもどう見てもライノークはマイナさんを裏切っている。信用なんてできるはずがなかった。

口を引き結んで顔を背けると、ライノークはじっと俺を見てからグラスの水を自分の口に含む。

そして俺の顎を掴むと唇を押し付けてきた。

驚きに目を瞠っていると、顎を掴む手に力を籠めて口を開けさせようとしてくる。抵抗したけど抗いきれず、開いた俺の口へ水が流れ込んだ。

瞬時に吐き出そうとしたけど、素早く唇を外したライノークに容赦なく鼻も口も掌で覆われて、息苦しくなった俺は諦めてその水を飲み込むしかなかった。

「毒ではありません。私が貴方に毒など飲ませるわけがない」

眉尻を下げた彼は、そのままベッドの端に腰を下ろした。

薬は即効性のあるものだったようで、ライノークの言葉通り少しずつ痛みが引いていく。

「手荒な真似をして申し訳ありませんでした」

その言葉に、俺は手足を拘束されたままだったけど、わずかに身構えて彼を見た。

「なんでマイナさんを裏切ったんだ、ライノーク」

「裏切った……か。そもそもの前提が違うんだよ、レイ」

彼の口調が変わる。

ライノークはふっと苦笑を浮かべて俯いた。

「俺は密偵としてダンカン公爵家に入り込んでいたんだ」

「密偵……？」

「うん、そう。公爵の弱みを握る目的でね。俺はね……梟（ふくろう）の一族なんだ」

すっと視線を上げたライノークが俺を見る。赤橙の瞳に映る俺は、自分で見ても分かるくらい不安そうな顔をしていた。マイナさんもそうだったけど、ライノークも獣人らしい特徴がない。でも梟（ふくろう）の一族ということは、彼も獣人だということなんだろうか。

「梟（ふくろう）の一族はね、獣人の中では特異的な家系なんだ」

「特異的？」

「そう、まず能力がないと一族とは認められない。逆に能力があれば、どんなに本家から離れた血筋でも一族として迎えてもらえる。高祖父って分かる？　祖父母の祖父って意味なんだけど、その人が梟（ふくろう）の一族だったんだ」

俺は無言で彼の話に耳を傾ける。

「俺の代では梟（ふくろう）の血なんてないも同然。だから見た目も人族なんだよ。実際俺も自分が梟（ふくろう）の血を引いているなんて知らなかったんだ。力を使うまでは、ね」

最後の言葉に俺は思わず反応してしまった。

じゃあ、ライノークは梟の一族の力が使えるってことか。

「ねぇ、レイ。俺と君、初めて会ったのは公爵邸だと思ってる？」

「……違うのか？」

ライノークの言葉に記憶を辿ってみるけど出会った覚えがない。そもそも俺は文官になる前は施設で過ごしてたから、人と出会う機会も少なかった。

「違うよ」

ライノークは首を横に振ると、少し気まずそうな顔になった。

「君とはあの施設で出会ったんだ。俺はすごく短い期間しかいなかったし、君もまだ幼かったから忘れてしまったんだろうけど」

「え？　施設って、あの施設？」

「そうだよ。まぁあの時の俺は母親に捨てられて自暴自棄になっていたし、ひどい性格だったからね。忘れてくれていて、むしろよかったけど」

そう言われて、改めてライノークを見てみたけどまったく記憶にない。

俺が訝しげにライノークを見ていると、彼はふっと小さく笑い、ジャケットのポケットからナイフを取り出して、俺の手足を拘束するロープを切った。

「あの頃はいつもイライラしてた。気紛れに愛情を注いで、結局いらなくなったと言って捨てていった母親が憎くてさ。でもガキの自分には何の力もないのが悔しくて、周りに当たり散らしてたんだ」

懐かしそうな目が俺を捉えている。ライノークの手が伸びてきてスリッと俺の目元を撫でた。

「うん、そう。君は本当に幼かったから、まだ何も分かってなかったんだろうけど。でも『一緒にご本を読んで』って側に来てくれたのは嬉しかったんだ」

「俺？」

「そんな俺に、君だけが歩み寄ってくれたんだ」

彼は軟膏を塗り終えると、手際よく包帯を巻いた。

「そう気付いたら、今度は虚しくなったんだ。愛しても、いらないと捨てられてしまった自分の存在がね。その頃にはもう周りも俺に近づこうとしなかったし、余計に孤独を感じてた」

ライノークはサイドテーブルの引き出しから軟膏を取り出し、俺の手首に丁寧に塗り込んでいく。

「君に言われて気付いたよ。クズな母親だったけど愛してたんだって。だから捨てられたのが辛くて憎むしかなかったんだって」

そっと彼の手が伸びて、ロープが喰い込んで痣になっていた俺の手首をそっと持ち上げた。

「『いいな』って。『母様との思い出があって羨ましい』って。そう言ったんだ」

ライノークはそこで言葉を切ると、痛みを堪えるように眉根を寄せた。

「まだ小さかった君にも当たった覚えがある。でも君は……」

真面目で優しい今のイメージと、彼が話す過去のイメージが一致しなくて困惑する。

「そう、俺が」

「ライノークが？」

「無邪気に懐いてくれた君が可愛くて、本当に愛おしくて……君を守りたいって心から思ったんだ。その時、俺は自分の持つ力に気付いたんだ。ちょうど君と本を読んでいた、その時にね。梟の力は一度発揮すると、精神感応で一族全体が力を使った者の存在を知ることになる。だから一族が迎えに来て、俺はあの施設を出たんだ」

「ライノークの力って……」

「梟の力は精神感応と隷属。対象が知識を取り込む瞬間に、相手の意識を乗っ取って意のままに操ることができる。今回もね、君の意識を乗っ取って屋敷から出てきたんだ。傍から見れば、君が従者である俺を連れて出かけたようにしか見えなかったと思うよ」

――ああ、だからライノークは俺を図書館に誘ったのか。初めから俺を連れ出すつもりで……

優しく気遣ってくれていたライノークは偽りの姿だったのか、そう思うと悲しくなった。

「今頃、公爵のもとにも君が帰ってこないって連絡が行っているかもね。でも男と姿を消した君を、公爵は探してくれると思う？」

「マイナさんなら探す、絶対」

「かもね。随分ご執心みたいだったから」

あっさりと肯定したライノークは、「でも」と続けた。

「でもね、君が公爵の番じゃなくなったら？　それでも彼は君を探すと思う？」

「それ、どういう意味……」

彼の発した言葉の意味が分からなくて、俺は大きく目を見開く。そんな俺を労るようにライノークは優しく指を滑らせて、俺の額で揺れる赤い石に触れた。

「神前で愛を誓えば、もう運命の番は現れないって言うだろ？　正確に言うなら、運命を認識できなくなるんだ。君は公爵が誰かと誓いを交わすことを心配してたけど、レイが別の誰かと誓っても同じことになるんだよ」

「――どういうことだ……？」

「俺と君が誓えば、君は俺の伴侶になる。そうしたらもう公爵は君を番とは認識できない。君は……永遠に俺だけのものになるんだ」

「っ、俺は誓わないぞ！」

「自分の意思では誓ってくれないなら、また君の意識を乗っ取ればいいだけだ。俺が君を愛していることには変わりがないからね」

ライノークに微笑みながらそう言われて、俺は心の底からゾッとした。

「テルベルン侯爵は自分の血筋を御旗に、王位を簒奪するつもりだ。梟の一族は彼に付く。今回俺が手柄を立てて報奨に君を望んだら、きっと叶えてくれるはずだ」

「アイツは何者なんだ？」

「彼が自分で言っていただろう。初代ライティグス国王の血筋だって。もっとも何代目かの王が暴君で、現国王の祖先と獏に討たれたんだけどね。黒豹は希少な存在だったから殲滅するわけにもいかなくて、害のない一部を残して監視目的で侯爵位を与えたみたいだ」

ライノークはどうでもよさそうな声で話す。梟の一族の総意としてテルベルン侯爵に付きはしたけど、彼自身には特に思い入れはなさそうな感じだ。

「時の経過と共にすっかり彼らも弱体化していたけど。王弟の運命の番がテルベルン侯爵の姉だったことで王族との繋がりができてしまって、忘れ果てていた一族の悲願を思い出したんだろう」

「平和な国に混乱を招くなんて、おかしいと思わないわけ？」

「平和な国でも、俺は幸せじゃなかった。母に捨てられ、愛おしいと思った君とも離れ、一族の役に立つようにと虐待まがいな教育を施され……。平和でも平和じゃなくても、俺の置かれた環境は何一つとして変わらない。なら、愛しい君を確実に得られるほうに付くのは、別におかしなことじゃないだろ」

両手で俺の頬を挟むと、ライノークはコツンと額を合わせてそっと目を閉じた。

「公爵の番として君が現れた時には驚いたし、絶望もしたよ。もう俺が君を手に入れることはできないって。だから今回のことは本当に幸運だった。俺はこのチャンスを逃すつもりはない。でも君が本当に嫌だと思うなら、この額の呪具を取ってしまえばいいよ。そうすれば俺の首は斬れて死ぬだろう」

――おかしい。ライノークの考えはいろいろおかしい……

彼の捨て身の愛情に、俺は目の前の存在が恐ろしくなった。

「ライノーク、お前のそれは愛情じゃない」

絞り出すように言葉を紡ぐと、ぱちりと目を開けたライノークは赤橙の瞳を不思議そうに瞬かせた。

「さぁどうだろう？　君にとっては違っても、俺にとっては紛れもない愛だ。情なんて、人によって持ち方も捉え方も違って当たり前だろ？」

さも当然とばかりに言うと、ライノークは顔を上げて俺の額に唇を落とした。

「トランファームの大使がこの国に到着するのは二日後だって。それまでは窮屈だろうけど、ここにいて。部屋に鍵は掛けるけど、この中なら自由に過ごしていいから」

「この屋敷って……」

「俺の父親の家。もっとも、メイドだった母が俺を孕んだ瞬間、追い出すような奴を親と呼べるかは謎だけど」

「父親は？」

「さぁ、死んだかも。情報を不用意に洩らされたら困るし、梟の一族かテルベルン侯爵の一派か、どっちかが処理したと思う。じゃあ俺、他にもやることがあるし、もう行くよ。また様子を見に来るから、ゆっくりしていて」

そう言い残すとライノークは扉の向こうに姿を消した。俺はベッドに座ったままそれを見送り、そしてカーテンが引かれたままの窓へ目を向ける。

「マイナさん、心配してるだろうな……」

心配で曇るファイアオパールの瞳を思い出して、俺はそっと独り言ちた。

「――暴走、してないといいけど……」

「レイの姿が見えないとは、どういうことですか？」

その日、日付が変わるまであとわずかとなる頃、屋敷に戻った父が急ぎ王宮に戻ってきた。その顔は険しく、不穏な気配を纏（まと）っている。父の、獏としての気配を察知した私は嫌な予感を覚えた。

「昼すぎにレイ君が従者を連れて屋敷を出て、まだ戻っていない」

「レイが？」

信じられない父の言葉に、私は目を見開く。

しばらく前に屋敷を抜け出して王宮に来たレイは、陛下との謁見のあと自分の意思で屋敷へ戻った。屋敷に留め置かれる理由を、聡（さと）い彼はしっかり理解したはずだ。その彼が行く先を告げずに屋敷を出たことが信じられない。

湧き上がる不安がジリジリと身を焦がし、私は思わず口元を掌で覆った。

――ありえない。レイが無断で屋敷から離れるはずがありません。

今まで何度となくレイの夢を訪れていたこともあり、彼へと続く夢の軌跡ははっきりと残っている。それを辿って彼のもとへ行き無事を確かめようとしたところ、得体の知れない何かに私の力が弾かれてしまった。

何かが妨害しているのは感じ取れるのに、獏の力をもってしてもそれを打ち破ることができない。

「力が弾かれるとは……」

「魔法師の仕業だろうな」

「チッ！」

父の言葉に私は舌打ちを洩らす。

魔法師如きに獏の力が及ばないなんてことはないはずだ。しかし、辿る軌跡の先にいるレイの存在そのものを封じられてしまえば、彼の夢に潜り込むことは叶わない。

「クソ……っ」

魔法師が絡んだとなれば、この状況でトランファームが無関係なわけがない。レイを人質にして、何かを要求する腹づもりかもしれないと思うと苛立ちが募る。

いっそのこと、あの国ごと滅ぼしてしまおうかと、ざわりと内包する獏の力が揺らめく。大事な番を奪われて、危険な状況に置かれているかもしれないと考えるだけで、正気を保つことが難しくなる。

その気になれば、国一つなど簡単に消滅することができるのが獏だ。この世における絶対的強者を怒らせるとどうなるか、その身をもって思い知ればいい。

獏の力に引きずられ、ざわざわと外に広がる夜の闇が凝縮し、その濃度を一層濃くする。

「マイグレース」

その時、諫（いさ）めるように父の声が響いた。その声は私を咎めるものではなく、いっそ静かな声だった。

「止めておきなさい。今、君が力を奮ってもレイ君の身の安全が確保できるわけじゃない。むしろ暴走した獏の力に巻き込まれて、レイ君を危険に晒すだけだ」

そう指摘され、私は歯噛みをしながらも凝縮させた力を散らした。

私だってトランファームだけを潰しても問題が解決しないことは分かっている。それでも、レイに手を出されたことが我慢ならなかったのだ。

私は搾り出すように大きく息をつく。

――落ち着け。何らかの交渉を仕掛けるまで、レイを害することはないはずです……

長く、気が遠くなるほど長く待ち続けた彼を失うわけにはいかない。

「レイ君がいなくなった。この事実は変わらない。今一番の問題は、公爵邸の使用人からの連絡がなかったことだ」

私が必死に暴れ出しそうな力を抑え込んでいると、父が顎に指を当て考え込むように言葉を発した。その声に、乱れに乱れた私の思考が正常に戻ってくる。

父が帰宅したのは、つい一時間ほど前だ。その時間ですら、夜も遅い時刻だった。

なのに父が帰宅してレイの不在に気付くまで、なぜ何の連絡もなかったのか。

ダンカン公爵家の使用人には、噂に惑わされるような浅慮な人間を雇ってはいない。様々な憶測が流れていても、それに振り回されることなく忠実に職務を全うする者ばかりのはずが、なぜそんなことになったのか。

「使用人たちはすごく混乱していた。この数日、自分たちが何をしていたのか記憶が曖昧だそうだ。まるで精神撹乱されたみたいだね」

『マインドコントロール』、その言葉が私の頭に浮かんだ。

人格支配や洗脳の力を操る、獏と似た力を持つ一族の存在を思い出す。

「梟の一族……」

「レイ君と一緒に屋敷を出た従者、さて彼は操られたほうか、操ったほうか……どちらだろうね」

「雇う前に身辺調査は徹底的にしています」

「うん、ダンカン家の調査能力は信頼できる。しかし相手が梟なら話は別だ。諜報員が偽の情報を掴まされた可能性も十分にある」

「もう一度ライノーク・シュエットを洗い直します」

忌々しさを堪えて父に目を向けた時、コンコンと扉を叩く音がした。

こんな真夜中の、王宮内の執務室を訪れる者などいるはずがない。可能性があるとしたら、レイを連れ去った者からの接触だ。

そう考え身構えていると、返事を待つことなくゆっくりと扉が開いた。

そこに姿を現したのは、クセのある真っ黒な髪に紺碧の瞳を持つ青年だった。彼は室内を見渡し、私に目を留めるとにっこりと笑った。

「貴方の番の大親友、ソルネス・バラハン登場です」

うふふと可愛らしく笑う彼のあとには、無表情の青髪の男が控えていた。その青い髪には覚えがある。ライティグス王族の暗部を担うパーストン一族の特徴だ。

「何をしに来たんですか」

私が冷ややかに問うと、ソルネスはひょいと肩を竦めた。

「怖いなぁ。せっかくお役に立とうと思って来たのに」

悪びれた様子もなくそう言うと、彼は私に近づき、ぺらりと一枚の紙を差し出した。受け取って視線を落とすと、そこにはライティグス王国の貴族の名前が書かれていた。最近コソコソとよからぬ動きを見せていた貴族たちの名前だ。

ちらりとソルネスに目を向けると、私の視線に気付いた彼はにこっと笑った。

「先日テルベルン侯爵が自分の屋敷にこっそり人を集めてたんですよねー。その参加者たちです。なぜか魔法師の姿もあったので、これは閣下にもお知らせしとこうかなって」

その言葉に、私はグシャッとその紙を握り潰した。

そこかしこに存在を匂わせる魔法師、そして二日後に訪れるトランファームの大使。レイが気付いて教えてくれた魔道具に刻まれた不穏な魔法陣、そして怪しい動きを見せる自国の貴族。

――そして、テルベルン侯爵か。

そこまで揃えば、自ずと見えてくるものがある。

「おやおや、まさかテルベルン侯爵はトランファームと組んで王位簒奪を企んでいるのかい？　黒豹も懲りないことだ。その昔、あれほど獏に懲らしめられたのにね」

呆れたような口調で呟く父ではあったが、その目は鋭い光を宿していた。

「レイがいなくなっています。おそらく拉致されたと思われますが、何か知ってることは？」

「いなくなった？　あの子が？　そう……」

私の問いにぱちっと瞬くと、ソルネスは考える素振りを見せる。すぐ側に立つ青髪の男が何かを彼の耳元で囁くと大きく頷いた。

「レイは僕が探します。閣下はここでトランファームに備えてください」

そう言うと、ソルネスは来た時と同様にさっさとその場を去っていった。

大事な番に関することを、他の人間に託さざるを得ない状況に歯噛みしたくなる。そんな気持ちを抱えながら、私はただレイの身が無事であることを願うしかなかった。

「レイ、もうすぐトランファームの大使が王宮に到着するんだって」

朝食の後片付けのために離れていたライノークは、戻ってくるなり開口一番に俺にそう告げた。探るように彼がこっちを見ていることには気付いたけど、あえて気にしないことにして、俺はベッドに座ったたままマイナさんのことを考えた。

獏は最強の獣人だって聞いた。それにお父様もお祖父様も、今は王都にいるんだ。獏が三人揃っていて、彼らにめったなことがあるとは思えない。

……思えないけど、でも怪我しないか心配だ。

窓の外に目を向けると、街の建物に紛れるように小さく王宮が見える。それに目を向けたまま、俺はぽつりと呟いた。

「マイナさん、俺のこと探してるかな」

「探しているとは思うけど、難航しているだろうね」

すぐ横から声がして驚きに肩を揺らすと、ライノークがそっと俺を抱きしめてきた。

「君を預かったって声明は出してないからね」

「なぜ？」

抱きしめられることへの嫌悪感が浮かぶけど、俺はなんとか抑え込んで尋ねる。

「声明を出すってことは、誰が君を拉致したのか、目的が何なのか分かってしまうだろ？　今はトランファームなのか、国内の反乱分子なのか、はたまた裏切った従者の単独行動なのか。悩んで混乱してくれたほうが助かるし」

ライノークが俺の頭に顔を擦り寄せている感触がする。

「レイは獏が最強だって思ってる？」

「最強だろ」

「間違いじゃないね。でも誰にでも弱点はあるものだ」

「……弱点？」

「そう。一つは番に対して弱いってこと。まぁこれは獏に限らず獣人すべてに当てはまるけど。あとは夢喰いの獏の能力は夜に比べると昼間は弱まるってことかな」

その言葉に、思わずライノークを振り仰ぐ。

「昼間に弱まる？」

「夢喰いっていうだけあって、夜が活動時間なのかもね。ねぇ、レイ……」

赤橙の瞳が俺をじっと見下ろす。その瞳はとても静かで、先日見せた捨て身の愛情を抱く人間と同一人物だとはとても思えない。

「そんなに……、あの獏が、好き？」

「好き」

俺は即答する。迷いなく言い切った俺に、ライノークはわずかに目を細めただけだった。

「そう。じゃ、このまま一緒に見物しようか」

「え？」

「始まるよ」

ライノークの低い声が耳元で囁き窓の外を指さす。

それと同時に王宮の方向から鼓膜をつんざく爆音が轟いた。その衝撃は少し離れた場所に建つこの屋敷にも届き、ガタガタと古い窓枠が鳴り、ミシリと柱が軋む。

「マイナさん！」

慌てて窓際に駆け寄り、窓ガラスにくっついて外を見る。爆発の影響か、もうもうと土埃が舞い上がり、わずかに見えていた王宮の姿を霞ませた。

バクバクと俺の心臓が嫌な音を立ててうるさく鳴り響く。

——大丈夫。マイナさんは、絶対大丈夫。

必死に自分に言い聞かせていると、俺の真後ろに立ったライノークが、窓に当てている俺の手を背後からそっと取った。

「ねえ、レイ、君は見ないほうがいいんじゃない？　今、君にできることはなにもない。見ても辛くなるだけだろう？」

「放せよ！」

ライノークの手を払いのけると、俺はもう一度窓の外へ目を向けた。爆音と共に舞い上がっていた土埃は、横へと幅を広げながらもったりと沈むように落ちていく。爆音に驚いて近隣の建物から飛び出した人たちが、異変に気付いたのか王宮を指差して不安そうにしていた。

身体を強張らせ、俺がどのくらい窓の外を見ていたのか分からない。

「——変だな……」

ポツリと呟いたライノークの声に、俺はハッと我に返って彼を振り返った。

「何がだよ！」

「静かすぎる。爆発のあとに幻覚作用のある香が広がるはずだった。味方同士で相打ちさせるとテルベルン様がそう言って……」

不意に口を噤んだライノークは、その目を大きく見開いて窓の向こうを凝視した。

「なんだ、あれは……っ！」

愕然とした声につられて窓に目を向けると、虫のように蠢く闇が下の方からジワリと湧き上がり、王宮を包み込み始めていた。

やがてその闇は王宮を覆い隠し、真っ黒な球体へ変化する。漆黒の闇のようなその球体は、そこだけ夜が訪れたようにも見えた。

他国の大使たちを出迎えるために美しく設(しつら)えられた謁見の間は、大国ライティグスに相応(ふさわ)しく華やかながらも上品に纏(まと)められていた。金糸で装飾された赤いカーペットは一新され、壁も真っ白に塗り直されている。広間を飾る花々も大振りで鮮やかな色彩の花弁で、その場に彩りを添えていた。

謁見の間にはライティグスの貴族が集まっており、彼らが注視する中、トランファームの大使たちは膝を折り、恭(うやうや)しく頭を下げた。

ライティグス国王は泰然と玉座に座り、私はその側に控え階下の彼らに冷ややかな目を向けた。

こちらのそんな態度には気付いているだろうに、俯きわずかに見える彼らの口元には怪しい笑みが浮かんでいる。

「ライティグス王国陛下にお会いできたことに感謝申し上げます」

大使の代表が形式に則(のっと)った口上を述べる。

「長い旅をご苦労だったな。顔を上げるといい」

陛下の許しの言葉に彼らはゆるりと姿勢を正すと、笑みを深めて私へ目を向けた。

「神獣・獏であられる宰相閣下にも感謝の意を。そして……」

大使はすっと腕を上げて、斜め後ろに控える人物を招いた。

「未だ伴侶を得ていらっしゃらない閣下へ、是非こちらのお方をご紹介したく存じます」

薄手の黒いヴェールで顔を覆っていたその人物は、ゆったりと優雅な足取りで大使に並ぶとそのヴェールを持ち上げる。あらわになった顔に、謁見の間の脇に並ぶ自国の貴族たちが感嘆のため息を洩らした。

淡い金の髪、緑を帯びた鮮やかな青の瞳。けぶるような長い睫毛、白雪のような美しい肌、華奢な肢体、あらゆる美を集めた至高の存在。傾国の美貌、そう表現してもいい顔の持ち主がそこにいた。

彼はゆるりと美しい微笑みを浮かべ、優雅に頭を垂れたあと再び姿勢を正した。

「初めてお会いします。トランファーム国の第三王子、シャステリア・トランファームと申します。この度、友好の証に是非ライティグス王国の宰相閣下、マイグレース・ダンカン様との婚約を結びたくライティグス王国に参りました」

凛と響く声に、陛下は顔色を変えることなく、シャステリアと名乗る第三王子を見下ろしている。私は、その見覚えのある色彩を纏う王子に吐き気を覚えた。

――レイの色を持つ者を選んで寄越したのでしょうか。随分悪趣味な方々ですね。

淡い金の髪も緑を帯びる青い瞳も、似ても似つかないとはいえ、レイのものと同じ系統の色だ。

しかし、どんな美貌の持ち主を寄越したとしても、レイに敵うべくもない。目を眇めて冷たく見下ろすと、第三王子はふっと口角を上げて嗤った。

「どうやら宰相閣下は私がお気に召さなかったみたいですね」

そう言うと、彼はたくし上げていたヴェールを毟り取って大使たちを振り返った。

「起動せよ！」

「御意！」

すぐに大使たちが口々に何かを唱え始めた。おそらく魔道具に刻まれていた古語だろう。

「――マイグレース、許す」

簡潔すぎる陛下の許可に、私は小さく頷く。

次の瞬間凄まじい爆音が轟き、巻き上がった爆風が周囲の窓硝子（ガラス）や柱を吹き飛ばし、あらゆる物をなぎ倒していった。

「はっ！　所詮獣の国、人族に勝る頭脳はあるまいよ！」

嘲（あざけ）りを含む第三王子の叫び声が響く。

「獏よ、貴様の番は我がトランファームが預かっている。無駄な抵抗は――」

不意に彼の言葉が途切れた。

途切れた理由など、私からしたら明らかだ。吹き飛んで滅茶苦茶になったはずの謁見の間が、元のままの姿を現したのだから。

「――は？　魔道具は確かに起動させたはず……」

狼狽を隠せない第三王子は背後の大使たちを振り返った。おそらく魔法師であろう大使たちも額に汗を滲（にじ）ませて、動揺をあらわにしている。

「はっ！　確かに起動し爆発させました！」

「貴方たちは夢喰いの獏をよく分かっていませんね？　私が操るのは夢だけではありませんよ。精神を支配して、幻覚を見せることなど造作もありません」

元々壁に設置してあったランプ型の魔道具は、古語を解読してどう発動するのかを調べたあと、既に処分している。いくら魔法師が起動させようとしたとて、存在しないものが作動するはずがない。

「な……っ、何っ！」

「貴方たちの仲間がどこに潜んでいるのか分からなかったので、幻覚の範囲を王都全体にしました。ですので、そちらの皆様も王宮の制圧が進んでいると錯覚して、今頃油断しているかもしれませんね」

私が口端を持ち上げて笑みの形を作ってみせると、第三王子は焦りを滲(にじ)ませた。

「ふ……ふざけるなっ！　貴様の番はこちらの手の中にある！　殺されたくなければ投降しろっ！」

——人の番を盾に取るとは、よほど早死にしたいのでしょうか。

殺意を纏(まと)った私を、陛下が鋭く制する。

「マイグレース、反撃は許したが殺してはならん！」

陛下の言葉が耳を通り抜けていく。レイの姿を真似るのも、レイを人質にして要求を通そうとするのも、実に腹立たしく許しがたい。

しかし、今後のトランファームへの制裁のためには、王子は殺さず捕らえるほうがいいのは確かだ。

そう考えていた私に、第三王子はさらに嘲る言葉を紡いだ。

「はっ！　獣にとって番は命だそうだな。どうせ貴様は番の居場所を特定もできておるまい。どうだ？　ただの脅しではないことを証明するために、まずは番の指の一本でもプレゼントしてやろうか？　それとも腕の一本がいいか？　脚を切り落としてもよいぞ。さすがに脚を切れば失血死するかもしれんがな。しかし惨めな死に様も、獣如きの番には相応しいかもしれないなぁ！」

醜く顔を歪めて吐き出すその第三王子の言葉に、ザワッと髪が逆立つくらいの怒りが私の背筋を駆け上った。

――あの人を傷つける、だと？

「は……ははっ！　やっぱり獣は獣だな！　番などという愚かしい存在に振り回されるなど、正気の沙汰ではない！」

さらに喚く第三王子の声がひどく耳障りだった。

「マイグレース！」

陛下の声も、もう私を止めることはできない。

私は湧き上がる怒りの赴くまま、右腕を前に伸ばした。

「私の番を傷つけようなどと……」

ブワッと力があふれ出す。抑えるつもりなど一切ない獏の力は謁見の間に一気に広がり、やがて王宮全体を漆黒の闇で包み込んだ。

「そう考えただけで、既に万死に値する罪なんですよ」

一寸先も見えない闇の中で、ガチャガチャと金属音が響く。裂ける肉の音、鉄錆の臭い、そして激痛に泣き叫ぶ醜い声、許しを乞う震える無様な声がその場を満たしていく。ほどなくして、それらの音も声もまったく聞こえなくなり、しんと静寂がその場を支配した。

むわりと立ちこめる濃い血の臭いに私はようやく溜飲を下げ、伸ばしていた腕をぐっと引き寄せた。霧が晴れるように王宮を覆っていた漆黒の闇が薄れていく。

跡形もなく綺麗に闇が失せたあとには、原形を留めないくらいに細切れになった大使たちの肉片があちらこちらに散らばっていた。

「マイグレース、お前な……」

呆れたような陛下の声に被せるように私は告げる。

「一人、王宮外に逃げました」

「逃げました、じゃねぇよ。お前わざと逃がしたな？」

「おそらく保身のためにレイの所に行くと思うので、場所が特定できるかと思いまして」

「せめて少しくらいは悪びれる顔を見せろ！」

陛下に怒鳴られたが、私は知らぬ顔をした。レイの身の安全より優先するものなどありはしないのだから仕方ない。

しかし予想に反して、逃げ出した一人は追跡防止の魔道具を身に着けていたらしい。途中からそのあとを追えなくなり、私は苛立って舌打ちした。

「宰相閣下ー！　逃げた人、王宮の北東方面に向かいましたよー」

その時、聞き覚えのある声が聞こえた。

声のしたほうを向くと、謁見の間の入口付近に黒髪の青年が立っていた。目の前に広がる惨状に怯むことなく、ひらりと手を振っている。

「北東、貴族街の端、元男爵の屋敷……ね」

耳に装着している通信用の魔道具を指先で押さえながら、ソルネスは聞き取った内容を言葉に紡いでいく。

彼から視線を外し、北東方面に意識を向ける。行方を探るように力を巡らせていると、今まで隔たれていたレイの気配が漂ってきた。

その胸を掻き毟りたくなるほどに愛おしい番の気配に、私は知らず笑みを洩らす。

「――見つけた」

「――マイナさん？」
俺がじっとその漆黒の球体を見つめていると、しばらく時間が経ってから、それは王宮の中心に吸い込まれるようにシュッと消えた。
王宮から離れすぎているこの場所からでは、何が起きているか分からない。でもなぜかは分からないけど、俺が感じていた不安は綺麗さっぱりと消え去っていた。

「何が起きたんだ！」

状況が分からないのはライノークも同じだったようで、王宮を凝視したまま額に汗を浮かべている。

「誰かを王宮に向かわせて確認しないと……っ！」

そう言いながらライノークが身を翻（ひるがえ）そうとした時、激しい馬の嘶（いなな）きが聞こえ、階下の扉が乱暴に開く音が響いた。忙しい足音はそのまま階段を駆け上り、この部屋の前へと続く。

そして蹴り破る勢いで隣の部屋の扉が開くと、男の焦ったような怒鳴り声が聞こえた。

「ライノーク、どこだっ！　さっさとここに平民を連れてこい！」

反射的に俺は逃げようとしたけど、素早くライノークに腕を掴まれてベッドルームから引きずり出されてしまった。

「テルベルン様、一体どうされたんですか!?」

そこには正装に身を包んだテルベルン侯爵が立っていたけど、その姿は埃（ほこり）を被り、肩に掛かるペリースは破れていて、惨めな様相となっていた。

「クソっ！　魔道具が作動しなかった！　今、俺の配下が王宮を攻めているが、幻覚の香の作用がなければ勝負は厳しくなる。人質を連れて王宮へ行くぞ！」

テルベルン侯爵は吐き捨てるように告げると、ズカズカと近づいてきて俺の肩を乱暴に掴んだ。獣人の力は徒人と比べると桁違いに強い。加減もなく掴まれ、俺は痛みに顔を顰（しか）めた。

「さっさと来い、平民！　新たな国王の誕生の礎として使ってやる！　獏如きの番に選ばれた不幸を精々嘆くんだな！」

自分が王位を手に入れることを疑わない、その尊大な態度に俺はカチンときた。

――なんの茶番だ、これ。

俺、国王陛下にお会いしたのは一度きりだけど、それでもはっきりと分かる。コイツと陛下じゃ格が全然違う。王者の覇気なんて欠片（かけら）もないコイツに国を動かせるわけがない。

「ば……っかじゃねぇの？」

気付くと、言葉が俺の口を衝（つ）いて出ていた。

分かっている。コイツがボロボロの姿でここに来た以上、反乱分子はそう時間もかからずに制圧されるだろう。俺は大人しくマイナさんが迎えに来るのを待てばいい。

でも、俺が我慢できなかったんだ。

俺、この手のバカが何よりも大っ嫌いだった。王宮で俺に当たってきた奴も、コイツも同じだ。自分は絶対的強者だと悦に入って、他人を犠牲にすることに疑問を持つこともない。そして弱者と判断した者には何をしても許されると思ってる傲慢な奴ら。

そんな奴にマイナさんが見下されるのは、堪らなくムカついた。

マイナさんは強くて破天荒だし、陛下を平気で脅すし、何から何まで滅茶苦茶だけど……優しい人だ。

どんなに恐ろしく感じても、俺が彼の優しさを疑ったことはない。

そのマイナさんが唯一頭（こうべ）を垂れる陛下が、コイツより劣るなんて絶対にありえないんだ。

「お前じゃ陛下には勝てねーよ！　知力も覇気も何もかも足元にも及ばない。ましてやマイナさんに敵うわけないだろ！」

俺の側に立つライノークが、その言葉に目を見開くのが見えた。俺がよそ見して油断した瞬間、言葉に表せない衝撃を腹に受けた。

「……っ、あ……っ」

あっという間のことで身構えることもできなかった俺は、その衝撃であっさりと壁際まで吹き飛ばされてしまった。

鈍い音と共に背中が壁にぶち当たり、そのままズルズルと座り込む。

「いっ……たぁ……っ」

あまりの痛みに、思わず呻き声が洩れた。

平民に馬鹿にされたのが心底許せなかったのか、テルベルン侯爵は俺の胸倉を掴んで持ち上げる。

奴の顔は、正気をなくしたかのように歪んでいた。

「平民如きが何を偉そうに……っ！　身のほどを知れっ」

力任せに床に叩きつけられそうになり、俺はとっさに目を瞑って顔を背ける。

しかし、予想した衝撃は来なかった。

感じたのは硬い床の感触ではなく、誰かの身体の温かさだった。

目を開くと、広げた腕で俺を包み込み、共に床に倒れるライノークの姿があった。

「ラ……ライノーク？」

「テルベルン様！」

俺の呼びかけには答えず、素早く体勢を整えたライノークは倒れたままの俺を背中に隠しながら、テルベルン侯爵へ膝を突いた。

「お怒りをお収めください、テルベルン様。これ以上傷つけると人質として役に立たなくなります！」

「うるさい！」

ライノークの制止の声に一喝すると、テルベルン侯爵は腰に下げた剣を鞘ごと外して振り下げた。勢いよく頭部を強打されて、ライノークの体勢が崩れる。

「ライノーク！」

頭から血を流し始めたライノークに思わず叫ぶように名前を呼んでいると、怒気を孕(はら)んだ冷ややかな声が頭上から降ってきた。

「よそ見をしている場合か、平民」

その声のあとに、ヒュッと空気を切る音が続いた。ガツっと肩に衝撃が走る。

「――っ！」

痛みに顔を歪めていると、奴はそのまま腕を振り回し、滅茶苦茶に俺を打ち据えてきた。両腕で頭部を庇いながら、わずかに目を開けてテルベルン侯爵を見る。

その必死な形相は、崩れてしまった反逆の計画を立て直す余裕もない、惨めな負け犬そのものだった。

俺は身体を小さく縮こませて襲いくる衝撃に耐えながら、必死に思考を巡らせた。

人質の存在は、下手をしたら戦っている味方を動揺させてしまう。ましてや獏の番である俺なら、その効果も計り知れない。奴の言葉に我慢しきれず思わず反論してしまったけど、人質である俺はこのままここにいたほうがいいと思うし、それならこの状況はちょうどいい。

あちこちを殴られ、全身の感覚が鈍くなってるけど、構うもんか。

ギュッと目を瞑り歯を食いしばって痛みに堪える。長く続くように感じた一方的な暴力は、ライノークの叫び声と共に不意に止んだ。

「テルベルン様！」

ドンと何かがぶつかる音。それから床に何かが倒れる重い音が続く。

——何、が……

そっと目を開けると、霞む視界に床に転がる二人の男の姿が映り込んだ。

「ライノーク、貴様っ！」

テルベルン侯爵が憎々しげに叫ぶけれど、転倒した拍子に足でも捻ったのか、上半身だけを起こし立ち上がれない様子だ。

「テルベルン様、申し訳ありません……」

小さな声で謝意を口にすると、ライノークは素早く起き上がり俺のもとへと戻ってきた。

「俺、見てくれは人族だけど、ちゃんと獣人なんです。愛して伴侶として求めた人が傷つけられるのは我慢できない……」

床に倒れたままの俺の頭の近くに両膝を突くと、ライノークは淋しげに微笑んだ。

「俺のものにできるかもって思ったけど……。君はアイツを選ぶんだな。手に入らないなら、もういい。俺のものにならないなら、もう、いらない……」

震えるライノークの手が俺の額に伸びてくる。

「貴様っ、何をするつもりだ！　やめろ！」

「ライ、ノーク……っ」

テルベルン侯爵の怒鳴り声も俺の声も、彼を止めることはできない。ライノークの手は迷うことなく、俺の額で揺れる呪具を掴んでいた。

「それでもやっぱり……俺は、君が……好きだよ」

ふっと、いつもの優しいライノークの顔になる。それと同時に、ブツっと後頭部側のチェーンが切れる音がした。

俺は大きく目を見開いて、目の前の光景を眺めた。

ライノークの頸部に見えない刃物がザックリと傷を入れ、熟れた赤い果実のような切れ口がそこから覗く。

長く長く感じられたその一瞬のあと、傷口から一気に血が噴き上がった。ビシャビシャと降り注ぐ鉄錆（てつさび）臭い血の匂いを感じながら、倒れていくライノークから目が離せない。

ライノークの赤橙の目が俺の視線と絡み合う。

でも、もうその瞳には何の感情も浮かぶことはなく、やがて光を消して鈍く澱んでいった。

「クソッ！　なんてことしやがる！」

苛立たしそうに叫んだテルベルン侯爵は掻き毟るように自分の髪を掴むと、扉の外側に向かって怒鳴りつけた。

「誰か……っ、クソッ！　ファス！　ファスはまだ来ぬか！」

「テ……テルベルン様っ！」

転がるような勢いで、年の頃五十ほどの男が駆け込んでくる。ソイツは座り込むテルベルン侯爵に目を向けると、驚きの表情を浮かべた。

「い、い……一体何がっ！」

「貴様の一族の端くれが余計なことをしたぞ、どう責任を取るつもりだ！」

その言葉にファスと呼ばれた男は勢いよく振り返る。そして床に倒れ絶命しているライノークを見て、忌々しそうにその顔を歪めた。

「最後まで役に立たぬ奴め……っ」

吐き捨てるファスの言葉に、俺の中にふつりと怒りが湧き上がった。

——お前らが……っ、お前らなんかが、道を誤ったとはいえ一生懸命に生きたライノークを嘲るなんて、許せないっ！

偽りだったかもしれないけど、それでも俺に優しくしてくれたライノークの姿が思い浮かぶ。あまりに悔しくて、情けないけど目頭が熱くなるのを、俺は唇を噛みしめて必死に耐えた。

「ファス、ソイツを連れて王宮に戻るぞ！　忌々しい獏を見返して——」

テルベルン侯爵はよろめきながら立ち上がると、ファスに命令を下し始めた。しかし、何かを察知したのか、慌てたように後ろへと飛びしさる。

「な……なんだ⁉」

狼狽した様子のテルベルン侯爵の声は上擦っている。その様子を訝しげに見ていたファスが、彼の視線を辿って首を動かす。そのファスの丸い目が、一際大きく広がった。

「――見つけた……」

ため息をつくような囁きが俺の耳朶を打つ。

床にみっともなく寝転がったまま視線を上げると、不思議なほどに凪いだ瞳のマイナさんが、俺のすぐ側に姿を現していた。

その惹かれてやまないファイアオパールの瞳で俺を見捉えたまま、静かに片膝を床に突く。

「悪い子ですね。私の屋敷で待つと約束したのに……」

マイナさんの、冷たいけど優しい感触の指先が俺の額を撫でるように辿る。

「こんな傷まで負って」

「マイ……ナ、さん？」

「随分無茶をしましたね、レイ」

俺の考えていたことを見透かすように、マイナさんは目を細めた。その瞳に心配そうな光が灯ったけど、声にはかすかに咎めるような響きがある。ムカついたとはいえ、俺自身、奴を挑発した自覚があるから、大人しくお叱りを受けなきゃダメかなと思う。

でも、今くらい自分の気持ちに正直になりたかった。

「俺の、マイナさん……バカにされるの、嫌。大切なのに、貶められたく、ない」

唇が切れているのか、喋るたびに口の中に血の味が広がるしピリリと引き攣れて痛むけど、俺が伝えたかったことは言えた。

顔を顰(しか)めて痛みに耐えていると、しばらく無言で俺を見つめていたマイナさんが目を瞬かせた。

「………………可愛い」

マイナさんが真顔で何か言い出した。

「すごく、可愛い……」

こんな場面なのに、マイナさんの瞳は甘さ一色に染まってとろりと溶ける。伸ばしたままの指先で俺の唇を優しく拭うと、その指に付いた血をぺろりと舐めた。

——……俺が指摘するのもなんだけど、後ろにテルベルン侯爵と梟(ふくろう)一族の人がいるんだけど大丈夫……？

俺が内心で心配の声を上げていると、予想通りテルベルン侯爵が怒りをあらわにし始めた。

「ダンカン、貴様っ！」

マイナさんのあまりの余裕っぷりに、テルベルン侯爵がこめかみに青筋を立てて唸る。

「ちょうどいい。ここで貴様を始末してやる。獏を制したとなれば、俺の名も上がるだろう！」

吠えるように叫ぶ男をまったく気にする様子もなく、マイナさんは無視した。

「でも、レイ。貴方もそろそろ知っておいてくださいね……」

この世に存在することを許されたのは、俺とマイナさんだけ。そんな錯覚を起こさせる雰囲気をマイナさんが醸し出す。愛おしげに俺の髪をさらりと掻き上げると、マイナさんは優しげに微笑んだ。

「私から貴方を奪おうとする者が、どういう末路を辿るかを」

「死ね！　マイグレース・ダンカン！」

手にした剣を大きく振りかぶるテルベルン侯爵の姿が、マイナさんの背後に迫る。

しかしすぐに、ブツリと何かが千切れるような鈍い音がした。

俺は目を見開いて、「テルベルン侯爵」と呼ばれていたモノを見る。

いつの間にか、テルベルン侯爵の上半身が姿を消していた。

俺が見ている目の前で、肘より下の部分の腕がぼとぼとと落ちていく。次いで上半身をなくして戸惑うように揺れていた腰から下の下半身が、ドシャリとドス黒い血を撒き散らしながら崩れ落ちた。

「ひ……っ、ひぃぃぃ……っ」

テルベルン侯爵の側にいたファスが、あまりの惨事に腰を抜かして尻もちをつく。

「考える能力もないなら、あっても無駄ですよね、その頭」

血臭漂うその部屋で、マイナさんは場違いなくらい優しく微笑みながら俺を抱き上げる。

その優しげな顔を見上げてから、俺は床に座り込む男に目を向けた。

「お……お許し……ァ？」

不自然な感じで言葉が途切れ、ゴロリと、呆気なくファスの頭が落ちる。

まるで疑問を持つような表情で目を見開いたまま、次の宰相だと言われていた男は身体をなくし、頭部だけの姿になって所在なさげにゴロゴロと床を転がっていった。

思い出したように首の切断面からブシャっと噴き出る血を凝視する。

「テルベルンは尻尾が付いている下半身があれば身元の証明になるんですけど、梟のファスは顔がないと証明が難しいんですよね」

やれやれとため息をついて、マイナさんは俺を抱えたまま歩き出す。

「な、に……したの、アレ……」

切れた唇の痛みのせいか、もしくは驚きのせいか、強張る唇で俺が言葉を紡ぐと、マイナさんはにこりと嗤った。

「私は夢喰いの獏ですよ？　彼らの身体の一部を夢の世界へ送ったんです」

「夢の……世界」

笑顔のまま、唐突にマイナさんが俺に尋ねた。

「ねぇレイ。私が、怖い？」

「怖……い？　マイナ、さんが？」

マイナさんを見つめたまま、俺は首を傾げる。

さっき見た惨状を引き起こしたのは、確かにマイナさんだ。でも、ああしなければマイナさんが襲われていたし、そうしたらマイナさんが……

「………っ」

ズキズキと痛む身体を宥めながらなんとか両腕を持ち上げて、俺はマイナさんの首にしがみついた。

「っマイナ、さん」

無言のままマイナさんがぴくりと肩を揺らす。その肩に俺はぎゅっと額を押し付けた。

「ねぇ？　帰ろう……はやく」

「――レイ」

そのままの状態で俺が全力で甘えてみると、ふふっとマイナさんが嬉しそうな笑いを洩らした。

「そうですね」

俺の髪にマイナさんが頬を寄せる。そして耳元に唇を寄せて囁(ささや)いた。

「帰りましょうか、私たちの屋敷に」

第六章

そこからの記憶は曖昧だった。

殴られたところが激しく痛み、気分が悪くなって、マイナさんに抱き上げられたまま気を失ってしまった。気が付いたら公爵邸のベッドの上にいたのだ。

目を覚ました時、自分がどこにいるのか分からなくて混乱したけど、横を向いたらマイナさんが眠っていて、ちょっと安心してしまった。

そこからじわりと記憶が戻ってきたけれど、俺が受けたはずの暴行の傷はいつの間にか綺麗に治っていた。以前、貴族の令息の魔法で腕を怪我した時も一晩で治癒していたことを思い出す。

――マイナさんが何かしたのかな……

じっと眠るマイナさんを見つめる。トランファームの件があって、マイナさんと共に朝を迎えたのは初日だけだから、寝顔なんて初めて見る。

マイナさんの目の下にうっすらとある隈は、トランファームの大使を迎える準備や、その後の騒動の処理がいかに大変だったかを物語っている。

俺は指でその隈に触れようとしたけど、思い直して伸ばした手を引っ込めた。

せっかく寝てるんだし、今、マイナさんを起こすのは可哀想だ。

でも疲れているはずなのに、それがマイナさんの色気を謎に増幅させていて、何か釈然としない。

その顔を見ていると、マイナさんの質問がふと頭に浮かんだ。

――私が、怖い？

あの時のマイナさんの瞳は、俺の顔色を窺（うかが）っていた。もしかしたら、俺がマイナさんを恐れて拒絶するとでも考えたのかもしれない。

「……怖くないよ、俺」

俺はそろりとマイナさんに近づき、起こさないように注意しながらその胸元にすりっと額を擦り付ける。

「もしマイナさんを怖いと感じる日が来ても、俺、離れるつもりはないし」

この世に生命を受けた時からずっとずっと俺を待っていてくれたこの人を手放すなんて、とんでもない。額を押し付けたまま、俺が自分の欲深さについて考え込んでいると、さらりと頭を撫でる感触がした。

俺が「あ」と思う間もなく、きゅっと胸に抱き込まれる。

「私の大事な番、誰よりも愛しい人。何よりも嬉しい言葉をありがとうございます」

すりすりと俺の頭に頬擦りする感触と、幸せそうな声が聞こえた。

「……起きてたの？」

「貴方が起きた気配がしたので、私も目が覚めました。貴方、五日間意識がなかったんですよ」

「そんなに⁉」

マイナさんの言葉に俺が思わず顔を上げると、彼はゆるりと目尻を下げた。

「私は身体の傷を治すことはできますが、それによって受ける精神的なダメージまでは癒やせませんから」

背中に回るマイナさんの手が、優しく俺の背中を擦る。

「貴方に万が一のことがないように、細心の注意を払っていたのですが……守りきれなくて申し訳ありません」

深い後悔の滲む声に、俺は少し考えてマイナさんの腕の中で身じろいだ。俺が上半身を起こすと緩やかな抱擁はするりと解け、名残惜しそうに彼の腕が背中を滑る。

「マイナさん」

俺は少し首を傾げて、大好きなファイアオパールの瞳を覗き込む。

「俺、別に守ってほしいなんて思ってない」

マイナさんの澄んだ瞳は何の感情も乗せずに、ただ真摯に俺へ向けられる。

「人族だから力なんて微々たるもんだけど、それでも守られるだけっていうほど弱くもない」

マイナさんがいつも「愛おしくて堪らない」とばかりに頰を撫でてくる仕草を、今度は俺が彼にする。

指先を彼の頰へと伸ばし、男らしい線を描く頰を辿った。

「ねぇ、マイナさん。俺、マイナさんが大好きだよ。だから絶対にマイナさんを手放したくない。何を蹴散らしても、マイナさんの隣にいる権利は死守するつもり」

俺の言葉に、マイナさんは目を見開いてじっと凝視してくる。

「だから俺、利用できるものは徹底して利用するし、狡かろうが浅ましかろうが足掻きまくるよ。そんな俺でも愛してくれるでしょう？」

俺は指を滑らせて頬を掌で包み込む。

「マイグレース、俺は貴方を愛しています。だからお願い。絶対に俺を手放さないで」

「貴方は……強いのですね」

マイナさんは同じように手を伸ばして、俺の頬を温かな掌で包んでくれる。その温もりが嬉しくて、俺は思わず彼にすりっと擦り寄ってしまった。

「平民は根性あるからね。甘く見ちゃダメだよ」

俺が悪戯っぽく言えば、マイナさんは甘やかに目を細めた。

「本当に貴方は……」

マイナさんは上半身をわずかに起こし、俺の肩に腕を回すと、ぐいっと強く引き寄せてきた。

「私の番は最高ですね！」

どさりと倒れ込んだ二人分の体重を受けて、広いベッドが軋む。

「可愛いが過ぎるでしょう。もう、理性を総動員して我慢している私の身にもなってください！」

再び舞い戻ったマイナさんの腕の中で、冗談めかして言う彼の言葉を聞く。でも抱きしめてくる腕はかすかに震えていた。俺はたしたしと彼の背中を軽く叩いて顔を上げると、少し首を傾げてみせた。

「ね、それ、我慢する必要ある？」

「――――っ」

その瞬間、マイナさんの固まりっぷりは凄まじく、俺は思わず声を出して笑ってしまった。

「あははははっ！　マ……マイナさん、驚きすぎ！」

いつものマイナさんだったら俺の反応に苦笑いしそうだけれど、今はまったく彼の反応はないし、動く気配もない。

――あれ？　マイナさん、大丈夫……かな？

「――本気？」

俺が心配し始めてしまうくらい、たっぷりと時間が流れたあと、マイナさんの掠れた声がようやく聞こえた。

「そうだけど？」

「夢の中でシた時は、あんなに恥ずかしがっていたのに？」

「逃したくない相手に対して、及び腰じゃダメでしょう」

「レイは美しくて可愛いだけじゃなくて、格好よくもあるんですね」

抱きしめていた腕を緩めて、マイナさんは俺の顔を覗き込んだ。俺のほうからは、すごく真剣なマイナさんの顔が見える。

「確かに私は貴方が欲しくて堪らない。でも、同じくらい強い思いで貴方を大切に慈しみたいとも思っているんです」

「うん」

「運命の番は、獣人にとって何ものにも代え難い至宝の存在なんです。求めても求めても欲が尽きることはない。欲望の果てに壊してしまったら本末転倒でしょう？　だから現実世界で貴方に手を出すのは我慢していたんです」

「夢では手を出したのに？」

意地悪かなと思いながら俺が聞いてみると、マイナさんは苦笑した。

「夢は私が支配する世界ですから。貴方を傷つけることも壊すことも絶対にありません。万が一が生じても、全力で治しますよ」

その言葉に、俺は自分の左腕へと視線を向けた。

「もしかして、夢で治した傷は現実世界でも治る？」

「ふふ……身体と心は二つで一つ。現実世界でも、思い込みが力になることはあるでしょう？　精神世界での治癒力も獏の力の一つです」

マイナさんは頭をもたげて、俺の腕の傷があった部分に口づけてきた。やっぱりあの時の腕の傷も今回の打撲も、治したのはマイナさんだったのか。

「俺の知らない間に、いろいろありがとう」

「お礼など……。貴方が私に気持ちを捧げてくれた、それだけで十分ですよ」

この人の、こんなに愛おしそうに微笑む顔を俺は何回見ただろう。

わずかに首を傾けて、マイナさんは俺の唇に口づけてきた。

マイナさんは顔を傾け口づけを深くするると、優しく舌を愛撫するように自分の舌を絡めてきた。柔く唇を食み、舌先でぺろりとその部分を舐めて、マイナさんは名残惜しそうに唇を離す。

「……でも、貴方が私を求めてくれるなら、今、食べてしまっても？」

間近に見るマイナさんの綺麗な瞳に、欲と熱が籠もる。あの時食堂で見た捕食者のような雰囲気に、俺が呑まれることはもうない。

だって俺もマイナさんが心から欲しいと思ってる。その気持ちを籠めて、今度は自分からマイナさんへ口づけを贈った。ひどく拙いけど、俺の気持ちはすごく籠めたつもりだ。

マイナさんはその様子を、目を細めてじっと凝視していた。

一挙手一投足、目を離さず記憶に焼き付けている感じがする。さすがに見つめ合いながらの口づけは恥ずかしくて、ちょっと視線を逸らして唇を離した。マイナさんはそれが気に入らなかったみたいで、俺の顎を掴むと、追いかけるように顔を近づけてきて口づけを落とした。

いつの間にか後頭部には彼の大きな掌が添えてあって逃げ場がない。口腔内を嬲られ、濡れた音が響く。俺の児戯みたいなやつじゃない、マイナさんの本気が窺える淫靡なキス。

——マイナさん、経験豊富なのかな……

そう思うと、ちょっと悔しい。別に過去の相手に嫉妬するつもりはないけど、俺だってマイナさんが気持ちよくなれるように少しぐらいは経験しとくべきだったかな、なんて考えてしまう。

「せっかく口づけのお手本を見せてあげてるのに……。集中して？」

俺が視線を逸らすことすらも許すつもりはないのか、マイナさんの手の力は緩まない。

「貴方の気持ちが私にあると分かって、嬉しくてどうにかなりそうです」

もう一度ちゅっと軽く唇を重ねたあと、マイナさんは位置を変えて俺に覆いかぶさった。

自分の両腕を俺の顔の脇に置いて身体を支えている。静かな室内で嬉しそうに俺を見下ろしてくるマイナさんを見ていると、この囲い込まれた空間だけがこの世のすべてだと、錯覚を起こしそうになる。

心地いい重さと共に、マイナさんの身体がゆっくりと重なった。首筋に顔を埋めてマイナさんは、はぁ……っと熱いため息をつく。

「この気持ちのまま抱いてしまうと、歯止めが利かなくなりそう……。そうならないように、私だけを見ていてください」

ちゅ、と俺の首筋が吸われる。横目にマイナさんを見ると、彼もわずかに顔を傾けて首筋に唇を這(は)わせながら俺を見ていた。

その視線の強さ、艶(つや)っぽさに、どくんと心臓が強く打つ。

ぷつんというかすかな音に、視線を下げると俺のシャツのボタンが外されていた。

「——っ、ん……っ」

一際強く肌を吸われて、俺は恥ずかしくなって思わず目を閉じて顔を逸らす。するとマイナさんは少し上体を起こし、頬を掌で包んでそっと自分のほうを向くように誘ってきた。

「——私だけを見て」

マイナさんの湧き上がる欲に濡れた瞳が俺を見捉えて離さない。

見つめ合ったまま、マイナさんは器用にボタンは外していき、やがて俺のシャツの前はすっかりはだけてしまった。そしてマイナさんの片手がシャツの隙間に入り込む。それに伴い肩があらわになって、シャツの前身頃は肌を滑り脇に流れ落ちた。

満足そうにその姿を見たマイナさんは、身体を起こして俺の腰辺りを跨ぐように馬乗りになると、おもむろに自分のシャツを脱いだ。

キッチリと筋肉が付いて締まっているマイナさんの上半身があらわになる。俺が思わず見惚れていると、ふとマイナさんの視線が揺れ、俺の鎖骨の窪みに釘付けになった。

「ここで守ってくれたんですか？」

その言葉に、俺は預かっていたシグネットリングの存在を思い出す。

「うん。肌身離さずって考えたら、ここが一番かなって」

その言葉に視線を上げたマイナさんは嬉しそうに微笑んだ。

「ありがとうございます」

マイナさんが手を伸ばし、指輪に触れる。指先で指輪を突き、俺の肌の上でコロコロと転がしていたけど、何を思ったのか指輪をぐっと握り込み、強く引っ張ってチェーン部分を千切ってしまった。

「あ……！」

突然のことに、俺は奪われた指輪とペンダントに視線が釘付けになる。

無言のまま、マイナさんは指輪をチェーンから外し、自身の左の中指に通す。残りのペンダントとチェーンはマイナさんの掌を滑り、床へと落ちていった。

「失礼。あちらは少し不愉快でしたので」

その言葉に我に返った俺は、肩を浮かせてベッドの下を覗こうとした。しかしその動きを、マイナさんが肩を掴んで止める。

前屈みに上半身を倒して、ファイアオパールの瞳がじっと俺を見つめた。

「見ては、ダメ」

甘い命令が下される。目一杯の愛情と過大な執着心と、かすかに見え隠れする嫉妬心。

そんなマイナさんの姿を見て、俺は小さく笑った。

ソルネスは幼馴染み（おさななじ）で、親友で、俺にとって大事な存在だけど、マイナさんに代わるものじゃない。それでも、そうやってマイナさんに嫉妬してもらえるのが、俺はすごく嬉しかった。

――こんなのを嬉しいと思う俺も大概だよな。

自分の気持ちに呆れながらも、俺は両腕を伸ばしてマイナさんの首にしがみつく。

「見ないよ。そうマイナさんが望むなら……俺は、見ない」

その次の瞬間、唇が奪われ荒々しく口腔を蹂躙された。

「んぅ……っ、ん、ぅ」

さっきの口づけは可愛いものだったと感じるくらいに、マイナさんは激しく、快楽を引き出すために口腔を犯していく。舌を搦め捕られて、あふれる唾液が俺の頬を伝う。

嵐のように与えられる快楽を俺が享受していた時、最後のひと押しとばかりに上顎を刺激されて、ぞくぞくと快感が背筋を駆け上った。

そのあまりに甘く、あまりに淫靡な刺激に、一瞬俺の息が止まる。

どくん、と大きく身体に響いたその感覚は、心臓の音なのか、なんなのか分からない。ただ腰にちりちりと甘い痺れの余韻がいつまでも残った。

それに気付いたのかマイナさんは喉の奥で笑って、ゆっくりと唇を離す。そして見せつけるように赤い舌で、唇や頬に付いた唾液を舐め取った。

「口づけだけでイけましたね。上手」

「イ……った……？」

息をつき、ぼーっとマイナさんを見る。

「ええ、大変気持ちよさそうにイってましたよ。……ほら」

そう言うと、マイナさんはするりと俺のズボンに手を潜り込ませてくる。

俺のモノにマイナさんの綺麗な指が触れ、やわやわと刺激し始めた。くちゅ……と濡れた音に、ようやく自分が吐精したことに気が付く。

「ぁ……わぁ……」

急に恥ずかしくなって俺が羞恥で身悶えていると、マイナさんは愛おしそうに目を細めた。

「まだまだ、これからですよ」

「ぁ、ぅん……っ」

その言葉と共に、マイナさんの指の動きが早くなる。さっきまで柔らかな刺激だったものが、淫靡な音とともに激しさを増し、腰にずんずんと甘い刺激を与えてきた。

「や、マ……イナさ……ん、離……して……っ、ぁ」

びりびりと痛いくらいの刺激が俺の全身を走り、ぐっと身体が突っ張った。とぷりとあふれた白濁が彼の手を汚すのを、快楽に犯されふわふわと纏まらない思考の片隅で感じ取る。

はぁはぁと忙しく胸を上下させて、俺は空気を求めて荒い息を繰り返した。

過ぎる快感にじわりと浮かんだ涙を、マイナさんが喜々として吸い取っていく。そのまま顔中に唇を落として、彼はとろりと熱が籠もる視線を向けてきた。

と同時に、器用に俺の下着ごとズボンを剥ぎ取り、マイナさんの指が奥へと進んでくる。後孔へ辿り着くと、くすぐるように指先で刺激して、つぷんと指を潜り込ませてきた。

ぞくりとする感覚に、俺は意識を引き戻された。

「マイ……ナ、さん……ぁう……っ、おれ、俺ばっかり……っ！」

楽しむように嬲るマイナさんの腕を、俺は掴んで止めようとする。

――俺ばっかり気持ちいい。それは嫌だ。マイナさんにも気持ちよくなってほしいのに……っ。

その思いが通じたのか、ちゅっと軽く口づけてマイナさんは笑った。

「私は十分楽しんでいますよ？　私の動き一つで貴方を快楽に染めることができるんです。何よりも滾りますよね」

埋められた彼の指はいつの間にか増えていて、有言実行とばかりに俺のイイところを探して蠢く。

探るように進む指先がその一点を掠めるように触れた瞬間、俺の身体にびりりっとした刺激が走った。

「ぁ……っ、え……？」

二回も精を吐き出したはずなのに、その刺激に俺のモノが勃ち上がる。

「え、あ……あ、ぁあっ……っん、んぅ……っ」

俺の変化に気付いたのか、マイナさんが容赦なくソコを攻めてくる。快楽の底なし沼に沈められるような感覚に襲われ、俺は小さく戦慄いた。

気持ちよくて気持ちよくて、声を抑えることができない。

洩れ出る俺の嬌声にふっと彼は笑い、ゆったりと腰を密着させてきた。すっかり硬くなっているマイナさんのソレを、俺に知らしめるようにゆったりと脚に押し付けて軽く揺する。

「――っ、はぁ……」

熱い吐息と共にマイナさんの切なそうな声が響く。

艶っぽいその声と、壮絶な色気を纏う表情を見て、俺の腹の奥がきゅっと甘く痺れた。

ぬぷっと嫌らしい音を立ててマイナさんの指が引き抜かれる。

「貴方の甘い啼き声も、可愛らしい甘える仕草も、私には耽美で蠱惑的な誘惑にしかなりえない……」

スラックスの前を寛げると、マイナさんは熱く滾る自身のそれを後孔に充てがった。

「レイ、貴方が欲しい。貴方だけが、欲しいんです」

淫猥な感触と共に先端が潜り込む。そして少しだけ押し進められ、そのまま緩やかに抽挿されて俺は息を詰めた。

「――んん……っ！」

びりびりとした快楽が俺を襲う。

――やばい、気持ち、いい……

「あ、あ、あ、ぁあ……っ、ん」

快感もすぎれば苦しくなる。俺は耐えきれずに涙を浮かべてしまった。俺の身体の中を暴れまわる感覚をどうにかしたくて、ぎゅっと目を閉じる。

だけどそれによって、逆にマイナさんの荒い息遣いや、腰の動きに集中してしまって、きゅっと全身に力が入った。

「ふ……っ、気持ちいい？　私のモノをぎゅうぎゅうと締め付けて……貴方ときたら……」

マイナさんがくすくすと笑う気配がする。うっすらと目を開けて彼を見上げると、額に浮かぶ汗もそのままに、俺の腰をぐっと掴んできた。

「本当に私を夢中にさせるのが上手……」

ずん、と大きな衝撃が俺の最奥を襲う。マイナさんが容赦なく突き上げてくるものだから、俺は大きく口を開けて息を詰めた。

「――っ」

一瞬悩ましげに眉根を寄せて耐えてるような素振りをしたマイナさんだったが、その後は俺を追い詰める勢いで激しく腰を動かし始めた。

ぱたぱたとマイナさんの汗が落ちてくる。彼は容赦ない腰使いのまま、些細な変化も見逃すつもりがないように俺を見つめてくる。

そうやって俺を観察するように眺めながら、最奥に自分の熱い昂りを突きつけ腰をグリグリと動かして焦らしたかと思えば、再び浅い抽挿で俺の弱い部分を刺激して翻弄してくる。

そのたびに俺は嵐に呑まれた小舟のように、快楽の波に突き上げられ、叩き落され、はくはくと喘ぐように呼吸を繰り返して……

「んぅ……っ、んん……っ、あ……！」

大きく仰のき突き抜けていく快感を享受した。あまりに深い快楽に、身体ががくがくと痙攣する。

「ぅ、あ……っ、あ、あ……ぁ」

自らの欲を解放するのと同時に腹の奥が甘く熱く痺れ、マイナさんも俺の中に吐精したのが分かった。

マイナさんは精を放ちながら、さらに奥へと押し込むように、グイグイと自分の腰を密着させてくる。その刺激に俺はさらに感じてしまい、再び達してしまっていた。

「……は、ぁ……」

ぬるり、とマイナさんのモノが抜け出る感触に甘い息が洩れる。マイナさんは汗ばむ俺をぎゅっと抱きしめて「はぁ……」と色気を帯びたため息をついた。

「全然足りない……。でも貴方には負担をかけた前科があるので、少しは自重しましょう……」

残念で仕方ないと言わんばかりの声音に、甘い疲労にくったりしていた俺は、つい笑ってしまった。

「俺がまだマイナさんが欲しいって言ったら、自重は解除されるの？」

「おや、余裕ですね？　解除してくれるんですか？」

うっとりと俺を眺めつつ、さらりと髪を梳く仕草はひどく優しくて、ドロドロに甘い。俺は少し伸び上がるようにして、マイナさんの鼻先に自分のそれをすりすりと擦り付けた。

「今まで愛情不足で飢えてたんだ。くれるものは、全部貰う」

「ふふ、私の番はやっぱり最高ですね」

ゆっくりとマイナさんの顔が近づいてくる。

――これが俺の番、唯一無二の宝物。

愛情に飢えてカラカラに干からびていた俺の心を、いっぱいに満たしてくれるマイナさんの愛を感じながら、俺は精一杯の愛情を籠めて口づけを贈った。

「これからも、よろしくね」

「で？　なんでトランファームの件が片付いたのに、ウチのレイは王宮に来ねぇんだ？」
王宮の廊下でたまたま会ったガンテが、ジロリと私を睨んでくる。
「私のレイでしたら、公爵邸でゆっくり過ごしていただいていますよ。ふふ……起きた時、生まれたての子鹿のように脚を震わせていて、大変可愛かったです」

「て……てっめぇ……っ！　婚儀を済ませるまで待てとあれほど……っ！」

暗に美味しくいただいてしまったことを告げると、案の定ガンテの瞳に殺意が滲む。

「そもそもトランファームの件が片付いたら、即養子縁組、即婚姻と陛下にはお約束いただいていましたのでね。予定通り、ということで」

「貴族の婚姻にゃ、準備期間ってもんがあんだろ！」

「はは……面白いことを言いますね。貴方の妹も先に子を成したではないですか。ま、獣人で己の番と睦み合うことを厭う者はいないので、一つ屋根の下にいる以上やむなしということで」

私が涼しい顔で言い切ると、ガンテはギリギリと歯を食いしばった。

「俺の甥っ子だぞっ！」

「そもそも私の番ですから。そこら辺の男を近づける気はありませんよ」

「……っ！　キサマ、覚えてろっ！」

負け犬の遠吠えを聞き流し、私はすたすたと歩を進め、自分の執務室へ入った。

生け捕りにしろと陛下に命じられていた今回の反逆の首謀者を、腹いせで殺してしまったツケがきて、机の上に書類の山を作っている。

「確かに詫びとして事後処理は引き受けましたが。なんでもかんでも、仕事を押し付けてくるとは……」

私はいくつかある山の一つから、ぺらりと一枚の書類を手に取る。

――これがレイの視写したものなら、俄然やる気にもなるんですけど……

ため息をつきながら黙々と仕事を片付けていると、補佐官が躊躇うように私に声をかけてきた。

「閣下、仕事中に申し訳ありませんが、面会の申込みが来ております」

「誰ですか？」

私が視線も上げずに問うと、少し言い淀んだあと来訪者の名を告げた。

「――ソルネス・バラハン様です」


「お久しぶりですね、閣下」

にこやかに部屋に入ってきた彼は、気負う様子もなく机の前に立った。

「何の御用でしょうか？」

彼の用件の予想はつく。ただ、どう出るのかを知りたくて、私はあえて知らない振りをしてみた。

「嫌だなぁ、閣下。反逆者たちはほとんど処理されたじゃないですか。そろそろ僕もかな、って準備してたのに誰も来ないから、痺れを切らしてこっちから来ちゃいましたよ」

両手を後ろ手で組み、彼は微笑んで首を傾げる。

素直な私のレイとは違い、腹に一物……どころか二物も三物も持っていそうな青年は、綺麗に澄んだ紺碧の瞳を私へ向けた。

「確かに、反逆者の一族はすべて断罪が鉄則ですが……」

「でしょ？　僕はどんな処罰でも謹んで受け入れますよ。レイには幸せになってほしいし」

「なぜ?」

なぜ、彼がそこまでしてレイを気にかけるのかが分からない。幼馴染みで親友。ただそれだけで自分の命も懸けられるというのだろうか。ソルネスがレイへ贈ったペンダントが不愉快極まりないのも、もしかしたらわずかにでも恋情が潜んでいたのでは、と思うからだ。

「どうして、それほどまでレイを大切にするんですか?」

ソルネス然り、ライノーク然り。

ライノークはレイから話を聞く限り、明らかにレイへの恋心を抱いていた。

——ではソルネスは?

探るような私の雰囲気に、彼は小さく苦笑した。

「インプリンティングって言えばいいのかなぁ……」

そう言い考え込むような仕草を見せたソルネスは、ふっと口の端で笑んだ。

「いわゆる刷り込み現象ですよ。初めて見た動くものを親と思い込む雛鳥と一緒です」

すっと彼の視線が逸らされ、私の背後にある窓へ移る。

「閣下は想像できますか? つい昨日まで確かに存在していた温かな愛情が急になくなってしまう恐ろしさを。頼るべき者もなく、自分に無関心な人間たちの中に身を置いて生きていかねばならなくなった者の絶望を」

さっきまではニコニコと偽りの笑みを浮かべていた彼の顔は、一切の感情をなくして冷ややかに固まった。

「僕にとって育った施設は、刺々しい茨に包まれた監獄そのものでした。愛情もなく、ただ生きて明日を迎えるだけの日々。そんな中で、僕を癒やしてくれたのがレイだったんです」

ゆるりと、彼の目尻が緩む。

「あの子は赤子の時からあの施設にいた。誰からも愛情を注がれることもなく、関心を持たれることすらなく。存在そのものも忘れられたような、そんな存在。それがレイでした」

その言葉は真っ直ぐに私の胸に刺さる。

「あの子は愛情を、読んだ本の知識としてしか知らない。だからいつも僕の側に来て話を聞きたがりました。『母様ってどんな人？』って」

愛情を知りたがる、舌っ足らずな幼子の声が聞こえてきそうだ。

切なさと罪悪感に胸を軋ませながら、私は彼の話を聞く。

「優しく笑ってくれる人だよって言うと、それからはずっと僕の側でにこにこ笑ってくれました。おはようもおやすみも挨拶を交わす人と言うと、それも。愛情を籠めて頭を撫でてくれる人だって言った時には、困った顔をして僕の頭を撫でてくれた」

思い出すように目を伏せたソルネスは、一度口を噤んだあと、私に目を向けておもむろに口を開いた。

「当然のように受けていた愛情をなくして困惑する僕を、淋しくないようにって一生懸命に慰めてくれたんです。愛情を知らない、一人ぼっちのあの子が」

私を見るその瞳には髪の毛一本ほどの恐れも見当たらない。

ただ、レイに向けた深い愛情が、そこに存在するだけだった。

「僕の中に『愛情』があるとするなら、それはレイから貰ったものでできている。それをなくしたくなかった、と言ったら答えになりますか？」

真摯な瞳に見据えられ、私は深いため息と共に瞑目した。

おそらく目の前の青年は、私がレイにしたことを全部知っている。ライティグス王国お抱えの諜報部顔負けの情報収集能力を持つ彼だ、それを切り札に自分の命を繋ぐ手段もあっただろう。

だが、それをしなかった。レイが関わるすべてを、自分のために使うのをよしとはしない心意気には素直に感服するしかない。

私はすっと目を開けて、揺るがずに真っ直ぐ立つ彼を見た。

「ソルネス・バラハン、貴方を処罰すると私の最愛の人が嘆き苦しむでしょう。そんな姿は見たくありませんので、貴方を処罰の対象外とします」

「……は？」

眉を顰めて怪訝な顔になった彼に、私は内心で苦笑いを浮かべた。

――予想外の展開には素直に表情を変える辺り、まだまだ青いですね。

「番のためとはいえ、随分と処分が甘すぎませんか？」

「なに、レイのためだけではありませんよ。ソルネス・バラハン、よく思い出してみなさい。君はバラハンを名乗っていますが、まだ貴族籍に名を連ねていませんよね？」

「……は？」

「確か一年の教育のあとに認知して貴族籍へ復帰予定だったはず。ならば君はまだバラハン一族ではないので、処罰の対象外となります」

「すっげぇ屁理屈……」

ソルネスは呆れた表情になり、素の言葉を洩らす。それを私は片眉を上げて眺めると、手元の用紙にサラサラと文字を書き連ね、側に控える補佐官へと渡した。

「なんとでも。形さえ整っていればどうにかなるのが貴族ですから。それと今回の件について、功績に応じて叙爵（じょしゃく）や陞爵（しょうしゃく）が検討されるそうです。もちろん、君も対象にと一筆書かせていただきました。精々レイとの友情が続けられるように頑張ってくださいね」

「それって邪魔する気満々って聞こえますけど？」

ソルネスの懐疑心に満ちた顔が向けられる。その顔に向けて、私は目を細めて口角を上げてみせた。

最終章

「で、なんで俺がここにいるわけ？」

俺は背後に立つマイナさんを振り仰ぎながら、一応彼に聞いてみた。

薄々事情は把握しているけど、俺に何の役割を期待しているのか分からない以上、迂闊な返事は自分の首を絞めることになる。

俺の視線を受けるマイナさんは、にこっと笑うだけで何も答えてくれない。

――そもそもの話だけどさ……

にこにこと笑顔全開のマイナさんを、俺は胡乱な眼差しで見つめた。

「ここって謁見の間だよね？　そしてマイナさんの定位置って、俺の背後じゃなくて陛下の側だよね？　なんかもう、この状況いろいろダメじゃない？」

今日俺は、陛下からの呼び出しを受けて王宮の謁見の間に来ていた。

トランファームの騒動ですっかり過保護になってしまったマイナさんは、俺が王宮に行くことを散々渋っていたけど、陛下からの招集なんだから無視はできない。

なんとかマイナさんを宥めて王宮に来たのはいいけれど、マイナさんはずっと俺の側から離れないし、謁見の間に到着したあともずっと俺をバックハグして放さなかった。

「もう！　マイナさんは宰相閣下なんだろ？　ここに来た以上、ちゃんと宰相の仕事をしないと！」

さすがに陛下に謁見するのに、この状態はない。俺はマイナさんの腕の中から抜け出して、グイグイと彼を陛下のほうへ押し出した。

「そんな、レイ……」

俺の無慈悲な行動に、マイナさんが切なそうな表情で俺を見てくる。ちょっと捨て犬みたいな哀愁が漂っているようにも見えて、こんなマイナさんも可愛いなとは思う。だけど俺は容赦なく言い切った。

「自分の役割を果たさないような無責任な奴、俺は好きじゃない」

キッパリと告げると、マイナさんは「え……？」とショックを受けた顔になる。

俺が無言で首を横に振ると、マイナさんはとぼとぼと力ない足取りで、陛下の側の定位置へと移動した。

それを見て、俺は少し肩の荷が下りた気持ちになる。

改めて陛下に視線を向けると、実に愉快そうな顔をしてマイナさんを見ていた。釣られて俺もマイナさんを見てみると、意気消沈した彼と目が合った。

そんなマイナさんに、俺はにこっと笑ってみせた。

世の中、飴と鞭の使い分けは大事だ。

「やっぱり仕事してるマイナさんは格好いいよね」

その俺の言葉に、マイナさんの顔は一気に嬉しそうなものへ変わった。この人、どれだけ俺のこと好きなんだと、苦笑いが洩れる。

「お前ら、俺の前でよくもまぁそれだけイチャつけるな……」

呆れたような陛下の声に、俺は思わず姿勢を正す。玉座に座る陛下は、口調こそ呆れを滲ませていたけれど、顔にはニヤニヤと意地の悪い笑みを浮かべて、マイナさんを見ていた。

「あの、俺が呼び出された理由を伺ってもよろしいですか？」

話がちっとも進まない予感がした俺は、不躾だとは思ったけど声を上げた。

すると陛下は、俺のほうに顔を向けてニヤリと何かを企むような顔つきになった。

「うむ、番の子。今回のトランファームの一件では随分ひどい目に遭ったと聞いたが、もう身体は大丈夫なのか？」

「はい。すっかり完治しております」

「そうか。ならば番の子、お前に一つ頼みがあるんだが……」

そう切り出した陛下は、ちらりと側に立つマイナさんへ視線を流した。

「コイツがな、まったく働いてくれんのだ。どうやらお前が気になって仕事が手につかないらしい」

陛下の言葉に、俺の顔からスンっと表情が抜ける。

――マイナさん、何やってんの……

思わずマイナさんを見ちゃったけど、彼は変わらず俺をじっと見つめている。

これじゃあ確かに仕事は捗らないだろうな……と、俺はため息をついた。

「それで、だ。番の子、お前しばらく王宮で働かないか？」

突然の陛下の提案に、俺は呆気にとられる。

「はい？」

「さっきも言った通り、マイグレースがまったく働かないわけだ。おかげでトランファームの後始末がちっとも進みやしねぇ」

苦労の滲む陛下の言葉に、俺はそろりと視線を逸らした。俺がちょっと無謀な行動を起こした結果、怒り心頭のマイナさんがライティグス王国側の主犯を始末してしまったことは、まだ記憶に新しい。

その後始末でマイナさんの仕事が増え、そして、マイナさん自身は過保護に拍車がかかってしまったと言うなら、その原因の大本は俺じゃないか。

俺に王宮で働けって誘いは、おそらくマイナさんに仕事をさせろってことなんだと思う。

俺は少しの間考えて、「働きます」と答えた。


久々に文官の制服に身を包み、俺はマイナさんの執務室に来ていた。

陛下には働く意思を示したけど、マイナさんが反対するんじゃないかと心配した。でもそれは杞憂だったみたいだ。

「朝から夜までレイを堪能できるなんて……。たまには陛下もいい仕事しますね」

なんて言いながら大変ご満悦な様子だったのだ。

ただ、この状況すべてが陛下の思惑通りなのかと言われると、正直違うと思う。

「レイ様、こちらをお願いできますか？」

現に困った顔で俺に書類を差し出すマイナさんの補佐官を見て、俺も困った顔になった。

俺のここでの仕事は、マイナさんの補佐官の補佐だ。大体はメッセンジャー的な役割を担っている。出来上がった書類を各部署に届けたり、必要な印を貰ってきたり、まぁ正直誰でもできる仕事だ。

俺にこの仕事を割り振られたのは、マイナさんが屋敷にいる俺を気にして仕事が捗らないから。俺が側にいれば、マイナさんも安心して仕事に取り掛かれるだろうという陛下の苦肉の策らしい。

陛下の思惑は半分は当たり、マイナさんは俺が側にいることに心から満足して仕事に取り掛かった。でも思惑の半分は外れて、マイナさんの仕事はさっぱり捗らなかった。

理由は明白で、マイナさんが仕事そっちのけで俺に構いすぎるからだ。

「この書類はどの部署に渡すものですか？」

補佐官が差し出した書類を自分の机に着いたマイナさんが確認している。その間、俺はマイナさんの側に立ち、彼にがっちり腰を抱かれている状態だった。これじゃあ身動き一つままならない。

「こちらは騎士団の備品管理部に回す書類となっております」

「却下。貴方が持っていきなさい」

「いや、待って？　それ俺の仕事だから！」

慌てて俺がマイナさんの手から書類を奪い取った。

そもそも、おかしい。補佐官が選別してマイナさんへ渡した書類を、マイナさんが処理して補佐官へ返す。その書類を補佐官が確認してメッセンジャーである俺に渡す。それはまだいい。だけど、補佐官が俺に渡した書類を、マイナさんが再び受け取るってなんなの。しかも却下する意味が分からない。

「マイナさん、俺は働くためにここに来てるんだ。邪魔しないで！」

「貴方の仕事は私の側にいることなので、邪魔しているのは補佐官のほうです」

そのマイナさんの言葉に、補佐官の身体がビクリと揺れ、縋るような視線が俺に向けられた。その視線に気付いて、俺は大きなため息をついた。

「マイナさん？　俺、もう成人した人間で、王宮での仕事を受けて働いてるんだ。働くってことは責任が伴う。マイナさんは俺を無責任な人間にしたいわけ？」

「貴方が無責任な人間ではないことは、私がちゃんと知っているから大丈夫ですよ」

「問題はそこじゃないからね！」

どう言ったら伝わるんだろうかと、俺は頭を悩ませる。

「大体さ、俺は補佐官の補佐の名目で働いてんの！　今の俺って補佐するどころか、思いっきり邪魔してるんだぞ！」

「その補佐官は、私の補佐をするのが仕事ですから。貴方に仕事を割り振って私から引き離すということは、補佐官も思いっきり私の邪魔をしてることになりますね」

にこにこと笑いながら、マイナさんは俺の主張を封じてきた。

こういう時のマイナさんは、本当にムカつくほど弁が立つ。でも、俺もここで引くわけにはいかない。

「これ以上邪魔をするなら、俺にだって考えがあるんだからな」

むぅっと唇を尖らせて、俺はマイナさんを睨んだ。その俺をマイナさんは楽しそうに見つめている。彼にしてみたら、猫がじゃれついているようなものなんだろう。そのマイナさんの余裕っぷりにも腹が立つ。

「その考えを聞いてもいいですか？」

マイナさんは頬杖をつくと、俺の腰に回していた腕に力を籠めて、さらに俺を自分のほうへ引き寄せた。

俺の視界の端に、ハラハラしながらこっちを見守っている補佐官が映る。

——人前で言うことじゃないけど！　もう知ったことか！

俺は腹を括ると、口を開いて一気に言い放った。

「俺の邪魔するなら、もう膝枕してやらないからな！　挨拶のハグもキスも禁止！　風呂も一人で入るし、ベッドも別！　給餌（きゅうじ）行動したって絶対に口開けてやらないからな！」

そう言った瞬間、マイナさんが笑顔のまま固まった。

「——閣下……？　ちょっと番様に構いすぎじゃないですか？」

補佐官がちょっとドン引きしている。こんな台詞を彼に聞かせちゃって申し訳ないけど、ここで手を緩めるわけにはいかなくて、俺は追撃してマイナさんにトドメを刺すことにした。

俺は上品な貴族じゃない、下町で育った平民なんだ。下町では敵対する奴らがいたら、二度と歯向かってこないように徹底的に躾けるのが鉄則だ。

「いい？　これ以上マイナさんが仕事を溜め込むなら、俺、秋の婚姻までガンテ伯父さんのところで暮らすから！」

正真正銘の俺の「実家に帰らせていただきます」宣言に、マイナさんはひどく狼狽し始めた。

「え、あ……レイ？　ちょっと待って……」

「待ちません！」

俺はピシャリと言って、ショックで力の抜けたマイナさんの腕の中からするりと抜け出す。

「俺、この書類を届けてきます！　俺が帰ってくるまでに、その机の書類を片付けておいてください！」

「あの、レイ、待って……」

マイナさんの手が、俺を引き留めるように伸びたけど、ジロリと俺が睨むとその手も力なく落ちた。

「では俺書類を届けてきます。補佐官様、マイナさんを見ていてください。それでサボってたら教えてください。俺、有言実行するので」

「ありがとうございます！」

俺の言葉に、補佐官は感涙しそうな勢いで頷く。マイナさん、随分この人には迷惑かけてたんだろうな、と申し訳なく思いながら、俺は書類の届け先に向かって歩を進めた。

騎士団に関係する部署は王宮の東北側にある。マイナさんの執務室がある王宮中心部の建物からは、一階に下りて廊下を真っ直ぐ進めば辿り着く場所だ。

一度外廊下に出ると、すぐそこに騎士団の訓練場が姿を現した。俺の身長の二倍くらいの高さがある無骨な石壁で囲まれたその場所は、外から中を見ることができないような造りになっている。軍事力は国の機密だから、騎士団に関連する部署はすべてこの石壁の向こう側に集約されていると聞く。

俺は、その訓練場唯一の出入り口を守る騎士様に挨拶をして、中へ進んだ。

実は分厚い石壁に見えるこの場所は、騎士団関連の各部署の部屋にもなっているのだ。

外観は完全に石壁だけど、訓練場側にはちゃんと窓も備わっている。

「失礼します」

目的地である備品管理部の扉をノックして、ひょこっと顔を覗かせる。備品管理部の部屋は、石壁の中にあるとは思えないくらい広々としていた。それは扉付きの棚一つと机が二つあるだけの、家具らしい家具がほとんどない、剥き出しの石肌に囲まれた空間だからかもしれない。

石造りの外壁は太陽の熱も完璧に遮ってくれるから、暑さが増してきている今はとても涼しい場所になっていた。

さて、書類を誰に渡そうかと中を見渡していると、窓際に立つ素晴らしく体格がいい人物が、俺の声に気付いてゆっくりと振り返った。

「ガンテ伯父さん！」

見知ったその顔に、俺は大きく目を見開く。会えるとは思っていなかった人に会えて、嬉しくて声を弾ませた。

ガンテ伯父さんとはトランファームの件が終わったあと、一度だけ会う機会があった。その日はガンテ伯父さんとの養子縁組が成立した日で、マイナさんと一緒にご挨拶に伺ったのだ。

文官だったはずのガンテ伯父さんは、初めに会った時の印象通り騎士だった。しかも副団長だと聞いて驚いた。道理で素晴らしい身体つきをしてるはずだ。

「おー、レイじゃないか。久しぶりだなぁ……」

俺を見て、ガンテ伯父さんの目尻が分かりやすく緩む。そのガンテ伯父さんを見て、中にいた休憩中らしき数人の騎士たちが一様に驚いていた。

俺はその様子に首を傾げながらも、彼らに会釈をしてガンテ伯父さんに近づく。

俺が側に行くと、ガンテ伯父さんは俺の頭を優しく撫でてくれた。

「顔が見られてよかった。マイグレースがお前を拉致りやがったから心配してたんだぞ」

「心配かけて、ごめんなさい」

迷惑かけた自覚はあるから素直に謝ると、ガンテ伯父さんはくしゃりと笑って俺を抱き上げた。

「やっぱり可愛いなぁ、俺の息子は！　やっぱ今からでもクラウン家に戻ってこい！　お前のわがままなら、なんでもお父様が叶えてやるぞ！」

すりすりと頬擦りしてくるけど、ガンテ伯父さんは髭が生えてるからちょっと痛い。

俺は苦笑いをこぼしながら、手にした書類をひらりと振ってみせた。

「騎士団の備品管理部へ書類を持ってきたんだ、俺。まずは受け取り印を貰っていい？」

「おお」

ガンテ伯父さんは同じ室内にいた騎士に向けて顎をしゃくった。それを見て、一人の騎士が素早く動き、俺の手から書類を受け取って騎士団の印を押してくれた。

「初めまして！　貴方が副団長のご子息なんすね。こんなに甘い顔をする副団長なんて初めて見たっす、俺」

「あ、俺、レイ……。えっと、レイ・クラウンです。よろしくお願いいたします」

挨拶をしてくれた騎士に、俺も慌てて挨拶を返す。伯父さんに抱っこされたままだから、格好はつかないけど仕方ない。

それにしても、未だに自分の名前に慣れないな。俺は平民だったし家族なんていなかったのに、今じゃ貴族の末席に名を連ねているし、家族もできた。

――俺にも家族がいるんだ……

名乗るたびにそれを実感して、嬉しくて、気恥ずかしくて、なんだかモジモジしてしまう。

そんな俺に気付いたガンテ伯父さんは、感動したとばかりに泣きそうになっていた。俺を抱く手に力が籠もる。

「やっぱマイグレースなんて変態の番なんか、辞めちまえ！　ウチでお父様と一緒に暮らそう！」

ぎゅむっと俺を抱きしめるガンテ伯父さんを見て、目の前に立つ騎士が呆れたような顔になった。

「副団長、キャラ変しすぎっす！　だいぶ気色悪いっすよ」

「うるせぇ！　オメェらいつまでサボってやがる、さっさと訓練を再開しやがれ！」

伯父さんの怒声など気にする様子もなく、騎士たちが動き出す。

「うぃ～っす」

「はーい」

「副団長～、家族愛もほどほどにしてくださいよ～。じゃないと、宰相閣下に粛清されちまいますよ～」

なんて言いながら、彼らは部屋を出ていった。

それを見送ると、ガンテ伯父さんは少し移動して、机の上に俺を下ろして座らせた。

「伯父さん？」

俺がガンテ伯父さんを見上げると、彼は俺の頭にぽんと手を乗せた。

「――ライノーク・シュエットは、施設名義の共同墓地に埋葬したからな」

その言葉に、俺は視線を伯父さんから床に落とした。

あの日、俺を解放して死んでしまったライノークを、ちゃんと埋葬してほしいとマイナさんに頼んでいた。

当然だけどマイナさんは「うん」とは言ってくれなかった。だから、俺は前に陛下に謁見した時に言われていた褒美として、ライノークを埋葬してほしいと願った。

ライノークは確かに誤った道に進んでしまったけれど、彼は一生懸命に生きていただけだ。

なのに、生きている時にはいいように使われて、死んだら反逆の一味としてその身体を野晒しにされるのは、俺としてはどうしても嫌だった。

陛下は少し考える素振りを見せたけど、ガンテ伯父さんに命じて願いを叶えてくれた。

「――ありがとう、伯父さん」

ライノークのことを思うと未だに胸が苦しくなるけれど、これで俺も気持ちの区切りがつくと思う。

俺はガンテ伯父さんを見上げて、にこっと笑う。ガンテ伯父さんは、そんな俺を見守るように見つめていたけど、頭に乗せたままだった手をゆっくりと動かして、もう一度撫でてくれた。

「お前は強いな。さすが俺の息子、立派にクラウン一族の一員だ」

それは今の俺には何よりも嬉しい言葉だった。


しばらくガンテ伯父さんと話をして、俺はマイナさんのところに戻るべく備品管理部を後にした。

「マイナさんの仕事捗ってるかなぁ……」

俺はしょんぼりしていたマイナさんを思い出して、さっきは厳しく言いすぎたかな、と考える。

「ちゃんと仕事を片付けていたら、マイナさんの願いを聞いてあげよう」

そんなことを呟きながら、マイナさんの執務室の扉を開けた。

「ただいま戻りました」

「おお、番の子か。さすがだな！」

思わぬ声が聞こえて顔を向けると、まさかの国王陛下が護衛もつけずにお見えになっていた。

――この主従、自由すぎじゃない？

そう言いそうになって、俺は慌てて言葉を呑み込む。

そんな俺を陛下は面白そうに眺めた。

「おかげでマイグレースの仕事が随分捗ったようだ。感謝する」

陛下の言葉にマイナさんの机を見てみると、積まれていた書類は大部分が片付いていて、スッキリとしていた。

「あ、いえ……そんな畏れ多いです」

俺は恐縮して答えながら、陛下の向こう側にいるマイナさんの顔をちらりと見た。

表情は取り繕っているけど、そのファイアオパールの瞳には嫌そうな光がありありと浮かんでいるのが見て取れる。そんな彼の隣に立つ補佐官は、仕事が片付いたことがよほど嬉しいのか、満面の笑みを浮かべていた。

「ところで番の子、頼みがあるんだが聞いてくれないか？」

「頼み……ですか？」

「そうだ」と鷹揚に頷く陛下に、なぜか俺は嫌な予感がした。

「今回の一件で、叙爵や陞爵を検討することになった者たちがいるのだ。それらの対象者たちがそれに相応しいかどうかをマイグレースに調べてほしくてな」

「陛下、それは私の仕事ではありません。さらに詳しい調査が必要なら、それを担う部門へ依頼をしてください」

追加で仕事を押し付けようとしてくる陛下に、マイナさんがすげなく断っている。

しかし陛下は俺のほうを向いたまま、さらに言葉を重ねた。

「マイグレースはこう言うが、人間の内面など易々と分かるものではない。獏の力で調査するのが早いと思うのだ。そこで番の子……」

「お断りします」

陛下に最後まで言わせず、俺は断った。

「なぜだ？　褒美は十分取らせるぞ？」

「そういうことじゃありません」

キッパリと告げる。俺の態度に驚いたのか、陛下もマイナさんも、補佐官も目を瞠っている。

「叙爵や陞爵に相応しい人物かって調査するのは大事なことだとは思います」

「ならなぜ断るんだ、番の子？」

「人は誰だって知られたくないことの一つや二つあると思います。それを獏の力を使って無理やり暴くのは、違うんじゃないですか？」

怪訝な顔になる陛下に、俺は不敬かな……と思いながら言葉を紡ぐ。

「陞爵などに相応しいかどうかは、何を成したか、そして普段の人となりはどうか、そんなことを総合的に見て判断するべきだと思います。人知を超えた力を使ってまで暴いて、人目に晒すものではないと思うんです」

マイナさんの力はすごいものだし、確かにいろいろと都合がよく便利だろう。

でも、本来だったら見なくて済む人の心の内を見せられるマイナさんの気持ちはどうだろう。嫌な思いをするかもしれないし、傷つくこともあるかもしれない。

「マイナさんが辛い思いをするかもしれないってこと、俺はさせたくありません。だから俺……協力、したくない……です」

最後は尻窄みにはなったけど、俺の気持ちは言えたと思う。でも、これは正直俺のわがままだ。

マイナさんは大人だから、仕事と割り切って、やりたくないことも受けるんだろう。

でも、俺が嫌だ。

落ちた沈黙に、いたたまれなくなってちらりと上目遣いにマイナさんを見る。

マイナさんは、すっごく真面目な顔でこっちを見つめていた。

――こういうの、迷惑だったかな……

しょんぼりと肩を落としていると、ぽつりとマイナさんが呟く声が聞こえた。

「――やばい。私のレイが尊すぎます。可愛いが過ぎます。世界一愛らしすぎて悶え死にしそうです、私が。なんですか、あれ。天使ですか、そうですか、納得です。ああ、愛らしすぎて、もう監禁したい」

なんかマイナさんがおかしなことを言い出した。

意気消沈していた俺は、思わず半目になってマイナさんを見てしまう。

でも、そんな彼を見て俺は思った。

愛情に飢えて平民として生きてきた俺には、これくらい過剰な愛情をくれる人がぴったりなんだろう。

こんな人、他に探したところで絶対にいない。

俺の……、俺だけの大事な人だ。

「――大好きだよ、マイナさん」

思わず口からこぼれ出た言葉に、自分でも「あ……」っと思ったけれど、凄まじい勢いで駆け寄ってきてすごく嬉しそうに俺を抱きしめてきたマイナさんを見ると、「まっ、これでいっか」と思ってしまう。

いつの間にか、規格外の獣人に搦め捕られて番になってしまった俺だけど、今が最高に幸せだから問題ない。

「これが割れ鍋に綴じ蓋ってやつですか……？」

「いや、蓼食う虫も好き好きとも言うヤツだろ？」

ヒソヒソと補佐官と陛下が話をしてるけど、それを無視したマイナさんはその秀麗な顔に微笑みを浮かべた。

「貴方だけを私はずっと求めていたんです。愛なんて言葉じゃ表現しきれないくらいですよ。それでもあえて言いますね。レイ、私は貴方だけを愛しています。一緒に幸せになりましょうね」

その時受けたマイナさんからの口づけは、信じられないくらい甘く、愛おしさが籠められていて、この先に待つたくさんの幸せの気配を俺に知らせてきたのだった。

番外編　その幸せの先にあるもの

トランファームの一件とライティグス王国の一部貴族によるゴタゴタから少し時間が経った。既に青空に真っ白な入道雲が広がる、日が眩しい季節となっていた。

起き抜けの、ぼんやりした頭で俺は窓の外に広がる青空を見上げる。光りあふれる眩しい朝だけど、俺の心にはどんよりとぶ厚い暗雲が広がっていた。

——どうしよう……

少しでも声にすると、地獄耳のマイナさんに聞こえてしまいそうで、内心で小さく呟く。

見つからない答えを探して、ここ二、三日眠れない夜を過ごしてる。

マイナさんもそんな俺に気付いているのか、無理に俺を抱くこともなく、優しく労るように腕に囲って寝るだけにしてくれていた。

——本当にどうしたら……

ズキンと痛む頭をふるっと振って、俺は大きなため息をついた。

先に身支度を終えたマイナさんと朝食を一緒に摂る。朝は特に食べる量が少ない俺は、毎回マイナさんに給餌行動を取られていた。

「さすがに朝から肉は無理……」

マイナさんによって切り分けられ、口に運ばれたステーキに、俺は思わず首を横に振る。

マイナさんも、俺の食が細いことは理解してくれてるから、無理強いしてくることはない。

「どれだったら入ります？」

彼は甘い笑みを浮かべて尋ねてくる。

俺はちょっと考えて、「これ」と手元にあるヨーグルトの器を指さした。もったりとしたヨーグルトには、パッションフルーツやパイナップルなんかのフルーツが乗せられていて美味しそうだ。

スプーンで掬ったそれを、マイナさんが俺の口元へ運ぶ。

「自分で食べられるのに……」

苦笑いが洩れるけど、これもマイナさんの愛情表現の一つだと思えば嬉しさのほうが勝る。

ぱくっと咥えると、豊かな香りと爽やかな酸味が口に広がった。

「美味しい……」

ほんのりとした甘さはくどくなく、これならいくらでも食べることができそうなくらい美味しい。

俺が目を細めて味を堪能していると、マイナさんがそろりと口を開いた。

「レイ……」

珍しく遠慮がちなマイナさんの声が聞こえて、俺は彼を見上げる。

「どうしたの、マイナさん？」

「……その、何か困ってることはありませんか？」

「困ってること？」

俺が首を傾げてみせると、マイナさんは困ったように眉尻を下げた。

「最近、あまり寝つきがよくありませんよね？」

「え？」

突然指摘されて、俺はもごもごと口籠もってしまった。

――……気付かれた？

身構える俺の頬を、マイナさんは指の背で優しく撫でた。

「悩みがあるなら、ちゃんと話してほしい。婚儀は秋とはいえ、もう貴方は私の番なのだから、遠慮しないで」

マイナさんに諭すように言われて、今度は俺のほうが困って眉尻を下げた。

しばらく言葉を探したけど、上手い言い訳は思いつかない。

「大丈夫だよ、悩みなんてないから心配しないで」

だから、無難な言葉で取り繕った。俺自身、どうしたらよいのか考えが纏（まと）まっていないのに、深く突っ込まれたくなかった。

心配そうな顔を見せるマイナさんだったけど、俺がにこっと誤魔化すように笑うと、もうそれ以上は詮索してこなかった。

俺はほっと胸を撫で下ろす。そんな俺を見て、マイナさんは仕方ないなとばかりに微笑んだ。

「今日はソルネスが来るんでしょう？」

「そう！」

彼の言葉を聞いて、俺は笑みを浮かべた。

獣人は自分の番が他の人間と仲良くするのを嫌う。お父様もお祖父様もそれは当てはまるみたいで、今回の騒動で陛下から王都に呼び寄せられた時も、自分たちの番は領地の屋敷に留守番させていた。

あの時はトランファームの企みやら反乱分子やらがいたから、番の身の安全を優先したのもあるかもしれないけど、どちらにしても番に対しての執着は強い。

だけどマイナさんは、俺がソルネスと交流を持つことは許してくれた。

——まぁ、場所は公爵邸に限るって制限はあるけど、まったく会えないよりマシ！

にこにこと笑う俺に、マイナさんは見守るように微笑んだ。

「楽しい一日になるといいですね」

「ありがとう、マイナさん！」

寛大な俺の番に感謝しかない。


ここはダンカン公爵邸の庭の一角。手入れされた芝生が青々と茂り、優美な曲線を描く噴水が水飛沫(しぶき)を上げ、涼やかな空間となっている。周囲には夏らしく濃い緑の葉を茂らせた樹が植えられ、強い夏の陽射しを柔く遮り、きらきらと眩しい木洩れ日を落としていた。

その庭でかすかな涼を楽しみながらアイスティーのグラスを傾けていると、テーブルに片肘を突いたソルネスがじーっと俺を見ていた。

「何だ、元気そうじゃん」

「元気だけど？」

突然の彼の言葉に俺が首を傾げると、ソルネスは小さく「悩んでそうって聞いたのに」とブツブツと呟いて首を横に振った。

――マイナさんに何か頼まれたのかな？

過保護なマイナさんだったら十分ありえると思いながら、俺はアイスティーを一口飲んだ。

「なんか不思議だ。またソルネスとこうやって会えるって思わなかった」

「そう？　僕は会えるって信じてたけど？」

成人してもなお可愛らしい容貌で小首を傾げるさまは庇護欲をそそる。しかし、ソルネスの性格はそんなに可愛らしいもんじゃないことを知ってる俺としては、苦笑いしか出ない。

「マイナさんをどう言いくるめたの？」

「特には？」

不思議そうな顔をしたソルネスは、ストローでちゅっとアイスティーを飲みながらしれっと宣（のたま）った。

「ただ、ちょーっと賄賂（わいろ）を渡しただけ」

にっこりと笑うソルネスの様子に「不穏」という言葉しか浮かばない。

「わいろ……」

オウム返しに呟いた俺に、ソルネスはくすっと笑った。

「かわい～いレイちゃんの、昔の映像キューブ。君に会えなくなった時のための僕用だったけど、意外なところで役に立ったんだよね」

「お前な……」

悪びれる様子もないソルネスに、俺は眉根を寄せて目を細める。

自分で言うのは恥ずかしいけど、俺のこと溺愛してるマイナさんだったら、映像キューブでイチコロだったと思う。

「嫌だなぁ……、そこで頬を赤くするのやめてくれない？　宰相閣下が見たら、無駄にハァハァ興奮しそうじゃん」

「マイナさんを変態っぽく言うのはやめろよ。マイナさんは変態じゃ……、たぶん変態じゃないよ！」

「レイ、そこは言い切ってあげて……」

ソルネスに可哀想な子を見る目を向けられるけど、これぱかりはどうにもならない。

マイナさんって綺麗で優しくて、強くて格好いいんだけど、ちょっと変態入ってると思うんだ……

——じゃないと、いくら運命とはいえ、胎児の俺を番認定して成人まで待つなんてしなくない？

少し俯いてモジモジしてしまった俺に、ソルネスは優しく微笑んだ。

「でもレイに惜しみなく愛情を注いでくれる人がいて、本当によかった」

呟くように、ソルネスは言葉を紡ぐ。それを聞いて、ソルネスは本当に俺のことを大事に思ってくれてたんだな、と嬉しくなった。

「ありがと、ソル」

「ふふ、どういたしまして」

ふざけた様子で肩を竦めてみせたソルネスだったが、ふいっと腕を伸ばして指先で俺の額を軽く突いた。

「ね、レイ。僕は詳しく聞く気はないよ。でもね、不安や悩みは、ちゃんと自分の番に話しな。案外簡単に解決するかもよ？」

「——大丈夫、何か問題があるわけじゃないんだ」

真っ直ぐな視線を向けるソルネスに、少しだけ気まずくなって目を逸らす。

——大丈夫……。でも本当に？

思考は答えを求めてぐるぐる巡る。でも俺の望む答えは見つからない。

そんな思いを見透かすような紺碧の瞳は、それ以上言葉を重ねることはなかった。

最近レイが悩んでいる気がする。だけど、どう尋ねても「大丈夫」としか言わない。
——そんなに私が頼りにならないんでしょうか？
「困りましたね……」

「困ってるのはこっちのほうだぞ、マイグレース・ダンカン！」

呆れた口調の陛下が、コツンと自身の執務机を指先で叩いた。

その音に、私は陛下の側に立ち書類の束を抱えたまま考えに沈んでいた意識を浮上させた。

陛下が私をじろりと睨む。

「一体どのくらいの仕事が溜まっていると思ってるんだ。トランファームへの制裁に目処がついたとはいえ、まだ国内の貴族の調整は済んでないんだぞ！」

「陛下、少し黙っていてください。私の思考が乱れます」

「……その思考、絶対仕事のことじゃねぇだろ、お前……」

陛下はギシッと椅子を揺らすと、背もたれに身体を預け、脚を組み直した。

「宰相がこんなんじゃ仕事が捗らん。何があったのか話せ！」

「私の番のことを、なぜ陛下に話さねばならないんですか」

「お前が仕事しないからだろ！」

キレて吠えるように叫ぶ陛下を、私は片眉を上げて無言で見下ろす。

「あのな、マイグレース。番の子は確かにお前を受け入れた。それは確かだ。だが育った環境が違えば違うほど、互いを理解するのはより難しいんだぞ。言葉が通じるからって、話も通じると思うなよ」

「一体どうしろと？」

「そうだな、番の子と俺の妃、話をさせてみたらどうだ？」

「なぜ？」

「妃も元々は平民だ。っていうか、貧困街出身だった」

妃殿下が貧困街出身であることは、とくに秘匿されていない。

この獣人の国において、番や伴侶の身分なんてものは重要視されないのだ。自らが惹かれ選び取った、それこそが最も大事なこと。それが獣人の国の理なのだから。

でも育った環境が違えば、常識として捉えているものに相違があってもおかしくはない。

そう考えると、陛下の言い分も理解できた。

私は顎に手を置きしばらく考えると、おもむろに陛下に目を向けた。

「妃殿下と話をして、レイの悩みが解決するとお考えですか？」

「さぁ？」

陛下は両腕を広げて肩を竦めてみせた。

「解決までは無理だろ。でも似たような立場の相手だったら、悩みも吐き出しやすいんじゃないのか？　悩みを話すってのは、解決できるか否かを求めているんじゃないんだよ。話をして共感してくれる相手がいるかどうかが大事なのさ」

陛下の意外な慧眼ぶりに目を瞠る。

レイの気持ちが少しでも楽になるなら、陛下の提案を受けてもよいかもしれない。

私はそう思ったのだった。

その日も夏らしく素晴らしい青空が広がっていた。公爵邸の玄関先で身なりを整えたレイが、少しだけ不安そうに立っている。

――この可愛い人を、自分のテリトリーから出したくない……

私が今さらながらに湧き上がる独占欲を必死に抑えていると、レイが私に近づき心配そうに見上げてきた。

「マイナさん、どうかした？」

セルリアンブルーの美しい瞳が私を映す。

「いえ、なんでもありませんよ」

にっこりと優しく微笑み頬を撫でてあげると、彼は甘えるように目を細めて擦り寄ってきた。

――だからっ！　愛しい貴方、そんなことをすると襲われますよ！　この私にっ!!

湧き上がる愛しさの嵐をなんとか抑え、私は少し身を屈めてレイの顔を覗き込んだ。

「今日は妃殿下とのお茶会でしたね？　大丈夫ですか？」

「あ、うん。礼儀はまだ心配だけどさ」

「貴方のマナーも礼儀も美しく完璧ですから。私が保証します。それに難癖をつけてくる輩がいたら、私が速やかに粛清いたしましょうね」

まぁ、私がどうこうする前にガンテがソイツらを闇に葬りそうだが。

心配そうにしていたレイは私の言葉で真顔になってしまって、私はごほんと咳払いをして誤魔化した。

「ふふ、貴方はなんの心配もする必要はありませんよ。それより……」

顎を持ち上げて仰のかせる。

「美しい貴方に、誰かがちょっかいを出すのではないかと心配です」

「……は？」

怪訝な顔になったレイは、小さく口を開けて私を見つめる。

——おや、滅多にお目にかかれない可愛い顔ですね。

思わず顔を傾けた私に、何かを察知したレイは素早く掌で私の口を覆った。

「あのね、マイナさん。確かに俺の顔、そこそこ整っているけどさ、貴族の中じゃ普通でしょ。それに平民上がりにちょっかい出す物好きなんていないよ」

言外に「マイナさん以外は……」と聞こえた気がして、あの手この手で問い詰めたくなったが、時間もないので今度にすることにした。

「では行きましょうか」

私はレイの手を取り、王宮に向かうべく馬車へエスコートした。


レイが妃殿下とお茶会をしている間、私は自分の執務室でせっせと仕事を片付けていた。

レイの様子が気になって仕方ないけれど、私が姿を見せると話すものも話せなくなると陛下に言われ、お茶会の場に近づくことを禁止されたのだ。

「大丈夫でしょうか……」

時計を眺めながら、知らずため息がこぼれ落ちる。

妃殿下は陛下と違って裏のないサッパリとした性格の方だ。レイとは話も合うだろう。

そう思ってはみても、心配なものは心配だから仕方ない。

私はイライラしながら時間が過ぎるのを待っていた。

「うわ……、ここまで感情をあらわにするマイグレースも珍しい」

突然聞こえてきた声に、私は眉を顰めた。部屋の入口に視線を向けて、私はいつの間にか来ていた陛下を睨む。

「陛下、ここで一体何してるんですか？」

ちらっと陛下の背後を探るけど、護衛騎士の姿は見えない。

王宮はもちろん陛下の物ではあるが、尊き唯一の存在が一人でうろつく場所ではないはずだ。

「ご挨拶だな、マイグレース。俺のカワイイ～番の頼みで、伝言を言付かってきたっていうのに」

「レイに何かあったんですか？」

陛下を使いっ走りさせる以上、何かが起きたはずだ。

ギッと陛下を睨む私の目に力が入る。それを陛下は片眉を上げて、いなすように私を見た。

「まったくお前は俺に少しは敬意を払えよ。まぁいい。妃からの伝言だ。『クソったれのクズ宰相！さっさと医務室に来やがれ！』」

その言葉に、私はガタンと音を立てて椅子から立ち上がると、目を丸くする陛下に言葉をかけることなく走り出していた。

「うっわー……。マジで珍し！　焦り顔のマイグレースなんて、この世の終わりが来たって見れないモン見た！」

――陛下はあとからちゃんと躾けてあげようと思います。


「失礼します。妃殿下、レイはどこですか？」

飛び込んだ医務室では、清楚な服を身に纏う妃殿下が、腕を組み仁王立ちで私を待っていた。

「今寝てるよ。ところでさ」

彼は顎をそびやかし、私を睨み上げてくる。

「なんであの子がこれほど弱るまで放っておいたのさ！」

「――はい？」

「さすがにアンタでも、自分の番が悩んでたことくらい知ってんだろ？　それともあえて知らんぷりして、番の反応見て楽しんでた？」

妃殿下としての落ち着いた態度をかなぐり捨てた蓮っ葉な口調だ。

元々貧困街で育った妃殿下は、この乱雑な話し方が素だった。

「どういう意味ですか？」

私の声は低く苛立ちを含み、その感情のまま妃殿下を睨むように見つめた。しかし妃殿下は動揺することもなく睨み返してきた。

「番の子をちゃんと見てないだろ、アンタ。だからあの子はあんなに衰弱しちまったんだよ」

その言葉に私は眉を顰める。

「いいか、番った相手に悩みを言えないのは、相手を信用してないか、話すことで相手に嫌われるのを恐れてるかのどちらかだ」

妃殿下は忌々しげに顔を歪めると、ビシッとこちらに向けて指をさしてきた。

「どんな話を聞いても嫌ったりしないと言ってやれ。自分を信頼してほしいってあの子に懇願しろよ」

——恐れている？　レイが？

「話してくれるまで、なんて待ってる場合か？　信頼関係築いて、頑張ってアンタが話を聞き出さなきゃならねぇのに、なに変な遠慮してんのさ！」

妃殿下の言葉に、私はハッとする。

——遠慮……違う、そうじゃない。

無理やり聞き出すことで、彼に嫌われたくなかったのだ。十八年も待ちに待って、やっと手に入れた彼に拒絶されたくなかったのだ。

「私は……無理やり話を聞き出して、彼に嫌われたくありません」

「——はっ！」

私が力なく呟くと、妃殿下は呆れたように鼻で嗤った。そしてズンズンと足音も荒く歩み寄ると、私の前で歩みを止めた。

「あの子は素直ないい子だ。ちゃんとアンタを愛している。なのに『嫌われたくない』？　あの子の愛を信じてないのはアンタだろ！」

私の胸元に指を突き付けると、妃殿下はさらに睨みを利かせた。

「信じてないのに、自分の愛情だけを押し付けてんじゃねぇ」

冷ややかに私を見ると、返事を待つことなく妃殿下はそのまま医務室を出ていった。

妃殿下の後ろ姿を黙って見送る。

そして医務室の奥にある個室へ近づき、扉に手をかけた。静かに開けて中に入ると、カーテンが閉め切られ薄暗くなっている部屋のベッドで、レイが眠っているのが見えた。

扉越しとはいえ、あれほど話をしていたのに目覚める様子はない。

屋敷を出る時よりも顔色が悪くなっているレイの額を私はそっと撫でた。熱があるのか、その額は熱くじっとりと汗をかいている。

「貴方が大切で堪らないのに……」

手をずらして、汗で張り付く淡い金の髪を優しく梳く。

「どうやら私は臆病すぎたみたいですね。これからは遠慮なく行動に出ることにしましょう」

身を屈めてレイの額に口づける。

「ねぇ、レイ。私がこうと決めたらしつこいのは貴方が一番よく知っていますよね？」

まだレイの信頼を得ることができていなかったことを悔しく思いながら、私は笑みを浮かべた。

「――覚悟、してくださいね」

囁き（ささや）はレイに届くことはなく、静かな医務室に溶けて沈んだ。

「待って待って待って！　ちょーっと待ってー!!」

妃殿下とのお茶会から二日が経ち、レイの熱はすっかり下がった。顔色はまだ少し悪いけど、元気はあるようだ。うむ、元気でなにより。

念のため、まだベッドでの生活を続けていたレイの顔色を見て大丈夫そうだと判断した私は、問答無用で彼に圧し掛かった。

「待つ、ですか？　でも私、随分待ったと思うんですよね」

小首を傾げて笑むと、レイは冷や汗をかきながら固まった。

「そろそろ限界です。さ、レイ。イき地獄を味わいたくなければ、悩んでることを話してください」

私がするりとシャツの裾から手を差し入れると、ぴくんと小さく彼の身体が跳ねる。

――どんな刺激でも感じることができるように教え込んだ賜物ですね。

私がうっすらと笑うと、レイは慌ててシャツを引っ張って腹を隠し、それ以上の侵入を許さないとばかりに身を捩った。そんなレイの可愛らしい抵抗を愛おしく思いながら、私は潜り込ませた手に力を籠めて、滑らかな肌に触れ――

「――っ」

そこでレイの顔が歪み、私はハッとして彼を凝視した。

シャツを掴むレイの手はぶるぶると震えている。私はその手を掴んで、そっと腹から外させた。

私のその行動に、もうレイは抵抗しなかった。もう一度そっとレイの腹に触れると、私の指先が小さな小さな脈動をかすかに感じ取る。

「レイ、貴方もしかして……」

レイは顔を背けてこちらを見ようともしない。明らかに身体が強張(こわば)っていて、レイの緊張を如実に物語っていた。

「子供ができて……」

私の言葉に、セルリアンブルーの瞳に涙が浮かぶ。慌ててその身体を抱き起こして、レイの細い肩を掴んだ。

「なぜ言ってくれなかったんですか?」

眉を顰(ひそ)めてレイの表情を窺(うかが)うと、レイは白い頬に涙を流して俯いた。

「だって……」

唇を開いて、そして言い淀み再び閉じる。

私は彼の涙に濡れる頬を両手で包み、優しく持ち上げて上を向かせた。

「言って、レイ。貴方が何を言っても、私の気持ちは何一つ変わらないのですから。どうか怖がらないで」

「………っ」

「話して?」

レイはすっと私から視線を逸らして、迷いながら口を開く。

「だってマイナさんが言ったよね、『この世に獏は同時に三人までしか存在できない』って。この子が次を繋ぐ獏なら、いなくなるのは誰？」

　今、この世に獏は三人存在している。

　祖父と父と、そして私。

　私の番となってから彼らの愛情を一身に受けていたレイは、子供を宿して不安になったのだろう。三人しかその存在を許されないなら、いなくなるのは祖父か父か私か……それとも腹の子供、か……と。

　誰も亡くしたくないと思いながら、でも腹の子供を諦めることもできずに悩みに悩んだのだろう。愛しい番の、哀しい悩みに気付けなかった自分に腹が立つ。

　これでは妃殿下に『クズ宰相』と言われても仕方がない。

「レイ、聞いて？」

　優しく声をかけると、彼はビクッと肩を揺らした。

「確かに存在できる獏は三人までです。でもそれに関しては神が私たちを慮ってくださいます」

　涙に濡れるレイの瞳が美しく煌めく。

「確かに子供の誕生と共に亡くなる獏もいましたが、それはその人の寿命ゆえです。もし寿命でないなら誰も死ぬことはありません。その時は子供が獏ではないのです」

「そう、なの？」

「はい。獏の姿が人族と変わらないのは、後天的に獏に変化することがあるからです。戦乱の世では戦死する獏もいましたから、神がそう定めたみたいです」

レイは我慢できなかったかのように、目から涙をあふれさせながら私の話を聞く。

「この世に必ず一人は獏が存在するように、神が調整するのです。だからこそ獏は神獣とも呼ばれるんですよ」

「……俺、誰かを亡くすなんて怖くて。だからって俺の時みたいに、生まれることを喜んでもらえない子供の存在が……悲しくて……苦しくて……」

私がそっと涙を拭うと、レイはギュッと力を籠めて瞼を閉じた。

「さ……淋しくて……堪らなかった」

「泣かないで……」

彼の頬を流れる涙に口づける。涙の跡にキスを落としていき目尻に辿り着くと、唇を落として溜まる涙を吸い取った。

私はそっとレイの腹に手を当てて、小さいながらも確かに存在する脈動を感じながら、愛しさを籠めて撫でた。

「子供ができてとても嬉しいです。不安だったでしょうに、私たち一族を心配してくれてありがとうございます」

その言葉に、そっと開かれた瞼からセルリアンブルーの宝石が覗く。

「私の血を継いでくれて、本当にありがとう……」

こつんと互いの額を合わせる。レイが少し動き、手を伸ばして同じように私の顔を掌で包んだ。

「喜んでくれる？」

「もちろん」

「——俺……」

彼の小さな囁き声が鼓膜を震わせる。

「マイナさんが涙を流すの、初めて見た」

そう言われて、初めて自分の頬を伝う熱いものに気付いた。

「ふふ……、きっと誰も見たことはないでしょうね」

「俺だけ？」

「そう。貴方だけ」

レイはふわっと花が綻ぶように笑うと、ゆっくりと私に口づけた。

「生まれてくる日が楽しみだ」

「そうですね」

答えるように私も優しくレイの唇を食む。

愛しさと嬉しさと感謝を籠めた口づけ。

「——とても、楽しみです」

人の人生を物語に例えるなら、私たちのストーリーは幸せに彩られて、これからも続いていくのだろう。

私と愛しい番と、望まれて生まれてくるだろう可愛い子供と共に……

ハッピーエンドのその先へ ―
ファンタジックなボーイズラブ小説レーベル

&arche NOVELS

アンダルシュノベルズ

悪役令息から
愛され系に……!?

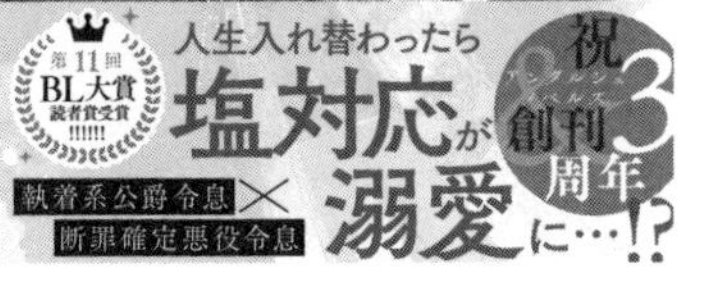

悪役令息を引き継いだら、愛が重めの婚約者が付いてきました

ぽんちゃん／著

うごんば／イラスト

双子が忌避される国で生まれた双子の兄弟、アダムとアデル。アデルは辺鄙な田舎でひっそりと暮らし、兄アダムは王都で暮らしていた。兄は公爵家との政略結婚を拒絶し、アデルに人生の入れ替わりを持ちかける。両親に一目会いたいという一心でアデルは提案を受け入れ、王都へ向かった。周囲に正体を隠して平穏に暮らすはずのアデルだったが、婚約者であるヴィンセントは最初のデート時から塩対応、アデルを待ち合わせ場所に一人置き去りにして去ってしまい――!?　悪役令息から愛され系のほのぼのラブストーリー！

詳しくは公式サイトにてご確認ください。
https://andarche.alphapolis.co.jp

異世界BLサイト“アンダルシュ”
新刊、既刊情報、投稿漫画、X(旧Twitter)など、BL情報が満載!

この作品に対する皆様のご意見・ご感想をお待ちしております。

おハガキ・お手紙は以下の宛先にお送りください。

【宛先】

〒150-6019 東京都渋谷区恵比寿4-20-3 恵比寿ｶﾞｰﾃﾞﾝﾌﾟﾚｲｽﾀﾜｰ 19F
（株）アルファポリス　書籍感想係

メールフォームでのご意見・ご感想は右のＱＲコードから、
あるいは以下のワードで検索をかけてください。

アルファポリス　書籍の感想

ご感想はこちらから

本書は、「アルファポリス」（https://www.alphapolis.co.jp/）に掲載されていたものを、
改題、改稿、加筆のうえ、書籍化したものです。

宰相閣下の執愛は、平民の俺だけに向いている

飛鷹（ひだか）

2024年 9月 20日初版発行

編集－山田伊亮・大木 瞳
編集長－倉持真理
発行者－梶本雄介
発行所－株式会社アルファポリス
〒150-6019 東京都渋谷区恵比寿4-20-3 恵比寿ｶﾞｰﾃﾞﾝﾌﾟﾚｲｽﾀﾜｰ19F
TEL 03-6277-1601（営業） 03-6277-1602（編集）
URL https://www.alphapolis.co.jp/
発売元－株式会社星雲社（共同出版社・流通責任出版社）
〒112-0005 東京都文京区水道1-3-30
TEL 03-3868-3275
装丁・本文イラスト－秋久テオ
装丁デザイン－AFTERGLOW
（レーベルフォーマットデザイン－円と球）
印刷－中央精版印刷株式会社

価格はカバーに表示されてあります。

落丁乱丁の場合はアルファポリスまでご連絡ください。

送料は小社負担でお取り替えします。


ISBN978-4-434-34481-7 C0093